Candaya Narrativa, 92

SANTA MARÍA DEL CIRCO

Diseño de la colección: Francesc Fernández
Imagen de la cubierta: Sarah Kuźmicz

Primera edición en Candaya Narrativa: noviembre de 2023

Camí de l'Arboçar, 4 - Les Gunyoles
08793 Avinyonet del Penedès (Barcelona)
candaya@candaya.com / www.candaya.com
facebook.com/edcandaya

BIC: FA
ISBN: 978-84-18504-65-5
Depósito Legal: B 20965-2023

DAVID TOSCANA

SANTA MARÍA DEL CIRCO

EDITORIAL CANDAYA

Natanael hubiera preferido que no amaneciera, sin embargo ya le calaba el sol que se metía por los agujeros de la carpa. Aún le retumbaban en la cabeza las carcajadas de sus compañeros, sobre todo las de Hércules, y se preguntó si la mañana sería una continuación de la noche. Dio dos vueltas en el catre antes de ponerse de pie. Se alegró al notar que estaba solo. Después de lo ocurrido la noche anterior no tenía ganas de toparse con nadie. Por primera vez se había sentido en confianza con el grupo como para relatarles algo de su vida, algo personal. Les contó que uno de sus antepasados había sido presidente de la República y les explicó cómo perdió la vista del ojo izquierdo. "Mi padre se encabronó conmigo y tomó el cucharón de los frijoles para darme una tunda, y yo de imbécil, por querer ver cómo me pegaba, dejé los ojos bien abiertos hasta que el cucharón se me incrustó en el izquierdo. Me lo tajó como si fuera un huevo duro. Buscamos por todas partes mi pedazo de ojo, y sólo nos dimos por vencidos cuando en la cena mi padre preguntó si los frijoles tenían tocino. Como mi madre le contestó que no, él se fue a escupir al fregadero". Y aunque nadie le creyó semejante historia, todos se rieron y a Natanael no le molestó pensar que se estaban burlando, pues él mismo se había reído de esa experiencia cuando la tuvo a buena distancia, y la búsqueda del pedazo de ojo había sido un mero acto de recoger la basura porque en ningún momento se les ocurrió ponerlo de vuelta en su sitio y hágase la luz y el ojo como nuevo. También se sintió con ganas de relatarles la ocasión en que otro de sus antepasados había hecho explotar varias cargas en la galería de una mina para sepultar a ciento veintitrés mineros. "Una mina que bien podría ser ésa", dijo, y señaló una abertura del cerro a su espalda. Entonces sus compañeros se interesaron y le preguntaron cómo se llamaba ese hombre, y él fingió molestarse y les reclamó que nadie hubiera preguntado el nombre del presidente y en cambio sí querían conocer el del asesino. Sus compañeros le insistían, cuéntanos más, dinos cómo se llamaba, cómo se murieron esos mineros, tu pariente se mató junto con ellos o se escapó o lo metieron a la cárcel o lo ahorcaron o lo fusilaron, y Natanael experimentó una gran dicha por creerse el centro del mundo. El problema vino más tarde, cuando con ganas de compartir algo íntimo, Natanael dijo a sus compañeros: "Si no fuera por mi estatura, nadie se daría cuenta de que soy un enano". A partir de entonces todo fue risas y pitorreos y Hércules que no paraba de decir: "Y si no te faltara un ojo ni quién se diera cuenta de que eres tuerto". Qué poco entienden, pensó Natanael, si también fueran enanos sabrían que mi condición va más allá de no alcanzar una cebolla en la alacena o pasar sin agacharme entre las patas de un caballo. Como si ellos estuvieran aquí por normalitos.

Se vistió, se enjuagó la cara en la palangana y se encaminó a la carpa grande. Encontró a don Alejo y a Barbarela a mitad del desayuno, utilizando como mesa el cajón con el que Mandrake hacía el truco de partir a la chica en dos. Don Alejo decía:

–¿Ya te conté cuando me puse a arar la tierra con elefantes en vez de bueyes?

–Sí, señor –dijo Barbarela.

–Ah, pero nuestro nuevo amigo no conoce la historia –señaló a Natanael.

–Dice el enano que si no fuera por su estatura...

–El del señor Barnum –interrumpió don Alejo–, ése sí era circo; no como esta chingadera.

Natanael dirigió una mirada rabiosa a Barbarela. Ella continuó mordiendo una naranja sin inmutarse porque el jugo le escurriera por las barbas.

–¿Sabes, Barbarela? –dijo don Alejo–, a este enano habrá que inventarle un nombre. Natanael no vende ni una entrada en domingo.

–A ver si tiene más imaginación que conmigo.

Los tres se observaron alternadamente; cada uno sintiendo un poco de lástima por el otro.

–Allá con Barnum trabajó un enano; se llamaba algo así como el General Tomás Pulgar. ¿Cómo la ves? –se dirigió a Natanael–. ¿Te gustaría llamarte así?

–No.

Don Alejo llevaba una camiseta sin mangas que descubría gran parte de su pecho blancuzco y lampiño. Estiró su mano temblorosa para tomar una pera y Natanael vio con desagrado la carne colgante bajo el brazo extendido. Quiso calcularle la edad. ¿Setenta? ¿Setentaicinco? Sin embargo, truncó su pensamiento cuando le vino otro. Nunca había visto un enano viejo, y se preguntó por primera vez en su vida si siquiera los enanos llegaban a viejos o si eran como los caballos, que viven mucho menos.

–Pues si no quieres llamarte así, más te vale proponerme algo bueno hoy mismo, porque ni pienses en quedarte con el Natanael –permaneció un rato mirando la pera, buscándole el punto más débil para la primera mordida–. Por Dios, ¿quién te puso ese nombrecito?

–¿Hasta qué edad vivió el General Tomás?

–Qué importa. Se casó con otra enana y bailó para la reina Victoria –extasió la mirada, perdida dentro de sí mismo, explorando recuerdos que no eran suyos.

–Oiga, don Alejo –comenzó Barbarela–, ¿supo lo del enano? Dijo que si no fuera por su estatura…

–Yo le iba a contar de cuando aré la tierra con elefantes –dijo don Alejo mientras regresaba la pera a su lugar.

Levantó un poco los brazos en una señal que Barbarela ya conocía. Ella se paró a sus espaldas, lo tomó de las axilas y con un gran esfuerzo lo puso de pie. Don Alejo se marchó con paso rápido y titubeante.

–Piensa en un nombre que te guste –dijo Barbarela– porque si no, el viejo te bautiza como se le antoje. Mírame a mí.

–¿Tú lo elegiste?

Ella se cruzó de brazos y apretó los dientes. Luego encogió los hombros y aceptó responder.

–Claro que no. Me llamo Angélica y así me quería quedar, pero el viejo no tiene imaginación. Ya ves a Hércules. Se necesitan ladillas en el cerebro para ponerle así al hombre fuerte y creerla una idea de lo más original.

–¿Sabes cuánto vive un caballo?

–Si no fuera por mis barbas, ni quién supiera que soy la mujer barbuda.

–Un caballo. ¿Cuánto vive?

–Enanoski. ¿Te gusta ese nombre?

–Creo que prefiero el General Tomás.

–¿Micromán?

–No necesito ayuda –murmuró molesto Natanael.

–Tuvimos un caballo –dijo Barbarela–. Lo vestían con una bata dorada y se paraba en dos patas y Narcisa se montaba con muy poca ropa para dar vuelta y vuelta. Nunca le vi lo divertido; cualquier caballo de molino de aguamiel puede hacer lo mismo; aun así le aplaudían como la gran cosa, o le aplaudían a las nalgas de Narcisa, no sé. Un día el animal se acercó más de la cuenta a la jaula de los tigres, y uno lo mordió en el hocico. Estuvieron ahí como media hora porque el tigre no acababa de arrancarle el pedazo y no había modo de separarlos. Para cuando el caballo se pudo soltar ya le faltaba media jeta, y se echó a correr como loco y nadie lo alcanzó, hasta que cayó muerto a veinte calles de distancia. Tenía como cinco años, pero quién sabe cuánto hubiera vivido si no se lo comen. Porque luego de muerto lo usaron de alimento para tigres.

Natanael tomó la pera que había dejado don Alejo y se aseguró de que no estuviera mordida.

–¿A qué edad mueren de viejos?

–Tanto batallar para que comoquiera se lo merendaran los tigres.

Mordió la pera y caminó hacia la luz del sol. Por la abertura de la carpa divisó el color rojizo de la tierra y una nube de polvo que avanzó hasta estrellarse con el cerro. Quiso preguntarle a Barbarela por qué habían instalado ahí la carpa, en la boca de un cañón, donde no se divisaba poblado alguno, ni siquiera un caserío. Decidió sumar esa duda a la de los caballos. Al salir, el viento lo golpeó con otra nube de polvo.

–¿Adónde vas? –preguntó Barbarela.

Él volvió a morder la pera y dio media vuelta. Por contraste, la intensa luz de afuera había convertido el interior de la carpa en una madriguera negra.

–Ven –dijo hacia la oscuridad, y en cosa de segundos Barbarela estuvo junto a él.

–¿Estás molesto por lo de anoche?

Natanael asintió y arrojó tan lejos como pudo el corazón de la pera. Barbarela dijo:

–A lo mejor crece un árbol.

–Uno de mis familiares fue presidente –dijo Natanael– y he tenido otros, también importantes.

–Sí, algo comentaste ayer –dijo Barbarela–. Yo tuve un tío que escribía para *El País*.

–Ahí viene don Alejo.

–Todas las mañanas le da cinco vueltas a la carpa.

Don Alejo alcanzó a escuchar esto último y dijo con voz desairada:

–Hay que mantenerse joven.

Natanael le susurró a Barbarela que con tantos años encima debió decir "hay que mantenerse vivo".

Cada paso rasguñaba la tierra y levantaba más polvo que el mismo viento. Natanael pensó que con demasiadas vueltas el viejo terminaría por cavar una trinchera; y Barbarela pensó casi lo mismo, sólo que la excavación en su mente no era trinchera sino el foso lleno de agua que rodeaba un castillo, y la misma carpa la imaginó de piedra, con torres y murallas y una atalaya desde donde se podía escupir al foso. Pero como trinchera o foso iban más allá de lo razonable, ninguno quiso compartir su pensamiento. Barbarela apenas se atrevió a decir:

–Va a hacer un surco.

Esperaron en silencio a que don Alejo terminara sus vueltas. Parecía no haber sudado, salvo por la tierra pegada en los tobillos, hecha lodo.

–¿Dónde están –hizo una pausa para recuperar el aliento– los demás?

–Fueron a la mina –Barbarela indicó el cerro–. Quesque para ver si hay oro.

–Avísenles que preparen sus cosas porque mañana temprano hacemos el convite.

Barbarela miró a su alrededor.

–¿Convite para quién? –preguntó–. Estamos en pleno desierto.

–No me creas pendejo –reclamó don Alejo y señaló hacia el norte–. Según mi mapa, detrás de esa loma hay un pueblo, Sierra Vieja creo que se llama. Vamos a sorprenderlos. El Gran

Circo Mantecón los va a sorprender. Entraremos como un ejército invasor, con nuestros elefantes, jirafas, osos polares, tigres de Bengala y llamas del Machu Picchu. Antes de que puedan dar los buenos días ya estarán pasmados de ver sus calles repletas de especies raras, mujeres hermosas y mujeres monstruosas, magos, malabaristas y payasos, y estarán dispuestos a pagar cualquier precio con tal de verlos en la carpa. Señoras y señores, niños y niñas, ya llegó el Circo Mantecón.

Pasaron algunos segundos densos, asfixiantes, mientras Barbarela se atrevía a preguntar:

–¿Está hablando en serio?

–Necesito descansar –dijo don Alejo y se metió en la carpa chica.

Desde dentro gritó que dormiría una siesta y advirtió a Natanael que más le valía tener un buen nombre para cuando despertara. Barbarela se sentó en el suelo e inmediatamente se puso de pie, molesta por el polvo adherido al vestido.

–¿Cuáles animales? –cuestionó Natanael–. ¿No se referirá a nosotros?

–Tú piensa en tu nombre y olvídate de las loqueras del viejo.

–Puedo ponerme un número después del nombre, como los reyes.

–Haz lo que quieras, pero no lo contradigas.

–No está mal. Circo Mantecón presenta al rey Natanael I, soberano de todas las carpas, juez supremo y verdugo de los que no aplaudan.

–Se pone como loco y nomás Narcisa puede controlarlo. También lo controlaba su hermano, y ya ves qué pasó.

Natanael marchó con pasos cortos y el cuerpo tan erguido como pudo, la barbilla alzada y mirando con displicencia.

–Entro a la pista con corona, capa y ¿cómo se llama el palo ése como bastón o sonaja de los reyes? y todo el público se debe inclinar ante su excelentísima majestad.

–Cualquier nombre le va a parecer malo a don Alejo, excepto el que él elija.

–Entonces iría con mi padre –de pronto el rostro se volvió melancólico, y de inmediato cambió a severo– para escupírselo en la cara.

–Se llama cetro, imbécil.

–¿Por qué anoche nadie me preguntó quién era el presidente?

–¿Cuál?

–El que les dije, mi pariente.

–Nadie te creyó. Yo en cambio sí tuve un tío que escribió para *El País*.

–Eso no es importante.

–Tampoco creímos que tu papá te sacó el ojo y se lo comió con los frijoles.

–No me sacó el ojo, apenas me arrancó un pedazo –dijo y se levantó el párpado con el índice–. Todavía tengo la bola adentro, aunque ya no sirva.

–Mira –dijo Barbarela señalando hacia el cerro–, ahí vienen.

–No los veo con las bolsas llenas de oro. Barbarela se sacudió el vestido para desempolvarlo un poco y se encaminó hacia el grupo. Natanael presintió que continuarían las bromas de la noche anterior y prefirió meterse en la carpa. Antes de entrar acomodó un letrero de tijera que decía:

GRAN CIRCO
MANTECÓN HERMANOS
PALCOS $1
PLATEAS 25¢
NIÑOS GRATIS
EXCEPTO DOMINGOS

Y supuso que habrían de borrar la palabra "hermanos" antes de la siguiente función.

Cuando don Alejo y don Ernesto fundaron el circo, le habían llamado Mantecón Bros., pues deseaban convertirse en empresarios tan exitosos como los Ringling Brothers. Sin embargo, luego de varios años terminaron por aceptar que su circo no sería internacional y que en este país no mucha gente entendía el inglés; entonces tradujeron, sin alterar la sintaxis, el nombre que cargaron por más de dos décadas y comenzaron a llamarle Mantecón Hermanos. En esa época trabajaba con ellos un domador de leones que les dijo: "No se preocupen por el Bros., lo que deben cambiar es el Mantecón; parece nombre de granja porcina". No valieron sus disculpas ni explicaciones de que había sido una broma sin mala intención; debió irse a la calle ese mismo día con todo y leones, y como se encontraba sin medios para transportarlos hasta otro circo, ni recursos para darles de comer, terminó llevándolos al rastro y abriendo una taquería llamada El León Rampante. Ese mal carácter de los Mantecón hacía que los artistas poco dóciles no duraran mucho trabajando para ellos, y finalmente llegó la fecha en que ni siquiera los mismos hermanos quisieron continuar juntos.

La noche del día en que Natanael se unió al circo, la caravana se encontraba rumbo a Zacatecas. Decidieron pernoctar en un paraje donde el camino era difícil y se hallaba un charco sucio aunque aceptable para dar de beber a los animales. Las noches de circo nunca transcurrían silenciosas; a cada momento se escuchaba la inquietud de los animales; las mulas no se confiaban de las rejas y estaban siempre alerta de las intenciones de los tigres; por su parte, los tigres no dormían roncando, sino con un verdadero rugido que pretendía dejar en claro quién mandaba ahí; el elefante no conciliaba el sueño y arrastraba su cadena contra las piedras; y el perro bailarín le ladraba a cuanto se moviera. Sólo el marrano dormía en paz y apenas de cuando en cuando producía un ruido gutural que igual se confundía con el roncar de Hércules. Esa noche también se agregó al concierto una más de las discusiones entre don Alejo y don Ernesto. Natanael no estaba acostumbrado a esos ruidos, por eso mientras el resto de sus compañeros ya eran sordos a la noche, él no pudo pegar el ojo. Las palabras que logró atrapar no fueron suficiente para atar cabos y comprender el alcance de la disputa entre los hermanos Mantecón, pero el asunto se aclaró a la mañana siguiente. Cuando peones y artistas esperaban partir hacia Zacatecas, los hermanos Mantecón ordenaron que se montaran unas gradas y que todo el personal se sentara en ellas.

–Ustedes tres –señaló don Ernesto hacia los hermanos Cabriolé.

–Espérate, Ernesto –reclamó don Alejo–. ¿Qué voy a hacer con un trapecio sin nadie que sepa echar maromas?

–Si quieres, te lo compro.

–No, gracias, al cabo me quedo con Mágala.

–¡Mágala! –rio don Ernesto–. Esa niña no distingue entre un trapecio y un columpio.

–Al menos tiene más huevos que esos tres maricones –don Alejo señaló despectivamente a los Cabriolé y luego, volteando hacia Mágala, le preguntó–: ¿Verdad?

Ella asintió por darle gusto.

–Tú… y tú y Computencio –don Ernesto siguió señalando–. También Fulano y Mengano.

–A Computencio llévatelo; al fin eso de sacar raíces cuadradas no le divierte a nadie –dijo don Alejo–. Fulano y Mengano son míos, yo mismo los mandé traer de la India.

–¿De la India? –don Ernesto sonrió con incredulidad–. Ya te crees las mentiras que le inventas al público. Esos siamesitos yo los recluté en Ahualulco.

Don Ernesto continuó echándose gente al saco y uno a uno fue señalando a Balancín y Balanzón, a los cinco músicos de la Orquesta Festival, a Timorato el Temerario, a Bengalo el Domador, a Lagrimita, Copetino y Pescuecín, a las hermanitas Mi Alegría, a la niña Bell, a Papillón el Escapista y de un tirón exigió a toda la peonada, refiriéndose a los empleados que realizaban el trabajo de alimentar y limpiar a los animales, de levantar y remover la carpa, de instalar las luces y mantener el generador andando, de vender boletos y demás actividades que recibían poco dinero y ningún aplauso.

Barbarela se arrepintió de haberse acomodado en la fila delantera porque don Ernesto mencionaba pocos nombres, por lo general decía "tú" con el índice y ella no alcanzaba a ver quiénes eran los señalados. Reconoció a sus espaldas el carraspeo de Hércules y volteó para preguntarle qué pasaba.

–Shh –le respondió.

–¿Qué pasa? –insistió.

Hércules evitó toparse con la mirada de Barbarela en lo que organizaba una respuesta con las menos palabras posibles.

–¿No lo ves?

–Creo que sí –dijo Barbarela.

–¿Entonces a qué viene tu pregunta?

Lo que hubiera quedado de la conversación se interrumpió cuando los hermanos Mantecón subieron la voz.

–¡El elefante! –dijo don Ernesto entre risas.

Habían terminado con la gente y comenzaban con los animales.

–¡No! –gritó don Alejo–. ¡El elefante no! Ya te quedaste con los payasos. Déjame a mí el elefante.

Don Ernesto no estaba para discutir y continuó eligiendo más animales. Don Alejo hacía gestos desesperados y protestaba débilmente por lo que consideraba injusto. Luego cambiaba su actitud por una de súplica.

–Aunque sea una mula –apeló don Alejo; y cruzado de brazos, su hermano negó con la cabeza.

Otra vez Barbarela volteó hacia Hércules.

–¿Te eligió a ti?

–Shh.

–Dame otro animal –se desahogó don Alejo–. Nomás me dejaste el pinche marrano.

–Y el enano también –dijo don Ernesto.

–Ora –reclamó Natanael desde lo profundo de las gradas.

Don Ernesto ordenó que lo siguieran quienes habían sido señalados. Casi todos se pusieron de pie y fueron tras él. La simple minoría indicó a Barbarela que era preferible pertenecer al otro grupo, pero le confortó ver a Hércules, repantingado aún en su lugar. Don Alejo se acercó y comenzó a contarlos.

–Uno… dos… tres… cuatro…

–Somos ocho –dijo Natanael.

–Siete y medio –rio Hércules.

–¿Sabes cuántas veces he oído ese chiste?

Don Alejo siguió contando con la tardanza de quien cuenta hasta ochenta, como si demorándose hiciera rendir sus números.

–…cinco… seis… siete… ocho.

–Yo no soy trapecista –dijo Mágala.

–Nadie nace sabiendo –sentenció don Alejo–, pero se puede aprender –y las miradas inquisitivas de los que permanecían en las gradas, desolados y nerviosos, le obligaron a agregar algo–. Nosotros tenemos la carpa –dijo–. Ellos serán muchos y tendrán el animalero, sólo que sin carpa no hay circo.

–Claro –dijo Barbarela entre dientes, asegurándose de que el viejo no la oyera–, y también tenemos a Narcisa.

Don Alejo fue hacia la carreta donde estaba la carpa y dijo que estaba igual de bonita que cuando llegó de Italia, y la abrazó como si fuera un gran panqué de rayas rojas, blancas y azules, con la etiqueta de Confecciones Magnani mero arriba.

–Es mía –dijo.

Poco menos de seis horas necesitaron para levantar la carpa, incluyendo el ritual de colocar el banderín de Mantecón Hermanos en el mástil y aplaudir cuando el trabajo se dio por terminado. Los que se iban con don Ernesto sentían ganas de quedarse y los de don Alejo deseaban marcharse con los demás. Nadie se atrevió a oponerse, pues en ese momento ni los mismos hermanos Mantecón sabían quién se había quedado con la mejor parte. Comenzaron las despedidas, los abrazos y buenos deseos, y sólo Natanael, que aún no hacía amigos, se buscó un lugar solitario, junto a las jaulas, y desahogó su frustración dándole estirones a la cola de un tigre que estaba distraído.

–Señoras y señores –don Alejo, aunque adormilado por la siesta, se puso a pregonar con entusiasmo–, ya no lo podemos mantener en secreto. ¿Podrán sus corazones enfrentar los sorprendentes hechos de la verdadera historia de esta insignificante criatura? Hemos descubierto que Alejandro el Grande, Alejandro de Macedonia, conquistador de todas las Asias, Indias y Europas, vencedor de la batalla de Trafalgar, navegante de los siete mares, emperador del Peloponeso y príncipe de Flandes, el mismo que con sus manos estranguló a Aquiles y desolló la carne de Fumanchú, ha reencarnado en la pequeña figura de este hombre, hasta hoy encubierto bajo el nombre de Natanael, y que, sin embargo, hemos descubierto, se trata ni más ni menos que del mismo macedonio ejemplar, pues tiene en el vientre un lunar con la forma de su natal Creta y en el glúteo derecho la cicatriz del mordisco con el cual su amada Penélope le juró amor eterno.

–Cállese, don Alejo, usted jamás me ha visto las nalgas.

Mágala hizo una seña a Natanael para que se tranquilizara; don Alejo cambió su expresión entusiasta por una de rabia. Su torso descamisado mostraba un par de tetillas fuera de posición, muy cargadas hacia los costados, y Mágala pensó en un pez martillo.

–A mí nadie me calla –gritó don Alejo con todas sus fuerzas y, como presa de un olvido repentino, regresó a la carpa chica a terminar su siesta.

Barbarela se mantuvo a la expectativa; le pareció increíble ver a don Alejo retirarse sin mayores aspavientos. Lo normal hubiera sido que echara a Natanael del circo tal como lo había hecho con el domador de leones y algunos otros, pero al fin supuso que ya quedaban muy pocos artistas para seguir descabezando el espectáculo.

–Ya te pensé un nombre –dijo Barbarela–. ¿Qué te parece Dwarfonio?

–El muy imbécil. Yo no tengo cicatrices de nadie en el glúteo.

–¿Qué te parece?

–¿Por qué me haces preguntas? –dijo el enano molesto–. Me llamo Natanael Bocanegra y poco me importa lo que digas o los nombres que se te ocurran o si tienes pelos en la espalda. Si al menos alguien hubiera mostrado interés cuando hablé de mi pariente presidente; pero no, nadie me preguntó nada.

–Ya te lo dije. No te creímos. Además no conozco ningún presidente con ese apellido tan pinche.

De la carpa chica salió el grito cascado de don Alejo.

–¡Narcisa!

Y de algún lugar que Barbarela no pudo precisar, salió el grito de Narcisa.

–¡Ahorita no!

Natanael deambuló entre las gradas hasta encontrar un tramo sin astillas amenazadoras. "Entonces sí tendría mi cicatriz", se dijo. Le habían contado que los hermanos Mantecón deliberadamente mandaban picar la madera para aumentar la renta de cojines. Mienten, pensó complacido. También tengo derecho de no creer sus historias. Seguía inquieto con la idea de que un enano podía vivir menos que un caballo. Desde años atrás tenía un dolor permanente en casi todas las articulaciones e ignoraba si se trataba de una condición de vejez prematura común en los de su especie o si era una enfermedad individual o si cualquier hombre de cualquier altura y complexión sentía lo mismo. Se acercaron Barbarela y Mandrake.

–Estábamos diciendo –habló Mandrake– que don Alejo no se va a aguantar la negativa de Narcisa encima de tu insulto.

–¿Por qué no vas y te disculpas? –agregó Barbarela–. Si no, va a inventar una orden para sentirse que manda; nos va a poner a ensayar trucos nuevos, a zurcir la carpa, a echar aserrín en la pista, a poner…

–A propósito de trucos nuevos– interrumpió Natanael–, a mí nadie me ha dicho en qué consiste mi acto.

–No importa –dijo Mandrake–. Eres un enano; te basta con dar un par de maromas. La gente normal como yo es la que debe esforzarse para ganar un aplauso.

–Voy a pensar en algo –dijo Natanael–. Mi acto debe ser grandioso.

Barbarela se echó a reír, y con tono de burla dijo:

–No tienes cabeza para inventarte un nombre y crees que se te va a ocurrir un acto.

–Mejor vayan con Narcisa –dijo Natanael molesto–, y pídanle que se meta a refocilar al viejo.

–Ya fueron Hércules y Balo a convencerla –dijo Mandrake–. Tú no sabes lo que es don Alejo cuando algo le molesta.

–A mí no me parece tan bravo –dijo Natanael, y con una serie de brincos se subió hasta la grada más alta.

Desde ahí notó que Mandrake lo insultaba en voz baja y luego se retiraba con Barbarela fuera de la carpa. Desde ahí también vio a Hércules y Balo escoltando a Narcisa. Ella se mostraba renuente; no obstante, avanzaba hacia el acceso de la carpa chica sin necesidad de que la empujaran. A Natanael le pareció una radiante sacerdotisa a punto de cumplir con la misión para la que fue creada. La imaginó desde niña alimentada con jalea real, bañada con leche de cabra y totalmente cubierta por una especie de cáscara de naranja que habría de ser removida el día justo de su maduración. Las manos comenzaron a sudarle cuando vio salir a Hércules y a Balo sin la ofrenda. De inmediato escuchó gritos que venían de la carpa chica, no como si adentro estuviera ocurriendo algo muy placentero, sino algo muy doloroso; pero a fin de cuentas, el dolor, en la imaginación de Natanael, era más placentero que el placer. Comenzó a sudar copiosamente; la humedad cubrió frente, espalda y axilas, y sintió una punzada brincándole del pecho al bajo vientre. Corrió en busca de un escondrijo donde pudiera sosegar sus ansias. Apenas había dado con el sitio ideal bajo las gradas, tras un anuncio de madera, cuando salió don Alejo con enorme vitalidad hacia el centro de la pista.

–Señoras y señores, alístense todos porque el convite arranca ahora mismo.

El marrano chilló en ese momento como si hubiera comprendido las palabras del patrón.

–Ahora no, a quién se le ocurre, ya va a oscurecer –dijo Mágala en un volumen bajo, para escucharse sólo a sí misma.

Natanael volvió a la realidad y se vio grotesco con los dedos en la bragueta y agazapado tras el anuncio de madera con un trapecista enconchado: "Desde Francia, los hermanos Cabriolé". La punzada le seguía brincando del pecho al bajo vientre y en vista de una flacidez absoluta entre las piernas, pensó de vuelta en los caballos e imaginó que la sensación no venía por Narcisa. Acaso era el inicio de un infarto.

–Me voy a morir –dijo en un susurro.

Don Alejo había dado la orden que Barbarela predijo "para sentirse que manda". Hubo un silencio prolongado. Nadie quiso ser el primero en obedecer; sin embargo, uno a uno se fueron reuniendo alrededor de la pista en espera de una contraorden o de alguien que se atreviera a protestar.

–¿Por qué no lo dejamos para mañana? –preguntó Mágala tímidamente.

Esto le dio valor a Barbarela para echar mano de la primera excusa que le vino a la cabeza.

–Sí, el enano todavía no tiene un acto.

–Pero ya tengo un nombre –dijo Natanael satisfecho.

–Sólo vamos a hacer el convite –dijo don Alejo, tajante–. Ahora mismo, antes de que nos descubran y se pierda la sorpresa.

Balo recién había terminado de lustrar su cañón y aceptó hacer el convite de inmediato, o el viento polvoso acabaría por ensuciarlo de nuevo.

–Yo diseñé un acto para el enano –dijo–. Y es tan bueno que nomás por verlo se nos llena el circo.

Al principio don Alejo se entusiasmó sólo de imaginar las gradas a toda capacidad, pero este sentimiento quedó sepulto bajo el escepticismo. Él había visto demasiados circos a lo largo de muchos años y, salvo el General Tomás Pulgar, nunca conoció un enano capaz de ser la estrella del espectáculo; los enanos sólo sabían vestirse de payasos o golpearse el trasero entre sí con paletas de madera o asistir a los magos o vender entradas en la taquilla montados sobre un banco. A pesar de su incredulidad le dio oportunidad a Balo de exponer su idea.

–Mire, don Alejo, ponemos al enano bocabajo y lo amarramos al cuerpo de Barbarela; ella deberá usar un vestido holgado, de modo que el enano quede cubierto; se comienza a levantar la falda poco a poco, como un telón, y cuando la gente ya esté pensando en un acto erótico, se asoma la cabeza del enano entre las piernas de Barbarela. Justo entonces, el maestro de ceremonias dice: "Señoras y señores, el hombre que se negó a nacer".

–¡Tu madre! –reclamó Natanael, aunque luego de pensarlo dos veces le atrajo la idea de meter su cabeza en la velluda espesura de Barbarela.

El entusiasmo había vuelto a don Alejo.

–Es una gran idea –dijo–. Ya habrá tiempo de realizarla. Ahora vámonos a Sierra Vieja.

–En un principio, los Porcayo no teníamos ese apellido. Nos considerábamos tan desgraciados, tan olvidados del amparo divino, que desde el siglo XVII se venía cargando la genealogía familiar como si fuera una estirpe de reyes, con el solo fin de demostrarnos que nuestra sangre ostentaba un origen ilustre, y que sin importar la ruina posterior y los cambios de nombre, siempre habría la posibilidad de volver a esos tiempos cuando salíamos a la calle con la frente en alto, la palabra instruida y el bolsillo a reventar. El inicio de estas crónicas se da en 1662 cuando, al seguir las órdenes de un rey que aún se lamía los mocos y se orinaba en la cama, don Fernando de Olaguíbel y Ruiz desembarcó en el puerto de Veracruz para nunca volver a su natal Valencia. Don Fernando llegó a ser oidor de la Nueva España durante mucho tiempo, y alcanzó a cubrir en todo o en parte los gobiernos de los virreyes Melchor Portocarrero Lazo de la Vega, conde de Monclova, conocido como el manco del brazo de plata, porque el de carne y hueso se le quedó peleando en Dunquerque; Gaspar de Sandoval Silva y Mendoza, conde de Galve, tan gris, que las memorias de los Porcayo no hablan de él sino para mencionar que debió tener piernas rápidas para huir de los indios cuando quisieron quemarlo vivo; Juan de Ortega Montañés, más recordado por su oficio de fiscal del Santo Oficio que por sus dotes de virrey; y José Sarmiento Valladares, conde de Moctezuma y Tula, quien casó con una nieta o tataranieta o más aún del último emperador azteca y apostó centinelas en noches de ronda para prender a los indios borrachos y con ganas de hacer el mal. Siendo don Fernando oidor, era natural que algunos hablaran bien y otros mal de él, pues en su tanteo de encerrar truhanes y exonerar inocentes, debe haberse equivocado más de una vez, poniendo grilletes a quienes ni la debían ni la temían o dejando la reja abierta a más de un malhechor. Sin embargo, el buen o mal nombre no es condición que se gane en todos los estratos sociales, sino sólo en los de arriba; y para este nivel, don Fernando resultaba un prohombre que de subir otro escalón llegaría al virreinato. "Todo un señor", se ha dicho en mi familia por casi doscientos años. Y hasta mis últimos días en la casa de mis padres se conservaba en el comedor un cuadro de don Fernando, y su imagen se adoraba a la par del crucifijo colocado en la pared de enfrente. Ese cuadro era una réplica bastante mala del original, que por un siglo perteneció a la familia, luego a una serie de particulares y hoy en día es parte de la colección de la Academia de San Carlos, con el título de *El oidor*. No se conoce de cierto quién lo pintó, pero se especula que pudo haber sido Cristóbal de Villalpando. En todo caso, como dijo un crítico de arte, quienquiera que lo haya hecho fue sin duda el más grande pintor del barroco mexicano. "Ese hombre del retrato es tu pariente y es una lástima que no le llegues ni a los talones", me reclamaba mi padre. Don Fernando de Olaguíbel y Ruiz vivió cuarentaidós años y engendró a Fernando II. Y vivió don Fernando veinticuatro años después de engendrar a Fernando II; y murió; y a partir de ese momento todo se volvió una inevitable cuestabajo. "Igual era un hijo de la chingada", se me ocurrió decir un día y fue cuando mi padre me agarró a golpes con el cucharón; dijo que por ideas como ésa yo no había sido creado a imagen y semejanza y por eso la gente se burlaba de mí y ninguna mujer me iba a querer. Fernando II se ocupó en malgastar la fortuna del oidor y en maldecir su mala ventura por no haber nacido en la Península sino en una tierra remota y primitiva que, según sus palabras, ni era nueva ni era España. Y sólo una terrible cobardía que hoy sería excusada con el nombre de marefobia o barcofobia o algo así le impidió viajar a la natal Valencia de su padre y de su abuelo y de todos los Olaguíbel y Ruiz anteriores a él. En el libro de los Olaguíbel escribió: "Algo se apodera de mí cuando la nave está por zarpar y me sucede cuantas veces lo intento. Habré de conformarme con beber pulque, jugar malilla los viernes por la noche, ver a los infames indios en sus chalupas, y esperar que mis años no sean tantos como para yo mismo darles fin". No se sabe cuánto vivió ni el nombre de la morisca con quien casó; sólo se conoce que su defunción fue atribuida a causas naturales y que engendró un hijo, llamado Fernando III. Y Fernando III vivió treintaiséis años y engendró a Fernando IV. Y vivió Fernando III ni diez segundos después de engendrar a Fernando IV; y murió, porque el heredero de la exangüe fortuna Olaguíbel fue concebido en una supuesta violación y no había bien terminado Fernando III de hacerlo cuando el padre de la muchacha ya le había cercenado el cuello de dos certeros machetazos con toda la fuerza que le dio la rabia; y un súbito *rigor mortis* impidió separar cadáver y muchacha hasta luego de cercenar otra parte de Fernando III, para a continuación extirpar el maligno con unos alicates. La muchacha, de nombre Remedios, no paró de gritar en tres días, y cuando por fin se silenció fue para no volver a hablar. Su mente tomó un viaje sin retorno al punto que pareció ni siquiera darse cuenta del alumbramiento. La gente llegó a decir que no había sido violación sino cosa voluntaria, y justificaron la locura de Remedios porque cómo demonios no se iba a impresionar la pobre muchacha si la estaba cabalgando un amante sin cabeza. "Puros cuentos", decía yo, y mi padre ya no me golpeaba porque quedó espantado luego de los cucharazos. Fernando IV no llevó el apellido de Fernando III, que era Olaguíbel y Ruiz, sino un ordinario, modesto e inventado Rivera, sin otras ataduras con el pasado además de las memorias y el cuadro de tal vez el pintor Villalpando. La familia materna envió al niño a Valladolid, hoy Morelia, lo recluyó en un orfanato con el nombre de Hipólito Rivera y siempre trató de mantenerlo lejos y oculto de la sociedad, pues siendo Remedios española y el presunto violador albino, en nada les enorgullecía tener un nieto saltapatrás. "¿Y por qué si el cuadro era nuestro tenemos que conformarnos con esta copia mal hecha?", yo insistía. Tan pronto tuvo edad para decidir, Hipólito abandonó el orfanato, vendió el cuadro, cambió su nombre por el de Fernando IV, aunque conservó el Rivera, y se fue a trabajar lejos, en una mina de plata de por estos rumbos. Se sabe que ahí contrajo matrimonio con Estelita Ramírez y engendró a Fernando V. El resto de esa historia puede leerse en *El Español*, con fecha del 17 de abril de 1767. Bajo el encabezado de "Espantosa tragedia" se cuenta que un hombre llamado Fernando Rivera, "tal vez poseído por el demonio", hizo explotar en la boca de la mina "al menos veinte cargas explosivas, sepultando los desdichados cuerpos de ciento veintitrés hombres". Se habló de un arrebato porque no lo nombraron capataz; otros lo achacaron a asuntos de faldas, pero para que Fernando IV matara a ciento veintitrés por ese tipo de líos, Estelita debió ser una puta monumental. Él, por supuesto, también murió en la explosión; y ante rumores de que las ochentainueve viudas pensaban apedrear la descendencia maldita del asesino, Estelita Ramírez tomó a Fernando V y, sin cargar con una sola pertenencia, huyó del lugar para establecerse en Guanajuato. Ahí trabajó en un molino y adoptó el apellido Porcayo. "No importa el apellido", decía mi padre, "en la sangre seguimos siendo Olaguíbel y Ruiz". Y como era un borracho, mi madre le decía "llevas más alcohol que Olaguíbel en las venas". Fernando V también trabajó en una mina y su muerte no fue tan notable como la de su padre; no estuvo acompañada de tronidos ni derrumbes ni histeria ni aplastamiento ni asfixia ni de la compañía de otras ciento y pico de almas. Simplemente aspiró vapores de mercurio y cuentan que se quedó tieso; y ha de ser cosa de familia porque el amante sin cabeza se quedó igual. Fernando V murió parado y parado se quedó y así lo fueron a entregar. Para no cargar con la responsabilidad, por órdenes del capataz de la mina lo recargaron en un pilar frente a su casa, tocaron la puerta y se echaron a correr. Su mujer abrió y le dijo "pásale, ¿qué demonios haces ahí parado con esa cara de imbécil?". Años después, Fernando V se convertiría en la segunda pieza de museo de la familia, aunque con mucho menos garbo que el cuadro de *El oidor*, pues junto con las otras momias de Guanajuato lo exhibirían encuerado y acartonado, como si fuera una piñata sin colación; y los guías explican que la boca abierta y el gesto de espanto son señales inequívocas de que lo enterraron vivo. Luego de decirle pásale, qué demonios haces ahí con esa cara de imbécil, su mujer se metió a la casa a recostarse de nuevo porque el embarazo de ocho meses le fastidiaba al punto de casi no poder estar de pie. En vista de que no entraba el marido, a la media hora salió de vuelta y se alarmó como nunca porque lo vio en la misma posición y con la misma cara de imbécil. Del puro susto le nació ahí mismo Fernando VI. Corría el año de 1809 y pasarían sesentaitrés años antes de que naciera el siguiente Porcayo, o sea mi padre. Fernando VI fue varias cosas en su vida: soldado, zapatero, limosnero, aguador y, por sobre todas las cosas, presidiario. Allá por 1834, cuando Santa Anna era presidente por primera vez y aún tenía dos piernas, mi abuelo se metió a robar el cuadro de *El oidor* en la casa de un hacendado, hijo del que se lo había comprado a Fernando IV en Valladolid. Para su mala suerte, el hacendado lo sorprendió; para su peor fortuna hubo una pelea en la que el hacendado perdió el dedo anular izquierdo; y para su desgracia, el hacendado era amigo cercano del presidente Santa Anna. No se sabe cuánto le hubiera costado el intento de robo, pero el dedo anular le costó treintaisiete años en prisión, y le hubiera costado toda la vida si no es porque en 1871 un grupo de rebeldes azuzados por Porfirio Díaz se apoderó de la cárcel de Belén y lo liberó a cambio de sumarse a las fuerzas que pretendían derrocar a Benito Juárez. Sin embargo, apenas vio la reja abierta, Fernando VI abandonó los ideales políticos recién abrazados, y con tal de recomenzar una nueva vida le dio lo mismo si en Palacio se sentaba Benito, Porfirio o mamá Carlota. Y Fernando VI vivió apenas dos años tras salir de prisión, y engendró a Fernando VII y murió antes de verlo nacer. "Viva Fernando VII", se la pasaba diciendo mi padre en sus borracheras, "viva la Virgen de Guadalupe". De él no tengo mucho que contar, salvo que mi madre y un tío que lo empleó en su sastrería lo consideraban un cero a la izquierda. Y hablando de ceros, yo nací a las cero horas de una noche de año nuevo. La gente festejaba como si de veras algo estuviera quedando atrás y otra cosa mejor estuviera por comenzar. Todos celebraron, salvo mi madre, que se retorcía en un catre, echando el alma a gritos y con una cabecilla asomándosele por entre las piernas. No hubo médico ni partera porque también ellos estaban en la plaza tronando pólvora y chupando mezcal. Y cuando sonaron las campanas de la iglesia, mi madre escuchó llorar al niño que hasta entonces pensaba llamar Fernando VIII. Pero en ese momento había millones de borrachos en el país y seguro cualquiera de ellos se asomó por la ventana, y al presenciar el parto dijo: "Y le pondrás por nombre Natanael, que quiere decir feliz año nuevo". Ella pensó en un ángel y nunca quiso contrariarlo, temerosa del castigo. Y así rompió la tradición de la familia de cargar con nombres de reyes para ver si al menos llegábamos a picapleitos. "Yo le advertí a tu madre que debías llamarte Fernando VIII; ponerte Natanael podría traernos una maldición, y ya lo ves, no me equivoqué", dijo mi padre. El cura aseguró que mi condición era por tanto pecado en el mundo; mi madre, que por las borracheras de mi padre; y un médico apenas dijo que era cosa de suerte: "Más o menos uno en cien mil sale así". Una vez mi padre escribió con la lucidez del alcohol: "No sólo es chaparro; también es feo, sobre todo desde que le arranqué un gajo de ojo. Él pretende ser una persona común y corriente; habla y hace planes como si de veras alguien le fuera a dar trabajo y a veces hasta se peina y escoge su ropa con mucho cuidado quesque para enamorar a alguna mujer. Eso le resulta fácil porque no se ve a sí mismo. En cambio los que lo miramos sentado a la mesa o caminando por la calle como si fuera un animal más entre los perros, vacas, cabras y gallinas, no podemos ver en él sino una aberración. Por eso molesta verlo tan seguro de sí, tan como si no pasara nada; debería asumir su papel de fenómeno, de bestia, de error en la fórmula, del que sin duda es y será el más desgraciado de los Porcayo". Y cuando escribió eso no tenía idea de que yo llegaría a ser más que un simple borracho de sastrería o un presidiario de la cárcel de Belén o una momia de Guanajuato o un minero que sepultaría a ciento veintitrés compañeros o un amante sin cabeza o un despilfarrador con ganas de largarse a España. Llegaría incluso a ser más que un oidor. Sí, porque desde hoy soy un rey, el rey Natanael I, soberano de todos los artistas.

–No me jodas –dijo don Alejo sin la menor muestra de molestia o entusiasmo, y se llevó el índice a la boca en señal de silencio cuando vio que Barbarela quería decir algo.

Don Alejo dio la orden de detenerse. Observó a su gente para confirmar que todo estuviera en orden. En ninguno de los ocho distinguió las caras entusiastas de otras veces. Más que cirqueros a punto de iniciar el convite, le parecieron los dolientes de un entierro. Sintió especial curiosidad por Mágala, pues aunque tenía bien contados sus catorce años, vio en ella el rostro de una mujer madura, casi una anciana. Cerró los ojos por instinto y los abrió hasta darse la vuelta; no quería contagiarse del desánimo de su gente. Unos metros más adelante el camino se allanaba y se distinguían las techumbres de las primeras casas. Ningún ruido parecía venir del pueblo, y don Alejo se extrañó por tanto silencio. Esperaba en las afueras el cloqueo de alguna gallina o el retumbar de las campanas de misa de seis o el desinflado tañido de un cencerro; esperaba algún olor de cocina, de estiércol o de la podredumbre de un mercado de fin de semana; esperaba, cuando menos, la caterva de mocosos, sirviendo de embajadores, gritando a todo el mundo que ahí viene el circo. Por lo demás lo prefirió así; entre menos gente los descubriera, más sorpresiva sería su entrada.

–Como una invasión –dijo con ganas de avivarlos.

La idea no entusiasmó a Barbarela.

–Dios quiera y no nos reciban a balazos.

Mandrake la vio burlonamente y la hubiera insultado de habérsele ocurrido una frase que viniera al caso. Se enderezó el sombrero de copa. Iba vestido todo de negro, con una capa igualmente negra, salpicada de estrellas amarillas y un garabato rojo de tres palabras: MAGNO MAGO MANDRAKE.

–La perra –acabó por decir en voz baja.

Permanecieron un rato inmóviles, y uno a uno fueron cayendo en la cuenta de que el sitio era demasiado silencioso. Barbarela sintió miedo por tanta quietud. Fléxor quiso cantar sólo por meterse algo a los oídos, pero antes de decidirse se distrajo con la sombra de una nube. A una señal de don Alejo se reanudó la marcha y el silencio se borró, primero con el fuste que golpeó a Hércules, luego con el rechinar de la carreta que transportaba el cañón y, finalmente, con el arrastre de las pezuñas del marrano, amarrado a la carreta, resistiéndose a dar un paso más. Un revuelo de polvo se formó con cada paso, y en el camino se iban marcando las pisadas de todos.

–¿Ya viste? –preguntó Natanael.

Barbarela pretendió ignorarlo; luego le ganó la curiosidad. Lo miró sin decir nada.

–Por delante no hay huellas, sólo las que vamos dejando atrás.

–¿Y qué querías? –preguntó molesta Barbarela–. ¿Que las huellas fueran adelante de nosotros?

–No me refiero a eso.

–Shh –interrumpió don Alejo–. Cállate y ve si hay untura para ese rechinido.

Natanael retrocedió hacia la carreta sin hacer el menor intento por buscar la untura. De sobra sabía que no había y en todo caso no iba a engrasar los ejes mientras no los detuvieran. Además de tuerto me quedo manco, pensó.

–¿Alguien trajo algo de comer? –preguntó–. Tengo hambre.

–¿Para qué? –dijo Hércules–. Se nota que no sabes de esto.

Hércules estiraba la carreta. Ésta era una práctica común: atravesar las calles de un pueblo como si fuera una bestia de carga, con alguien que lo azuzaba mediante inofensivos latigazos. Para las mujeres que veían pasar el convite, resultaba una escena al borde del erotismo, y el mismo Hércules, sudoroso, con los músculos tensos, con un gesto de rabiosa resignación, disfrutaba creyéndose un esclavo judío en Egipto arrastrando un bloque de piedra hacia lo más alto de la pirámide. A veces le aburría su fuerza, y con los latigazos gozaba un sentimiento femenino de indefensión.

–¿Y qué debo saber? –preguntó el enano.

Barbarela redujo su velocidad para emparejarse con Natanael. Mandrake colocó sus brazos en la parte posterior de la carreta, como si ésta necesitara de su impulso para andar. Balo le hizo notar el cañón recién lustrado, y le advirtió que no fuera a ponerle las manotas encima. Mandrake tomó una piedra y se la arrojó con deliberada mala puntería. Barbarela se inclinó un poco y le preguntó a Natanael:

–¿Por qué estamos tan tensos? Ya hemos hecho esto muchas veces.

–Para mí es la primera –dijo Natanael–. Pero nadie está tenso. Nomás tú.

–¿Será que somos muy pocos?

–¿Qué quiso decir Hércules?

–¿Que si será que somos muy pocos? –insistió Barbarela.

–Será, pero yo no estoy tenso.

–Para Hércules todo es muy fácil; no le hagas caso.

–¿Qué quiso decir? ¿Por qué dijo que yo no sé de estas cosas?

–Tu cuento de ahorita te lo sabes de memoria, ¿verdad? Lo dijiste como un discurso, aunque se te olvidó lo del pariente presidente.

La marcha se hizo más lenta, como si el camino se hubiera vuelto cuestarriba. Mágala dijo que tenía sed. Un súbito viento movió los árboles, y don Alejo interpretó según su deseo el sonido de las hojas.

–Nos aplauden –dijo.

Natanael sonrió y le susurró a Barbarela:

–Pobre pendejo.

–Déjalo –dijo ella–, ya está chocheando.

–Pendejos todos –agregó Natanael–, fingiendo que no nos damos cuenta de las cosas.

–Y le afectó mucho lo de su hermano –continuó Barbarela.

–No doy un veinte por los hermanitos Mantecón.

Don Alejo levantó los brazos e hizo una reverencia a medias para agradecer los aplausos; aún no tenía ganas de observar a su gente y ponía oídos sordos a lo que se hablaba. Natanael estiró a Barbarela del brazo.

–¿A qué jugamos? –preguntó–. A estas alturas es obvio que no vamos a ningún lado.

–No digas necedades –Barbarela liberó su brazo.

El cañón se tambaleó cuando la carreta topó con una piedra, y aunque no fue nada grave, por varios segundos todos fijaron su vista en Hércules, quien continuó avanzando como si nada.

–Miren –dijo Fléxor.

El camino completaba una curva, y tras unos nogales se avistaba el caserío.

–Ahora sí –ordenó don Alejo –, que empiece la música.

Movió su mano derecha a manera de batuta y los demás, sin mucha convicción, comenzaron a tararear *Sobre las olas*. Con este vals, la Orquesta Festival acostumbraba abrir las funciones. Balo se levantó la camisa y sonó las percusiones con la barriga, si bien un vals le pareció muy desinflado para lo que debía ser una entrada triunfal. Hacía falta una marcha, una fanfarria, hacer tronar su cañón; también hacía falta más gente desfilando y la estampida del animalero. Natanael miró a Barbarela con un gesto que ella interpretó como "te digo que el viejo está loco". Se encogió de hombros y detuvo su canturreo. Fléxor era quien tarareaba más alto, se salía de tiempo y obligaba a los demás a seguir su compás. La melodía duraría poco y la primera variación sólo habría de hacerse con tres voces, pues los demás callaron cuando Narcisa gritó:

–Dios mío, ¿dónde estamos?

Fléxor se echó a correr invadido por una felicidad repentina; movía los brazos como si quisiera volar, lanzaba uno por uno los volantes promocionales, y para entonces era el único que seguía con el vals.

–Sí, señor –dejó el vals y comenzó a recitar según lo hacía el anunciador–, diversión para chicos y grandes a precios populares.

A Mágala le pareció gracioso y se echó a reír; en cambio don Alejo no pudo tolerar ese cuerpo escuálido, comprimido en un leotardo amarillo, correteando y aleteando.

–Detengan a ese imbécil. Está desperdiciando los volantes.

Hércules recibió la orden con deleite. Se soltó las amarras y, una vez liberto, articuló una zancada torpe y lenta que le meneaba el pecho y lo ponía cada vez más a la zaga de Fléxor.

–Mira –dijo Mandrake a Barbarela–, tiene más tetas que tú.

Natanael perdió interés en la persecución, aunque envidió la gracia de Fléxor para correr igual que si bailara ballet.

–¿Qué quiso decir Hércules?

–Para él es muy fácil –respondió Barbarela–, llega a cualquier lado y siempre encuentra alguna mujer que lo atienda. Pero olvídate, a ti y a mí lo mismo nos da un pueblo vacío.

Hércules terminó por darle alcance a Fléxor gracias a que éste venía corriendo de regreso. Un instante después el muchacho caía de rodillas, con un puñetazo en la cara, los ojos lacrimosos, las manos cubriendo la nariz sangrante y sin rastro de su repentina felicidad. La resma de volantes yacía sobre la tierra sin un viento que los dispersara. Así, de rodillas, Fléxor sintió a Hércules tomándolo de las muñecas y arrastrándolo hasta don Alejo. Apretó los dientes sin emitir sonido alguno, salvo el de su leotardo que se rasgaba y el de sus rodillas que labraban la tierra.

–¿No entiendes lo que está pasando? –le dijo con suavidad don Alejo y le acarició el pelo.

A lo largo de la calle se alineaban las pocas casas del lugar; algunas con las puertas carcomidas; otras habían perdido el enjalbegado y mostraban fachadas leprosas de adobes pelones; una de ellas había acumulado suficiente polvo en el techo como para criar algunos cardos que bajaban en cascada, con pretensión de bugambilias. La plaza era un hierberío seco con una estatua al centro y la iglesia mostraba una puerta atrancada y un campanario con evidencia de un pasado rebosante de palomas.

–Y yo decía que mi pueblo estaba pinche –dijo Balo.

Cuatro calles empedradas componían toda la geografía; en una se ordenaban las casas, pared con pared, como si a pesar de tanto espacio libre los pobladores hubieran extrañado el hacinamiento de la ciudad; en otra se erguía la iglesia, mirando hacia el poniente; en la tercera, unas cuantas piedras acumuladas, materiales que un día tuvieron la intención de ser edificio; y la cuarta calle parecía no conducir a ningún lado; sólo resultaba útil para completar la vuelta a la plaza.

–Si nos echamos a correr –murmuró Narcisa–, ¿alcanzaríamos a don Ernesto?

–Tú causaste todo –Barbarela la miró con rencor–, y ahora quieres ser la primera en huir.

El marrano chilló una vez más porque Mandrake lo había amarrado a un árbol. Barbarela volteó hacia atrás y apenas vio el ribete del sol tras la montaña.

–Vámonos a la carpa –dijo fastidiada–. Debemos regresar antes de que anochezca.

Don Alejo avanzó lentamente hacia el pórtico de una casa. Ahí se sentó y se quitó los zapatos.

–Mejor ven y frótame los pies; los traigo molidos.

Hércules empujó la puerta de una casa hasta vencerla. Los goznes rechinaron al tiempo que salía un flujo de humedad. Un paso atrás, Mágala contuvo la respiración con la idea de que el aire encerrado contenía muchas enfermedades.

–Ven, Mágala, vamos a ver qué hay dentro.

–No –respondió ella desconfiando de las intenciones de Hércules–. Está muy oscuro.

Aunque afuera aún había luz, las ventanas estaban bloqueadas con tablas, y adentro apenas se distinguían los tres cuartos, completamente vacíos, a no ser por una cama de madera sin colchón. Hércules palpó las paredes encaladas y sintió con desagrado cómo sus manos se llenaban de polvo. Aguzó la vista. Seguro que en un rincón habría un baúl, unos trastos, cualquier cosa. Lamentó no descubrir nada valioso y se reclamó a sí mismo por sentirse sin agallas para realizar un saqueo. Algo le molestaba del lugar. Resolvió que era una sensación de muerte. Deambular por esa casa le daba la tristeza de ver fotografías antiguas de gente sonriente, la imposible permanencia. Los dueños de la casa ya están muertos, dedujo; y entonces pudo justificar su falta de agallas porque estaba bien robarle a los vivos pero no a los muertos. Continuó bordeando las paredes hasta topar con una puerta al fondo. Ya no tenía ni cerradura ni bisagras y la desmontó al tratar de abrirla. Descubrió un patio descuidado, repleto de hierbas y ramas secas, y un oyamel, luciendo irreverente con su verdor entre tanta marchitez. Un enlosado al centro lo condujo al traspatio, donde encontró un baño de pozo. Caminó hasta allá y le maravilló encontrar una taza de porcelana, un lujo fuera de lugar entre tanta medianía. Se desvistió completamente para sentarse sobre la taza manchada de lluvia, tierra y sol. Si bien resultaba pequeña para su amplia humanidad, la sintió cómoda y deseable, y le hizo aborrecer su suerte de cirquero, sin posibilidad de sentarse a obrar dignamente, con calma, fumando un cigarrillo o leyendo el diario, sino siempre buscando un escondrijo fuera de la vereda o lejos de la carpa, donde corriera el aire, y sin poder quitarse de la mente la historia del hombre mordido por una víbora en sus genitales. Hércules pasó el índice por la comisura entre su trasero y la porcelana. "Ya no recordaba esta sensación", pensó y cerró los ojos para sentirse de nuevo un niño. Entonces volvió a aquellos días de invierno en la casa de su infancia, cuando antes de acomodarse en la taza, friccionaba con las manos el asiento una y otra vez hasta calentarlo. "Quizás esto sí me lo robe", se dijo. "Al cabo no hay muerto que le saque provecho".

–¿Estás ahí? –gritó Mágala desde afuera.

Hércules se vistió y con la luz restante investigó la forma de desprender el excusado para llevárselo como botín; sin embargo estaba firmemente adherido por una argamasa que los años habían convertido en verdadera roca. Resultaba imposible arrancarlo sin romperlo. Sacó del bolsillo una fotografía de él mismo, descamisado y con calzas negras repegadas a la carne; los tonos sepias evidenciaban que su cuerpo, ahora abotagado, alguna vez fue macizo y de líneas armoniosas. Sostenía en los brazos unas pesas de ochenta kilos con la leyenda *500k* y flexionaba las rodillas de modo que se le abultara la hombría. Siempre cargaba con esos retratos y una pluma para autografiarlos. A veces era su modo de agradecerle a una dama la noche pasada junto a él, a veces los cambiaba por un trago o a veces, las menos, encontraba quien le pagara por ellos. Su dedicatoria no cambiaba: *Para tal, un fuerte abrazo*; y firmaba Hércules R. L., en memoria de que años atrás se llamó Rubén Lombardo, y suponiendo que adjetivar el abrazo con la palabra *fuerte* era un acierto de su ingenio. Esta vez cambió la dedicatoria y escribió: *Propiedad de Hércules. No tocar.* Colocó la fotografía con la imagen hacia abajo y una pequeña piedra encima para que no se volara. Acarició el excusado como a un ser querido y salió con prisa hacia donde lo esperaba Mágala.

–¿Encontraste algo?

Él estaba entusiasmado por su descubrimiento y hubiera deseado tener a la mano alguien de confianza con quien hablar.

–Un oyamel –respondió– y una cama.

Mágala supuso que no había tal cama, que Hércules la mencionó como una burda invitación para entrar.

–¿Y te dormiste en ella, o por qué tardaste tanto?

Puso su mano derecha sobre el hombro de Mágala y moldeó un gesto que pretendía ser de afecto.

–Ya no quiero hacer como un animal –no aguantó quedarse callado–. Quiero sentarme en un retrete como Dios manda.

Mágala retiró su hombro extrañada, imaginando a Hércules avanzando a gatas y tirando sus heces igual que un caballo a galope tendido.

–Cochino –le dijo, y se fue con paso rápido hacia donde estaban Barbarela y don Alejo.

De camino se topó con Fléxor, quien trataba aún de detener el flujo de la sangre en la nariz y en las rodillas y amenazaba a Hércules diciendo que le rajaría la lonja en cuanto lo hallara descuidado.

Barbarela continuaba frotando los pies de don Alejo como si fueran una masa lista para echarse al horno.

–Ya estuvo –dijo don Alejo molesto–. Masajeas como si quisieras despedazarme las patas.

–Le estaba haciendo suavecito –dijo Barbarela y se talló las manos en el vestido para removerles el sudor, mitad propio, mitad de don Alejo.

Él se puso unos calcetines desgastados aunque sin agujeros y metió los pies en los zapatos sin abrocharse las agujetas. Se rascó el vientre y comenzó a caminar, lentamente, seguro de no tener adonde ir. Barbarela lo alcanzó.

–¿Qué le pareció el asunto de Natanael I?

Don Alejo se encogió de hombros; no tenía ganas de ocupar la cabeza en nombres de enanos si había tantas cosas importantes en que pensar. Ella sonrió y continuó:

–Para mí son puros cuentos.

En su andar se toparon con Mágala.

–Me acabo de enterar cómo hace Hércules sus necesidades –dijo ella, divertida, empleando un tono de secreteo en voz alta.

Barbarela levantó la vista, incrédula.

–No me interesa.

–Dice que se pone a gatear… –prosiguió Mágala, pero don Alejo la paró en seco.

–Cállate.

Mágala bajó la cabeza avergonzada y molesta, buscando qué decir para reivindicarse.

–Don Alejo, pídale a Hércules que no se me acerque.

–¿Qué puede hacerte ése? –preguntó Barbarela.

–Me está hablando a mí –dijo don Alejo ante la sonrisa de Mágala.

Los tres se miraron con cautela; el viejo expresando con los ojos su poca paciencia para estupideces; las dos mujeres ideando la forma de captar la atención del patrón.

–El oidor –Barbarela retomó el hilo–. Ni quién se lo crea.

–Me quiere meter mano –explicó Mágala–. Hace rato forzó la puerta de una casa y quiso acostarse conmigo en una cama que halló dentro.

–Brincos dieras –dijo Barbarela.

–Me está hablando a mí –repitió don Alejo con mayor énfasis.

–Y yo quiero que me respete porque todavía soy una niña.

–¡Ja! –Barbarela forzó la risa–. Las niñas no huelen a huachinango.

–Le estoy hablando a él –dijo Mágala con los músculos tensos.

Don Alejo perdió la calma. ¿Por qué lo importunaban con sus niñerías? ¿Acaso no advertían el problema que tenían delante?

–Lárgate de aquí –le ordenó a Barbarela–, y déjanos hablar en paz.

Barbarela se llenó de rabia y quiso preguntarle al viejo si acaso el masaje no le valía un poco de tolerancia. Las palabras se le trompicaron y apenas pudo mover las manos en un gesto que según ella simulaba el acto de masajear, pero según don Alejo y Mágala era una forma de decir que tenía garras y podía utilizarlas cuando quisiera. Barbarela dio media vuelta justo para toparse con Hércules, a punto de unirse al grupo.

–Imbécil –dijo e intentó darle una cachetada.

–¿Y a ésta qué le pasa? –preguntó Hércules.

Barbarela ahogó un grito de frustración y se echó a caminar hacia la plaza.

–No sé –dijo don Alejo.

–Creo que está celosa –dijo Mágala.

Cuando cayó la noche, todos se sentaron en torno a una fogata que Balo encendió a media calle. Fléxor ya había dejado de sangrar; respiraba con pesadez y gimoteaba ocasionalmente para informar a todos que aún le dolía su rodilla; con esto pretendía generar hostilidad hacia Hércules. Barbarela sintió hambre; aceptó que lo mejor era apagar la lumbre y volverse a la carpa, al cabo había suficiente luna para no tropezar en el camino. No habló porque supuso que don Alejo no tardaría en hacerlo. Natanael cerró su ojo para escuchar el crepitar de la leña encendida.

–¿Cómo ven? –preguntó Balo–. ¿Practicamos el acto del hombre que se negó a nacer?

–No fastidies –reclamó Barbarela y, para distraer la atención, agregó–: Por cierto, el enano todavía no se inventa un nombre.

–Tenemos que hacer algo –dijo Balo–. Ni modo de quedarnos viéndonos las caras.

–Yo le sugerí Enanoski.

Del otro lado del fuego, Natanael levantó el cordial.

–Encontré un retrete que es una maravilla–dijo Hércules con entusiasmo.

–Por mí está bien practicar el acto –dijo Natanael–, siempre y cuando Barbarela no esté en sus días.

Mágala torció una sonrisa.

–Sus días pasaron hace mucho tiempo.

Don Alejo bajó la cabeza. Tuvo planes de vender cientos de entradas con la gente de ese lugar; también pensó en reclutar algunos peones para desmontar la carpa cuando la temporada finalizara y, de encontrar gente con facultades, hubiera contratado una pequeña orquesta. Ahora, sin público, necesitaba cambiar sus proyectos; buscar el pueblo más cercano, vender el marrano, la madera de las gradas, la carpa chica, lo indispensable para financiar el traslado a un lugar populoso. El rostro de don Alejo se volvió tan transparente que Mandrake no tuvo dificultad en leer sus pensamientos.

–Podemos buscar un sitio donde nos dejen dar funciones sin carpa –dijo–. Ya luego volvemos por ella.

–¿Y cómo colgamos el trapecio? –preguntó Mágala.

–Vamos a practicar el acto –dijo Natanael.

–Lo puedes colgar de un poste de luz.

–Sin carpa la gente se trepa a cualquier árbol y no paga –dijo Hércules.

–Estás loco, me puedo electrocutar.

–¿Y si llueve? –preguntó Barbarela.

Una ráfaga avivó el fuego y cientos de chispas se echaron a volar como luciérnagas espantadas. Mandrake se quejó cuando una de ellas se posó en su ojo derecho.

–Nadie decide ser cirquero –don Alejo agravó la voz, se puso de pie y comenzó a caminar alrededor de la fogata–. Son cosas que pasan.

Los demás lo miraron en silencio, en espera de que llevara su comentario a una conclusión. Sólo vieron al viejo dar más vueltas sin volver a abrir la boca.

–Era de porcelana –dijo Hércules cuando el momento se volvió muy pesado–. Se sentía bien, muy suave.

Ninguno supo de qué hablaba y les pareció un comentario tan desatinado como el del viejo.

–El hombre que se negó a nacer –insistió Balo.

–Ayuden al enano a inventarse un nombre –dijo Barbarela para evitar que prosperara la idea de Balo.

Durante un instante se hizo el silencio; los rostros se notaban pensativos. Don Alejo dio otro par de vueltas al fuego, con pasos rastreros y manos tomadas por la espalda. Se detuvo.

–Es hora de irnos –dijo–. Este pueblo no hace taquilla.

–El Cíclope de Liliput –Fléxor habló entusiasmado y buscó aprobación entre las miradas.

–Podemos esperar un poco –dijo Mágala–. Quizás al rato venga la gente; a lo mejor salieron de cacería y para mañana en la mañana todos están de vuelta.

Mandrake se echó a reír.

–¿De cacería? –preguntó–. ¿En qué época vives?

–Ya tengo nombre –dijo Natanael con rencor.

Mágala se encogió de hombros, avergonzada.

–Vámonos –insistió don Alejo.

Hércules seguía pensando en el retrete de porcelana y en su deseo de poseerlo. Comparó las casas del lugar con cuevas vacías, esperando la llegada de un animal o de un hombre que las habitara y tomara posesión de cuanto hubiera dentro.

–Señor –dijo con todo respeto a don Alejo–, ¿por qué no nos quedamos aquí?

–Porque ya es muy tarde –dijo don Alejo–. Mañana temprano tenemos que…

–No me refiero a esta noche –interrumpió Hércules–. Estoy hablando de toda la vida.

La idea ya había circulado por la cabeza de los demás de un modo tan difuso que nadie la aceptó como un deseo, acaso una rienda suelta de la imaginación. En cambio, escucharla en boca de Hércules le dio forma y peso, y bastó un rápido vistazo a los ojos de los otros para confirmar que la propuesta ya estaba aceptada por ocho votos a favor y el de don Alejo en contra.

–Si tuviera casa propia –dijo Barbarela sin recordar que apenas unos instantes atrás sentía hambre y deseaba volver a la carpa–, me podría depilar, ya no tendría necesidad de vivir a expensas de mis pelos.

–Me duele la rodilla –se lamentó Fléxor.

–Cállate, maricón.

–Depílate un pelo a la vez –dijo Mandrake–, no te vayas a desollar.

–Yo pondría mi cañón en el zaguán –dijo Balo–, y pobre del que quiera entrar sin tocar la puerta.

–A mi edad y con casa propia –dijo Mágala emocionada–. No puedo creerlo.

–El retrete –dijo Hércules.

–Siempre he soñado con mi espacio –dijo Natanael–, para llenarlo de muebles a mi altura.

Cada quien habló de sus planes, sin el menor interés de escuchar a los demás, mientras adivinaban entre las sombras de las construcciones cuál sería su futura casa. Hércules se dirigió al patrón en tono apostólico:

–Señor, bueno es para nosotros quedarnos aquí.

Don Alejo lo miró con una sonrisa, tratando de ocultar su rabia por lo que vislumbraba como el inicio de un motín.

–No sabes lo que dices.

Con ganas de mostrar su autoridad, echó a caminar hacia la negrura que conducía a la carpa. Avanzó unos metros y giró para ver si alguien lo seguía. Nadie; todos sentados y sin hablar, hechizados por la lumbre igual que si fuera un gran espectáculo. Mencionó quedo el nombre de Narcisa y le pidió que no lo dejara solo. No hay razón para preocuparme: ¿qué pueden hacer unos cirqueros luego de tomar por asalto unas casas abandonadas? ¿Morirse de hambre? ¿Matarse de aburrición al presentar los mismos actos de siempre para ellos mismos? Sí, no tengo de qué alarmarme; además, en el peor de los casos, puedo convocar por mí mismo al público, les prometo maravillas y en su momento me bastará con encender una fogata en el centro de la pista para dejarlos idiotizados durante horas viendo el fuego; al final lo apago con agua, y mientras sale vapor me dedicarán un gran aplauso. Nadie se incorporó para seguirlo y se cuestionó si sólo podían ser una familia cuando las gradas estaban llenas, o si su hermano era quien verdaderamente tenía la autoridad, o si, tan simple como le sonaba, un montón de casas vacías resultaba mayor tentación que una vida llena de aplausos, yendo de un lado a otro, conociendo mundo, sabiéndose superior a cualquiera del público. Se reclamó que luego de tantos años de manejar un circo se le desmoronara el primer día que su hermano lo dejaba solo. Le resultó tan inconcebible irse sin compañía como insistir en que alguien lo siguiera; se desvió hacia el árbol donde habían amarrado al marrano y lo llevó consigo.

–Acompáñame –dijo con dulzura–. Allá en la carpa esperamos a los demás.

Y el animal lo siguió con pasos cortos y rápidos, con la cola recta, como si fuera un perro de pedigrí.

Barbarela tomó a Hércules de la mano y lo alejó del grupo. El fuego se había convertido en brasas que apenas tomaban color con el viento. Hércules hizo un esfuerzo a medias para deshacerse del agarre de Barbarela; luego se conformó con dejarse guiar. Ella lo condujo hasta una banca en la plaza.

–¿Es cierto lo que dijo Mágala?

Aunque entendió perfectamente la pregunta de Barbarela, prefirió llevar sus palabras a otro destino.

–¿Sobre tus días que ya pasaron?

–Mágala es una mentirosa –protestó Barbarela–. A mis días aún les queda mucho.

–A mí no me consta nada.

–No por mi culpa –su expresión aspiró a ser seductora, pero en la oscuridad no significó nada.

Hasta entonces reparó Hércules en que todavía estaban tomados de la mano y, sentados solos en la banca de una plaza, deseó de todo corazón convertir a Barbarela en una mujer hermosa. Intentó en vano hacer de la negrura un ardid para engañar la memoria. Dejó que sus ideas revolotearan por unos segundos, y como la hermosura de esa mujer fue apenas eso, una idea, terminó por contraer rápidamente el brazo.

–Me refiero a lo que Mágala dijo a don Alejo –Barbarela hubiera preferido no ser tan explícita–. ¿La querías meter en esa casa?

Él se arrellanó en la banca, con las piernas bien estiradas y los tobillos cruzados. Oprimió su vientre con ganas de compactarlo y le vino una tristeza profunda, aunque fugaz, cuando lo soltó y las carnes volvieron a tomar su volumen.

–Tú lo has dicho –farfulló–, es una mentirosa.

En medio de la plaza se erguía la estatua de piedra de un hombre a caballo. El animal, con el hocico abierto, se sostenía en sus patas traseras, mientras el jinete, con la espada apuntando hacia la iglesia, parecía convocar un ejército a sus espaldas. El pedestal de granito se levantaba en el centro de lo que parecía la pileta de una fuente, sin gota de agua, llena de tierra y hojas secas, y en uno de sus costados podía leerse la inscripción: MI VIDA POR TU HONOR. Barbarela se puso de pie y fue hacia la estatua, sorprendida de que, pese a la capa de polvo, la frase fuera tan visible a la luz de la luna. Luego de observarla por un rato y de buscar sin éxito la identidad del personaje, dijo:

–Ya no hay hombres así.

Hércules se recostó en la banca de piedra y se deshizo de sus zapatos antes de responder:

–No te quejes; tú tuviste quien arriesgara la vida por ti.

–Don Alejo no arriesgó nada.

–Casi le queman la carpa.

–Eso no fue por heroico, sino por pendejo.

–Quizás, pero igual te salvó.

Barbarela desempolvó el pedestal en busca de un nombre o una fecha o cualquier dato que desentrañara la identidad de aquel jinete dispuesto a canjear la vida por el honor. En uno de los costados encontró una talladura rectangular, y la juzgó un indicio de que ahí había existido una placa con el nombre del jinete.

–No te hagas ilusiones –dijo Hércules con una pereza que a punto estaba de hacerlo dormir–. Se refiere al honor de la patria.

Barbarela lo sabía; sin embargo le agradaba más pensar en héroes sacrificándose por una mujer, sobre todo porque suponía que de haber existido un hombre como ése, tan sólo uno, que diera la cara por ella, no hubiera terminado como fenómeno de circo.

–Nadie lucha por la patria –dijo–, a menos que ame a una mujer.

Cuando recién comenzaron a brotarle vellos en el cuerpo no les dio mucha importancia; acaso muchas mujeres pasaban por lo mismo; y al fin, todo era cuestión de deslizarse la navaja de su hermano o desprenderse el mejunje de resina y jarabe de piloncillo que le untaba su tía por toda la piel. Con el tiempo, la fina felpa se fue convirtiendo en una pelambre gruesa como espinas de nopal, demasiado dolorosa para depilar y demasiado evidente como para ocultarla con afeitadas. Su tía le confió un presentimiento: lo correcto era ya no resistirse a la naturaleza y dejarse crecer la barba y el bigote. Barbarela aún se llamaba Angélica y permaneció encerrada por más de un mes, viendo con desesperación la embestida de los pelos que tomaban posesión de su pellejo como mala hierba en un terreno abandonado. Una mañana de Viernes Santo le dijo la tía que ya era hora de arreglarse un poco. Armada de jabón, tijeras y cepillo, la bañó, le recortó el cabello, le despuntó la barba y le organizó el peinado de modo que se pareciera lo más posible a la figura del crucifijo pendiente en la pared. "Es un milagro", dijo la tía. "Nuestro Señor reencarnó en una mujer". Y se arrodilló a sus pies y comenzó a recitar una serie de alabanzas repletas de aleluyas y oh salves. Angélica le dijo que no fuera estúpida, que sus pelos no se relacionaban con cosas divinas, sino acaso con el demonio; que ella no había nacido por gracia del Espíritu Santo sino por obra de un desvirgamiento previamente convenido en las actas del registro civil; que jamás había transformado el agua en vino, sólo en orines; que su ayuno más largo fue de tres días y eso cuando su padre se quedó sin empleo; y hubiera continuado con su ristra de argumentos si no la detiene su tía para decirle está bien, no pienso convencerte, pero como todos en el pueblo son una sarta de ignorantes, bien se pueden tragar el engaño y entonces ai te encargo el dineral que les vamos a sacar. Y lo que en Angélica no pudo mover la fe lo movió la codicia.

Esa misma tarde salieron a encontrarse con la representación oficial de la Pasión de Cristo. Angélica improvisó una túnica, una corona de alambre de púas y una cruz tan pequeña que a nadie se le habría ocurrido usarla para la crucifixión. En el camino discutieron si habría de llamarse Jesucrista o Jesusacrista. Llegaron a la calle Progreso, provisionalmente la calle de la amargura, en el preciso instante en que el otro Jesús caía de rodillas. Entonces la tía le ordenó a Angélica deshacerse de su estúpida cruz, pues era la hora de sustituir al Cristo de pacotilla, y anunció: "A un lado señores, fariseos, judíos, escribas, pecadores todos; abrid paso al verdadero Salvador nuestro, reencarnado en mujer, tal como estaba escrito, porque en las originales sagradas escrituras igual se dice hijo que hija". La gente tardó un rato en asimilar esas palabras, y sólo el otro Jesús protestó porque no estuvo de acuerdo con que le robaran el estrellato. "No me chinguen", dijo, "justo cuando viene lo bueno." Poco a poco la gente fue murmurando, y al sumar comentarios, crecía la indignación y la idea de que quizás la reencarnación de Cristo estaba comprendida en la Biblia, pero ponerle cuerpo de mujer implicaba una herejía imperdonable. De las peticiones para echarla de ahí pasaron a los insultos y de los insultos a las pedradas. En su defensa, la tía dijo: "Está escrito: 'No la conocerán y con piedras la negarán' ". La frase consiguió apaciguar la ira sólo por un instante, porque entonces el Pilatos de ocasión gritó: "¡Crucificadle!".

La llevaron a rastras por el resto del viacrucis hasta la loma que hacía las veces de Calvario. Ahí los guardias romanos le quitaron sus vestiduras y, horrorizados por el cuerpo velludo de Angélica, pero sobre todo por los rizos que le brotaban de los pezones, se olvidaron de echar suertes con su túnica. Le ataron los brazos al travesaño y no daban con la manera de levantar la cruz porque Angélica representaba con muy poca dignidad el papel de Cristo y se ponía a dar patadas y gritos y le escupió a María Magdalena, y le decía a Dimas y Gestas que no se estuvieran ahí como imbéciles y la ayudaran.

En eso se escuchó una voz llena de autoridad: "Barbarela, Barbarela, ¿por qué me has abandonado?", y el forcejeo se detuvo por un instante.

Aprovechando que en Viernes Santo no se daban funciones, don Alejo había salido a pasear. Atestiguó cuanto estaba ocurriendo y su visión de empresario circense le afirmó que el peor momento para exhibir a una mujer como ésa era precisamente durante una fiesta religiosa; en su circo, por el contrario, sería todo un éxito. De inmediato se le ocurrió llamarla Barbarela.

Don Alejo se acercó a desatarla y le dijo a la gente que la perdonaran porque no sabía lo que hacía. Inventó rápidamente una historia sobre la mujer barbuda: "Trabaja para mi circo y, como está mal de la cabeza, a veces se fuga y se mete en líos". Angélica aceptó el juego como su más viable salida y puso cara de imbécil en lo que don Alejo la tomaba de la mano, la cubría con su túnica y la conducía a la salvación.

–Despierta, animal –dijo Barbarela. Hércules entreabrió los ojos y quiso encontrar una posición más cómoda para dormir, pero su cuerpo era demasiado amplio para la banca. Giró la cabeza hacia el respaldo y alcanzó a leer una inscripción en la banca: "Cortesía de la familia Bocanegra".

–Nostés... –murmuró Hércules antes de comenzar a roncar.

Cuando don Alejo presentó por primera vez el acto de Barbarela aprendió que ni siquiera en el circo se permitía jugar con las creencias de la gente. El acto consistía precisamente en una crucifixión, con algo de melodrama y recursos de teatro; y aunque se tomaron el cuidado de no utilizar palabras como Crista o Jesusacrista o cosas por el estilo, y en vez de soldados romanos utilizaban federales, y los ladrones de las cruces de al lado eran dos Cabriolé, haciéndola de Chucho el Roto y Emiliano Zapata, y en vez de un INRI sobre la cruz colocaron un anuncio de la Cerveza Victoria, la gente lo consideró una parodia de mal gusto, y, de manera similar a aquel Viernes Santo, comenzaron los abucheos, arrojaron objetos y alguien terminó por prenderle lumbre a las gradas. La cosa no pasó a mayores porque el fuego no se extendió, y de los objetos arrojados sólo tuvo consecuencias una piedra que golpeó a un Cabriolé en la genitalia de manera tan certera y vigorosa, que pasaron meses antes de que el miembro recuperara sus facultades eréctiles. Los hermanos Mantecón se lamentaron del dinero desperdiciado en el mecanismo, diseñado para simular, en un acto escapista, la ascensión al cielo de Barbarela, y en el espectáculo de rayos y truenos que antecedía la entrada de Hércules para expresar: "Verdaderamente era la madre del circo". Sólo los músicos de la Orquesta Festival se mantuvieron firmes como capitán de barco que se hunde y, mientras la gente abandonaba la carpa con prisa, hicieron sonar sus trompetas apocalípticas.

–Anda, Hércules, hazme un lugarcito en tu banca.

No hubo más respuesta que un silbido de la nariz. Barbarela volvió a la estatua y quiso inventarle un nombre. Se sentó recargada en el pedestal y de inmediato se volvió consciente de su cansancio. Los ojos se le cerraban sin remedio. Estaba a punto de perderse en el sueño cuando le vino el nombre de

Timoteo de Roncesvalles y se preguntó por qué se le habría ocurrido semejante estupidez. No era posible que alguien con ese nombre diera la vida por el honor de su amada. Advirtió el día poco afortunado para inventar nombres, pues ni con el enano tuvo suerte. Se conformó con acurrucarse junto a Hércules; eso bastaría para olvidar a Timoteo de Roncesvalles, y a la mañana siguiente tendría tiempo para pensar en un nombre mejor.

–¿Qué te pasa? –Narcisa trataba de dormir, pero los gimoteos de Fléxor se lo impedían.

–Mira cómo traigo las rodillas.

Estuvo a punto de decirle no seas joto, aguántate y deja de lloriquear; sin embargo le causó ternura el leotardo amarillo, con rasgaduras en ambas rodillas, manchas de sangre y tierra, y repegado a un cuerpo delgado y frágil.

–Todavía eres un niño.

Fléxor levantó la mirada preguntándose a qué venía ese comentario. Narcisa se encogió de hombros y comenzó a acariciarle los cabellos, dándose tiempo y paciencia para acomodarle un peinado con la crencha bien delineada. Luego bajó las manos para tomarlo de los hombros y lo acercó para besarlo en la boca. Fléxor apretó los labios, pero fuera de esa resistencia, se dejó hacer y tocar. Al cabo de unos segundos Narcisa notó que el leotardo amarillo continuaba untado al cuerpo, sin protuberancia alguna en ningún punto.

–Me lo imaginaba –dijo.

Fléxor se apuró a dar una respuesta.

–¿Y qué querías? No te sientas tan irresistible.

–No importa –dijo Narcisa mientras trataba de reprimir una carcajada–. Siempre quise alguien como tú.

Él intentó elaborar una explicación. Ella cambió el tema y le preguntó si se había lavado la herida. Fléxor dobló la pierna y sintió el dolor de la sangre seca cuarteándose como tierra que no ha visto llover.

–¿Cómo quieres que me lave si aquí no hay agua?

–Para eso estoy yo –Narcisa lo abrazó–. Te voy a cuidar como si fueras mi hijo.

Fléxor se encaramó al abrazo. El pecho de Narcisa era cálido, mucho más que la soledad de su catre en la carpa, y se dejó arrullar por el pulso cardiaco. Ignoró el ardor de las rodillas, cerró los ojos y comenzó a perder el sentido.

–No tan rápido –dijo Narcisa.

Le descubrió la pierna derecha hasta medio muslo y escupió con abundancia en donde supuso que se hallaba lo más severo del raspón. Formó con los dedos una mezcolanza de sangre y lodo, y con un segundo escupitajo lo enjuagó. Quiso hacer lo mismo en la pierna izquierda, pero la boca se le había secado, y a pesar de sus esfuerzos, succionando e imaginando deliciosos platillos, apenas reunió suficiente saliva para humedecer un poco la herida, para suavizar la costra y hacerla sangrar de nuevo.

–Mira lo que hiciste.

Narcisa no prestó atención al hilo de sangre que escurría a paso firme, pues comenzaba a preocuparle otra cosa. La lengua le reclamó la saliva recién derramada y le exigió un trago de agua. Se puso a observar a su alrededor y, aunque la noche era suficientemente oscura para no ver más allá de un tiro de piedra, creyó tener los argumentos para decir:

–Somos unos imbéciles.

Fléxor levantó la vista un instante, luego se puso a soplar la sangre con la esperanza de detener pronto la hemorragia. Alguien le había contado sobre una enfermedad; fuera la herida grande o pequeña, la sangre brotaba a chorros o a gotas sin poder humano o divino que la detuviera. No resultaba desagradable morir así, pues sólo se sentía una poca de sed, un poco de frío y mucho sueño, inevitablemente la víctima caía dormida y ya no sentía ni sed ni frío ni nada.

–Tengo sueño –dijo.

–Yo tengo una sed horrorosa –dijo Narcisa.

–Ya sólo nos hace falta alguien con frío.

Y como Narcisa no entendió, Fléxor hizo un gesto de disgusto y dio media vuelta.

–Este pueblo está abandonado porque no tiene agua –dijo ella–. ¿Cómo diablos suponemos…?

Se calló. No tenía caso decírselo a Fléxor si a la mañana siguiente podía echárselo en cara a todos y hacerles ver que eran unos imbéciles. Ya lo sabrán; además de nalgas tengo cabeza, pensó. Se acurrucó junto a Fléxor, lo acarició mientras le decía frases cariñosas con palabras como "mijo" y "mijito" y poco a poco fue quedándose dormida, tratando de no pensar en su boca seca y haciendo planes para explicarle a don Alejo, cuando volvieran, que en realidad ella nunca quiso abandonarlo.

–Los circos trashumantes, de lamido perrillo enciclopédico y desacreditados elefantes, me enseñaron la cómica friolera y las magnas tragedias hilarantes... ¿Te suenan? Imposible. Son versos de un poema que todos deberíamos saber de memoria. Claro, si fuéramos como en aquellos días, cuando existía inteligencia, disciplina y vocación. El aeronauta previo, colgado de los dedos de los pies, era un bravo cosmógrafo al revés que, si subía hasta asomarse al Polo Norte, o al Polo Sur, también tenía cuestiones personales con Eolo... Hace unos días le recité esto a los Cabriolé y se me quedaron viendo alelados, sin saber qué decir; por fin uno de ellos preguntó, ¿quién es Eolo? Bola de incultos; con razón jamás pudieron hacer el salto triple ni la doble escaramuza ni el vuelo del colibrí; encomendándose a la Virgen de Guadalupe en lugar de rezarle a Eolo. Yo me encomendaba a Barnum, a san Barnum, a Phineas Taylor Barnum o, como él se hacía llamar, al Príncipe de los Embaucadores. He aquí a tu discípulo, lo invocaba antes de cada función; en ti confío el buen resultado de cuanta maniobra, gracia, magia y temeridad intenten mis muchachos. Eso era cuando estaba lleno de proyectos; después ya no me sentí digno de llamarme su discípulo. Malogré su legado de tres o más pistas, gigantescos elefantes, monstruosos gorilas, tribus completas de caníbales o zulúes, gradas para diez mil espectadores, arena para mil artistas y, créeme, las mujeres más bellas del mundo.

Mi hermano y yo pensamos que podíamos volver a México y decir que fuimos discípulos de Barnum, triunfadores en su circo, para llenar noche a noche nuestra carpa; pero en este país de ignaros, el nombre del maestro dice tanto como Eolo le dijo a los Cabriolé. Mucha razón tenía Barnum cuando dijo: "Cada minuto nace un imbécil", aunque no aclaró que casi todos nacen aquí. Eso me molestaba al principio, cuando éramos los Mantecón Bros. y de veras nos esforzábamos por presentar el espectáculo más grande del mundo; o al menos más grande de México; ahora lo agradezco: un público medianamente ilustrado no pagaría ni cinco centavos por ver la pobre exhibición de esta carpa. Y menos ahora, sin mi elefante y, me duele decirlo, sin payasos. Irrumpía el payaso como una estridencia ambigua, y era a un tiempo manicomio, niñez, golpe contuso, pesadilla y licencia... Estos hombres de copete y nariz bermellón son la mayor prueba de la existencia de tanta imbecilidad. Maldito aquel que abrió las puertas del circo a los payasos. Ese abyecto supuso que en medio de tanto acto temerario y tensionante, el público necesitaba relajarse, reírse. Los payasos comenzaron como relleno, gente de utilería para hacer tiempo mientras se armaba la jaula, se tensaban las cuerdas, se llenaba la pileta, o lo que fuera. ¿Y quién iba a pensarlo? La gente se reía y aplaudía y disfrutaba igual o más que en los otros actos, sobre todo los niños, los pinches niños. Desde temprana edad uno se da cuenta de cuáles pintan pa babosos: los que más se carcajean, los que gritan para advertirle a Copetino que Lagrimita le va a patear el trasero, los que se enconchan porque se imaginan empapados cuando Lagrimita les arroja un cubetazo de confeti. Yo por eso nunca quise uno; nomás de imaginarlo riéndose a media función... Amábanlo los niños porque salía de una bodega mágica de azúcares. Su faz sólo era trágica por dos lágrimas sendas de carmín. Su polvosa apariencia toleraba tenerlo por muy limpio o por muy sucio, y un cónico bonete era la gloria inestable y procaz de su occipucio... Nosotros intentamos presentar un circo sin payasos, sí, señores, damas y caballeros, Circo Mantecón Brothers lo mantendrá asombrado, al filo de su butaca, con el corazón a punto de estallar. Ésa era nuestra idea, un espectáculo montado con actos asombrosos y temerarios; nada de simplezas y chistes gastados. Muy pronto acabamos por admitir que otros empresarios ya habían acostumbrado a la gente: querían ver a sus miserables payasitos. Las señoras eran las primeras; ésas nunca se pueden quedar calladas. Se ponían a gritar queremos payasos, dónde están, empresarios rateros, y no hablaban por sus hijos sino por ellas mismas. Al rato la cosa se generalizaba, nos abucheaban y arrojaban los cojines, o peor, las gradas se quedaban vacías; los padres no nos traían a sus babositos. Más bajo no pudo caer el circo. ¿Qué necesidad había de enviar una expedición al África Negra para atrapar leones?, ¿para qué incurrir en todos los costos y trámites de embarcar un elefante blanco desde Birmania?, ¿para qué pasar toda una vida dominando el equilibrio, los malabares, las maromas, el temor?, si ahora la estrella de la noche puede ser un improvisado de bonete. En cualquier carpa barata hay payasos; en cualquier familia hay payasos; cualquier cuñado mamón es un payaso, cualquier desempleado borracho puede volverse un payaso; seres que ni siquiera cuidan su aspecto porque quieren conmover con su suciedad, con ropas zarrapastrosas, con pelos desordenados, con el hocico oliéndoles a mierda. Te digo, se dan una patada en el culo y eso tiene mayor mérito que insertar la cabeza en la boca de un tigre; una cara de reír llorando arranca más aplausos que malabarear seis pelotas con los ojos vendados. En los volantes, Bengalo el Domador y todos los demás aparecen con letras negras chiquitas; sólo Lagrimita, Copetino y Pescuecín lucen letras grandes rojas como su nariz, y vienen antecedidos por la leyenda "Circo Mantecón Hermanos presenta a sus artistas exclusivos". Pon atención. Exclusivos. Estoy de acuerdo con que el circo es repetitivo, nada hay nuevo bajo la carpa, pero a la vez nada es tan poco exclusivo como las bobadas de los payasos; se vienen repitiendo desde que el hombre es hombre, dentro y fuera de la carpa. ¿Y me ves fuerzas para luchar contra la estupidez? Terminé por aceptar las reglas del juego. Ir al circo es como ir al museo. Vean señores, así se divertía la gente en la antigüedad, cuando el cerebro era una nuez. Y de nuevo, aquello contra lo que luchaba se convirtió en fuerza. La costumbre puede matar un espectáculo que se precia de original; en cambio el circo, a base de repetirse, ya se volvió una tradición; y la gente no cuestiona las tradiciones, simplemente las acepta y vive con la idea de que son buenas si son religiosas; sabrosas si son de comer; interesantes si vienen de los indios; y divertidas si son un espectáculo. ¿La tradición ordena que el circo sea algo ameno, emocionante? Pues así sea, aunque tú y yo sepamos que es tan aburrido como otras tradiciones estúpidas: los voladores de Papantla, la música de tambora, la danza de los viejitos, la rosca de reyes, la Guelaguetza. Benditas sean las tradiciones que nos dan sustento a los personajes más anacrónicos y repetitivos de este país de mierda. Sí, señor, la gente no quiere poemas sino estribillos.

–Ggnt –aspiró el marrano, relajando las orejas a manera de asno triste, mirando al viejo con ojos atentos, como si de veras le prestara atención.

Balo despertó en medio de la calle, adolorido, con la persistente sensación de una piedra filosa en la espalda, con la ropa y el cabello llenos de tierra y más cansado que cuando se acostó. Alcanzó a ver a los demás, todavía dormidos, echados en una banca, en la banqueta, bajo un cobertizo o unos encima de otros. Negó con la cabeza, decepcionado, y fue hacia Mandrake.

–Somos unos muertos de hambre –dijo mientras le daba una serie de patadas flojas en el costado–. Peor que animales.

Mandrake abrió los ojos y tardó un rato en comprender dónde estaba y qué le fastidiaba las costillas. Se estiró con pereza y levantó la vista. Tierra, polvo, más tierra, calor, algo verde en el fondo, calor, tierra. No es como imaginaba el paraíso, pero qué diablos, todo era gratis.

–Hasta un perro –continuó– se hubiera metido en cualquiera de las casas –si bien Balo no hablaba muy alto, en medio de tanto silencio su voz fue una campana tocando a rebato.

Uno se tallaba las lagañas, otro buscaba un sitio donde orinar. El sol ya golpeaba a treinta grados, y hasta que Mágala preguntó la hora cayeron en la cuenta de que nadie tenía reloj. En la torre de la iglesia había uno; sin embargo estaba parado y sólo tenía una manecilla indicando las ocho, si fuera el horero, o el cuarenta, si fuera el minutero.

–Precisamente –dijo Mandrake–, no somos perros. Por eso hacemos las cosas con orden.

–Mentira –refutó Natanael–. Estamos esperando a don Alejo; no nos atrevemos a mover un dedo sin que él lo ordene.

Hércules levantó el puño por instinto, pero le dio pereza hablar. Narcisa sonrió. Ya iba siendo hora de revelarle a todos su descubrimiento.

–Bola de imbéciles –Narcisa intentó acomodarse los cabellos y se cruzó de brazos para ganar un aire de autoridad–. ¿Saben por qué está vacío este pueblo?

Mandrake se acercó a ella. Qué desaliñada se veía, qué diferente a esa mujer atractiva de las noches de función en que aparecía debidamente peinada, maquillada, sonriente, con una pequeña estrella plateada en cada muslo. No obstante, con ese vestido corto de lentejuela, era por mucho la mujer más hermosa del lugar.

–Eso ya se sabe –dijo Balo–. Ayer exploramos la mina y no encontramos nada; así no se puede mantener un pueblo.

–¿Y entonces de qué vamos a vivir nosotros? –se apresuró Barbarela en preguntar. Narcisa no quiso hablar de la falta de agua mientras no contara con la atención de todos.

–Eso qué importa –dijo Mandrake–. ¿Nos ves cara de mineros?

Natanael pensó que más fácil vivía un minero sin mina que un cirquero sin público.

–¿Acaso nadie tiene sed? –preguntó Narcisa con impaciencia, aún con los brazos cruzados.

De inmediato Mágala sintió la boca seca. Volteó a uno y otro lado y no distinguió sino vegetación marchita, sobre todo huizaches tan pelones como en invierno, árboles que imaginó como la mano gigante de un cadáver a medio enterrar.

–Me muero de sed –dijo Mágala.

–Me duele la rodilla –lloriqueó Fléxor.

El lugar pareció responder a las palabras; un golpe de viento levantó una tolvanera para demostrar la sequedad de la tierra.

–Aquellos nogales tienen algo de verde –Barbarela señaló hacia los árboles a las afueras del pueblo.

–¿Y ese güey a qué horas se quita el sombrero y la capa? –dijo Natanael señalando hacia Mandrake.

–Yo vi un oyamel en el patio de una casa –dijo Hércules–. También está verde.

Narcisa se impacientó.

–Verde no es suficiente para beber y bañarnos y lavar ropa y vivir como Dios manda.

Mandrake simuló una pose pensativa hasta llamar la atención, entonces ordenó que cada quien tomara un rumbo para buscar agua; de lo contrario, antes del anochecer ya estarían de rodillas pidiéndole perdón a don Alejo, pidiéndole agua y naranjas, llévenos por favor a donde nos den algo de beber a cambio de trucos y maromas. Él mismo se extrañó de que le hicieran caso, y de inmediato se creyó el líder del lugar. Los ocho se dirigieron a la estatua ecuestre y a partir de ese punto, Mandrake le señaló a cada uno la dirección que habría de seguir.

–Yo he visto que se utilizan ramas para encontrar agua –habló Barbarela.

–Si alguna rama de por aquí supiera encontrar agua –dijo Balo casi para sí mismo–, los árboles no estarían tan secos.

Uno a uno fue tomando la dirección señalada, menos Natanael. Apenas anduvo unos pasos y se acomodó en una banca. Ese mago de pacotilla, pensó, se está tomando mucha autoridad. ¿A poco no noté sus palabras bien escogidas cuando dijo que le pediríamos perdón de rodillas a don Alejo? Y los muy imbéciles se dejan llevar por esa retórica. De rodillas, se repitió mentalmente y se echó a reír sin ganas.

Los vio alejarse tan concentrados en su labor, que nadie reparó en su pequeña figura recostada en la banca.

Fléxor rengueaba, no tanto por dolor sino en busca de compasión; Balo no caminaba, corría ansioso por ser él quien diera primero con el agua. Natanael había maldormido recargado en un huizache y sintió la banca tan cómoda, refrescada por una nube recién instalada, que no tardó en abandonarse nuevamente al sueño. Lo último que alcanzó a ver fue un tordo picoteando un mechón de musgo en la crin del caballo, lo único verde visible desde su posición en la banca, además del orín del campanario.

–A mí me parece maravilloso ser cirquero. No se me ocurre una vida mejor. Eso de quedarse en un pueblo miserable a vegetar como si ya fuéramos unos ancianos... En vez de andar de un lado para otro recorriendo el país, elegimos la pasividad de un sitio donde no nos esperan más emociones sino darle la vuelta a la plaza. Adiós aplausos, adiós viajes, adiós vida. Ah, pero qué contentos se van a sentir todos porque ahora las paredes ya no son de lona sino de piedra; casa propia, gran cosa, y el imbécil de Hércules muy contento con su excusado. Yo suponía que la vida era mucho más que sentarse a defecar. Sin embargo, me hará bien pasar unos días aquí; debo poner en orden muchas ideas y proyectos... Don Alejo miente al decir que nadie decide ser cirquero. ¿Qué supone? ¿Que hacer nudos con el cuerpo es algo espontáneo? ¿Que un día amanecí con los tobillos en la nuca por mera casualidad? El pobre se la pasa pensando en lo que pudo haber sido y no fue; así todo se ve negro. Yo siempre miro hacia adelante, y puedo verme como el más grande contorsionista de la historia; me veo en un circo ruso o chino o inglés, no en la pocilga Mantecón; y por supuesto no me veo en este pueblo muerto de hambre por el resto de mis días. Soy joven, estoy comenzando mi carrera y debo prever mi futuro con acierto. Algo te aseguro: se seguirá hablando de mí dentro de cien o doscientos años. ¿Por qué? Aún no lo sé; debo planearlo bien; la gente no siempre pasa a la historia por el rigor con que realiza su oficio. A Luis XV, aunque fue el hombre más poderoso del mundo, lo recordamos por los muebles de su época; a Pierre Léotard, pese a ser el más grandioso trapecista, lo recordamos por el leotardo; la idea es ponerle tu nombre a algo, como el zepelín, el newton, la clave Morse, la chicuelina. Edison fue muy estúpido al bautizar su invento como bombilla eléctrica, lámpara incandescente o como se llame. Ya ves, ni siquiera me acuerdo. Te lo aseguro, dentro de unos años nadie hablará de él; en su lugar yo le hubiera puesto la "edisonia" o algo así. No soy ingenuo; estoy consciente de que ninguna persona me recordará por mis contorsiones; por eso necesito algo más, mis muebles, mi ropa, mi bombilla, un platillo, una manera especial de morir, cualquier cosa. No soy impaciente; me queda mucha vida por delante para pensar en ese algo que me hará memorable; no importa si como Fléxor o como Encarnación Ruiz, mi nombre antes de conocer a don Alejo. Voy a inventar el fléxoro, de eso estoy seguro, pero aún no sé qué es, qué hace o a qué sabe un fléxoro. Ya lo pensé bien; jamás voy a usar el nombre de Encarnación. Fléxor es mejor, más sonoro y memorable. Encarnación es nombre de pendejo. El pobre de Natanael se la pasa hablando de sus parientes porque sabe que a él nadie lo va a recordar; tiene apenas tres días en el circo y te lo apuesto, hasta su familia ya se olvidó de él. En fin, él está aquí en calidad de fenómeno y yo en calidad de artista. Por eso no puedo opinar igual que el enano o Barbarela, para mí no es malo ser cirquero. La gente viene a verme y me aplaude y de seguro no lo hacen sólo por compasión, como a ellos; sin duda algo les atrae, les emociona. Mi padre es contador; se reía de mí cuando practicaba mis contorsiones; eso es cosa de mujeres, me decía, ni siquiera de jotos, sino llanamente de mujeres. ¿Y lo suyo? Cuando hacía cuadrar las cantidades o encontraba el modo de evadir impuestos, su jefe le daba una palmada en la espalda y a veces le prometía un aumento de sueldo. Nada más. Yo no sé cuál será el día en que se reúnan cientos de personas para ver cómo hace sus balances, sus estados de resultados, cómo suma cifras y borra cuando se equivoca. Damas y caballeros, niños y niñas, desde el norte de la república, graduado en Colegio Civil, con diploma de contador público y privado, Circo Mantecón Hermanos se enorgullece de presentar a su contador exclusivo, Otiliano Ruiz de la Vega. Admiren cómo este intrépido hombre despliega sus hojas contables y escribe un número seis seguido de un ocho, seguido de un cuatro, seguido de un dos; véanlo dar un sorbo a su café que poco a poco se va enfriando e inmediatamente noten la precisión con que chupa su cigarro, suma y resta, suma y resta. Son números amaestrados, hacen exactamente lo que él les pide; números mágicos, desaparecen ingresos y aparecen gastos, se vuelven rojos o negros al gusto del mago; números fuertes y valientes que resisten cualquier auditoría... Qué aburrición. Si lo mío es cosa de mujeres, lo de él es de idiotas, ni duda cabe. Yo preferí hacer algo extraordinario, y nada supera las contorsiones, el completo dominio del cuerpo por el mismo cuerpo. No hace falta utilizar aparatos ni animales ni látigos ni redes ni pinos ni chisteras, nada. No acepto que esto sea cosa de mujeres, aunque sí admito que a ellas les va mejor, sus movimientos resultan más eróticos, y cuando acaba la función, deja más contorsionarse en la cama que hacerlo en el circo. En cambio, los contorsionistas hombres no somos muy atractivos, ni para las mujeres ni para los jotos, no sé por qué. Sólo tenemos la ventaja de actuar sin riesgo los treinta días del mes; las mujeres, como toda la ropa es muy repegada y se vería mal un trapo ahí, han de manguerearse muy a conciencia antes de salir a la pista.

Luego luego te das cuenta porque aparecen con leotardos negros y hay dos o tres enrosques que prefieren no hacer. Una vez vi actuar a una contorsionista embarazada; no tienes idea el asco que me dio. Pero no quiero hablar de eso, sino de mis planes.

–Después, mijo –Narcisa lo abrazó y le acarició los cabellos–. Ahora debemos encontrar agua.

Natanael despertó al sentir un empujón que lo hizo caer de la banca. Como rodó por su lado ciego, no alcanzó a comprender qué ocurría ni tuvo el reflejo de poner las manos para evitar el golpe contra el suelo.

–¿Por qué estás dormido, huevón? –preguntó Hércules en su persistente actitud de puños cerrados.

No cabe duda, pensó Natanael, ni ahora, tan cerca de una golpiza, me atrevería a pedir perdón de rodillas.

–Ya fui y vine –mintió–, hasta detrás de esa loma y no encontré ni gota.

Justo cuando Hércules se le aproximaba con el brazo derecho retraído y la mano cerrada en un puño, Natanael recordó el orín del campanario y el mechón del caballo y se jactó de que el cerebro le funcionara tan bien.

–Algunos no distinguen entre un enano y un retrasado.

–Yo tampoco.

–¿Te quieres convertir en la estrella del lugar?

Hércules no respondió con palabras; sus ojos dijeron que sí y aflojó la tensión del brazo, al menos mientras averiguaba si el enano pensaba negociar con oro o con abalorios.

Algunos más cerca, algunos más lejos, ya se divisaban los otros seis cirqueros con actitud derrotada, volviendo a la plaza.

–Toma una piedra –dijo Natanael–, una piedra grande y vuélale la cabeza al caballo.

Ni Mágala ni Balo venían con las manos vacías: ella traía envueltas entre su falda una gran cantidad de nueces; él cargaba varias pencas de nopal y algunas tunas.

–A comeeer –llamó Mágala como ama de casa.

Cuando Hércules tomó la piedra, Natanael pensó en un orangután que recoge un coco; y cuando lo vio acercarse a la estatua, se reclamó su falta de imaginación, porque ahora pensó en un orangután acercándose a un caballo. Apenas comenzó a apedrear la estatua, Barbarela apareció corriendo entre alaridos.

–¡Miserable! –gritó–. Deja en paz a Timoteo.

A Hércules no le quedaron muy claras las palabras de Barbarela, pero entendió lo suficiente como para arreciar los porrazos contra el caballo. No le voló la cabeza, como era su intención, porque apenas le había partido el hocico cuando el caballo comenzó a vomitar un líquido terroso, denso. Con cada arcada el líquido se iba aclarando y todos miraron ansiosos en espera de que se volviera lo suficientemente cristalino para pararse debajo con la boca abierta. La presión fue disminuyendo poco a poco y, para cuando el primero de ellos se atrevió a beber, ya caía un flujo estable, con una intensidad que a Natanael le recordó un burro orinando.

–Es un milagro –dijo Mágala.

–Es un pinche ojo de agua –dijo Mandrake. Barbarela aseguró que ni milagro ni ojo de agua, sino Timoteo de Roncesvalles en otro de sus actos heroicos.

Entre empujones alegres, cada quien buscaba su momento para beber y mojarse; y después para comer nueces y tunas. La presencia del agua empujó a Fléxor a decir que ahora sí era un buen momento para tararear el vals *Sobre las olas* y los demás lo voltearon a ver con miradas entre adustas y rabiosas. Fue un instante en que se detuvo toda felicidad; sólo un instante, porque de inmediato continuaron los remojones, las bromas y

Balo aprovechando el amontonamiento para manosear a Narcisa. Natanael fue el último en sumarse a la fiesta. Apenas se acercaba, Hércules lo interceptó y lo tomó de los cabellos.

–La idea del caballo fue mía.

El enano asintió como pudo, como le permitió el jalón de cabellos, y para no dejar lugar a dudas dijo entre dientes:

–Por supuesto.

Hércules se quitó la ropa, solamente se dejó unas leonas color negro. Se puso justo abajo del chorro, para recibirlo salpicante en la mollera, y ahí cruzó los brazos, dando a entender que no pensaba moverse de su territorio durante un buen rato. Balo reconoció su necesidad de lucimiento, y a falta de función esa noche, de solteronas sentadas en las plateas restregándose el sexo mientras admiraban al hombre fuerte malabareando balas de cañón, trataría de impresionar a Barbarela, Mágala, Narcisa y al que se dejara.

–Miren –dijo para ridiculizarlo–, tiene pezones de calendario azteca.

Su cuerpo no era atlético, sino abultado, de vientre enorme, brazos semejantes a unas piernas celulíticas, cuello mitad cuello, mitad papada, y un trasero abundante y rebotador. En reposo, el pecho se notaba blando y caído; y se tornaba firme y alzado tan pronto levantaba unas pesas. Se cortaba el cabello al rape y usaba un bigote largo y ensortijado. En cada función se ataviaba con prendas breves que procuraba ajustarse bien, sobre todo abajo de la cintura, para mostrar una más de sus virtudes a las damas de palcos y plateas. Por eso Hércules casi nunca dormía en la carpa chica.

Natanael se rio por lo del calendario azteca, aunque en el fondo, viendo ese cuerpo tan distinto al suyo, lo envidió lleno de resentimiento.

Dejó de correr el aire y don Alejo se tranquilizó porque notaba que la carpa no estaba firme y él no tenía ni fuerzas ni ánimo para apretar los amarres. Subió a la última grada y ahí se sentó. Una serie de postes, cuerdas y mallas, además de la distancia, estorbaban la visibilidad de la pista. No sé por qué aplauden los que se sientan aquí, pensó, si no se ve nada; así la chamba del mago se vuelve muy fácil y la de los fenómenos muy difícil. Dio un par de palmadas con toda su energía, apenas suficiente para simular un aplauso desangelado. A falta de respuesta, bajó hasta uno de los palcos. Ahí se acomodó con la altanería de los que pagan esa localidad y gritó:

–¡Anda, cabrón!

De nuevo dio unas palmadas y esperó un rato; todo siguió tan silencioso y estático como estaba desde que el viento se detuvo. Al fin recordó el silbato que guardaba en el bolsillo y lo sopló con su aliento de viejo. Ahora sí salió el marrano clavadista de su escondrijo tras el bastidor, primero se asomó tímidamente y después avanzó con el paso seguro de un animal en su chiquero.

–Gira –ordenó don Alejo–. Brinca.

Nada. El marrano apenas se puso a olisquear su entorno.

Para don Alejo, ese cerdo era el más desmemoriado de los cirqueros. Cuando faltaba práctica, al malabarista se le caían los pinos; Mandrake evidenciaba el aparato detrás de sus trucos; había necesidad de asistir a Fléxor para desenredar las piernas en torno al cuello; y uno de los Cabriolé fallaba en el salto mortal sólo para enterar al público de que en realidad nada tenía de mortal. Aunque el acto del marrano no exigía ninguna destreza, luego de unos días lo olvidaba por completo. No era como los demás animales del circo, con su domador o entrenador particular, pues cualquier empleado sin experiencia podía ocuparse de llevarlo al trampolín. Primero se le ataba al lomo un arnés de cuero con un gancho metálico. Luego se le vestía con un camisón celeste de vellorín y se le llevaba al pie del mástil principal. Ahí lo enganchaban a una cuerda y, mediante un sistema de poleas, lo elevaban hasta el trampolín. Sonaban los tambores, el anunciador hablaba de los peligros del acto, de la velocidad que alcanzaría el marrano al golpear el agua, del reducido diámetro de la pileta, de que el más ligero viento o error de cálculo lo desviaría de su objetivo, de los muchos cerdos que habían reventado su humanidad al intentar tan temeraria acción, de las primeras filas que se mojarían con el salpicón de agua, si todo salía bien, o de sangre porcina, si algo iba mal. Luego de los tambores, la Orquesta Festival sonaba sus trompetas y otra vez los tambores. La cuerda se estiraba y aflojaba hasta liberar el gancho y, una vez a merced de la gravedad, se operaba desde abajo un mecanismo que iba empujando al marrano hacia el frente del trampolín, hasta lanzarlo al vacío. El animal agitaba las patas desesperadamente, como si quisiera volar, y antes de comprender lo que ocurría, ya estaba en el agua. Eso era todo. No hacía falta retener mucho en la memoria, pues con o contra su voluntad, era vestido, acarreado, cargado y empujado; pero si pasaban más de tres días sin clavado, parecía olvidar el buen fin de su salto y, una vez en el trampolín, pegaba horrendos chillidos de terror y se defendía rabiosamente contra el mecanismo que lo impulsaba al precipicio. La gente se contagiaba de ese terror, se solidarizaba con el indefenso animal y comenzaba a proferir insultos contra el cirquero más a la mano. A veces era necesario suspender el acto, al menos mientras el anunciador tranquilizaba al público.

–Brinca, canta, haz algo, animal.

Por la mañana, don Alejo intentó enseñarle algunos trucos. Le decía "gira" y empujaba al marrano para darle la vuelta; le decía "párate" y lo levantaba de las patas delanteras. Meros esfuerzos por no aceptar que su circo no podría sobrevivir con tan sólo un marrano, ni aunque el marrano aprendiera a declamar. Además la experiencia le había mostrado que los animales no entienden con palabras, sino con látigos, picas y fierros calientes. Intentó ponerle el arnés y el traje de vellorín. Se dio por vencido cuando admitió que jamás podría levantar al marrano hasta la plataforma de salto.

Don Alejo se hallaba bastante decepcionado para siquiera enojarse con el animal. Salió del palco y por mera inercia le ordenó una vez más que brincara. El marrano siguió olisqueando a su alrededor hasta dar con un corazón de manzana. Gruñó con un gesto que remedaba la felicidad y se lo tragó con todo y la tierra y el aserrín pegados.

–Come, bonito.

No supo por qué había utilizado una frase cariñosa, pero ya encaminado, abrazó al marrano sin objetar su olor, y se desabotonó la camisa.

–Anda, muchacho –dijo–. Gózame.

El animal sólo halló gozo en continuar sus olisqueos en las axilas de don Alejo y apenas por un instante; pronto se aburrió y continuó su exploración entre las gradas.

–Imbécil –le reprochó don Alejo–. Te trato como a un ser superior y tú te comportas como si quisieras acabar en el matadero.

Le mostró otra manzana, esta vez entera y de buen color, para atraerlo al chiquero. El marrano lo siguió sin remilgos y no protestó ni cuando don Alejo lo encerró sin darle la fruta. De inmediato se llenó de moscas y no hizo el menor intento por espantarlas. El viejo se quedó leyendo el letrero: FAVOR DE MANTENER EL MARRANO AMARRADO. Esa precaución la había tomado su hermano, porque en cierta ocasión el animal mordió a una señora que andaba en busca de Hércules. "Tenemos leones, tigres y osos", dijo su hermano muy molesto, "y resulta que ninguno es tan feroz como este cerdito de mierda."

Don Alejo sonrió con ironía. Ni modo de anunciarme como domador de marranos. Escupió hacia el corral, pensó un instante en Narcisa y se preguntó a qué horas volverían sus muchachos, porque estaba seguro de que volverían.

–Mira este retrato. Soy yo hace unos años. ¿Te acuerdas? Fíjate cómo estaba mejor formado, sólido; y si comparas ese rostro con el mío, luego luego se nota que me estoy haciendo viejo. El paso del tiempo es muy notorio en mí; vivir del cuerpo implica darme cuenta de cada arruga, de cada bulto de grasa, de cada milímetro que se me cae el pecho; de esas venas que ya no hacen relieve en la piel; de la maldita fofez avanzando a galope tendido. Exacto. Si eligiera una sola palabra para describirme, sería "fofo". Y ésa es precisamente la palabra que más tememos los hombres fuertes. ¿Debilidad? No. Siempre podemos disimularla, bajarle peso a las pesas; retar a alguien del público que no se note muy pujante; la fuerza es lo de menos, el cuerpo es lo de más. Y ni el tronco ni los brazos ni las piernas ni nada es gratuito. Mira a Narcisa. ¿Qué hizo para tener esas nalgas? ¿A quién le rezó? Nada y a nadie. Las tiene y tendrá por un buen rato, sólo porque sí. Yo debo hacer ejercicio todos los días y ni así puedo mantenerme: la grasa y el pellejo son como la arena y el agua de mar en esos agujeros de playa: entre más escarba uno, menos progresa. Así no se puede mantener el entusiasmo, ya estoy cansado de luchar, quiero una vida sin tanta incertidumbre, en espera del muchacho que me diga compermiso, quítate que ai te voy. Quiero una casa, un retrete donde olvidarme de todo; vivir una vida normal. Quiero convertirme en una morsa, en un ser esponjoso, gelatinoso, desparramado, sin darle explicaciones a nadie. Quizás no me entiendas, porque no conoces el declive. Piensa en el día que don Alejo te bajó de la cruz. ¿Eres diferente ahora? Ciertamente no. Sigues siendo una horrenda mujer barbuda y peluda; nadie da ni más ni menos por ti; causas la misma impresión que causarás por el resto de tus días. No tienes edad, sólo pelos. Ésa es tu medida... Ahora te voy a enseñar otra foto para que compares. Se trata de Eugenio Sandow, el hombre mejor formado de todos los tiempos. Perdón por la foto desgastada, la he llevado conmigo desde hace años. Mira ese abdomen plano, de vetas perfectas; se podría jugar una partida de ajedrez en él; y ese pétreo pectoral, no parece humano, ¿verdad? Es una estatua de alameda para el mejor de los domingos; piel blanca de mármol blanco, lampiña para tu envidia, y observa bien esa hoja de parra con ganas de levantarse como telón en noche de estreno. Apostaría que todo en Sandow era corpulento. ¿Sabes cuántas mujeres se han masturbado desde el siglo pasado viendo esta fotografía? No tienes ni idea, aunque si quieres te la presto una noche, a ver si así se te bajan los ímpetus. Yo quería sacarme una fotografía así, con hoja de parra, pero don Alejo me lo prohibió. "Esto es un circo", dijo, "no un cabaret", y terminé con esas calzas negras. No me agrada mucho hablar de esto. Hacer memorias del cuerpo es siempre un proceso triste, como contar una fortuna que se consume e inevitablemente lleva a la bancarrota. Y ¿no me quedarán aún medios para alcanzar el rejuvenecimiento que se vuelve aun más deseable con estas reminiscencias reveladas a una compañera más joven? Los ejercicios caseros practicados antes intermitentemente, y después abandonados, prescritos en *La fuerza física y cómo obtenerla*, de Eugenio Sandow, que, diseñados particularmente para hombres envueltos en ocupaciones sedentarias, debían hacerse con concentración mental frente a un espejo con objeto de poner en juego los diversos grupos musculares y producir sucesivamente un grato relajamiento y el aun más grato resurgimiento de la agilidad juvenil. Aquí no hay espejos, y ya no tengo ese libro empastado en tela roja. No obstante, recuerdo cada uno de los ejercicios y creo poder hacerlos día tras día, una y mil veces, si de veras creyera que con eso retrocedo el tiempo; si otra vez recuperara el entusiasmo de cazar aplausos; si mi vanidad no se hubiera resignado. Siempre fui más alto que el promedio, y desde niño formé una armazón muscular superior, cualidad no muy meritoria en este país de indios enteleridos. Por eso no acepté que mis méritos fueran sólo de nacimiento o de alimentación y me inscribí en un curso por correspondencia de la escuela de Sandow; o debo decir, me inscribí en dos, porque ya sabes cómo funciona el correo, y a veces las lecciones no me llegaban. De hecho la lección número siete, sobre los muslos y chamorros, no la recibí ni con los dos intentos. Del curso obtuve mi Biblia, el *Sistema Sandow de entrenamiento físico*, con páginas repletas de fotografías, aunque no tan lucidoras como la que te mostré. Este libro te daba consejos para abultar músculo; el otro prometía acondicionamiento físico, un mediocre sustituto de la juventud, cosa que ahora me parece más deseable, imperiosa, diría yo. Tú no pierdas las esperanzas. El tiempo corre a tu favor. Ahora mismo, con toda mi fofez, sigue existiendo una gran diferencia entre nosotros. Sigo siendo deseable, bien lo sabes; pero cada vez menos, y llegará el día en que el deterioro nos iguale, no sé cuándo. Tal vez siendo un anciano acabaré por convertirme en esa morsa desparramada y gelatinosa, en un monstruo como tú, como el enano, sobre todo como don Alejo, y la distancia entre nuestras humanidades será tan poca, que tú y yo podremos compartir aunque sea un poco de vida.

–Por lo pronto dame la foto de Sandow –dijo ella, y enterró la mirada.

La pileta se fue llenando hasta desbordarse. Oculto bajo la tierra del desuso yacía un canal que tal vez en otro tiempo surtió la acequia del lugar y distribuyó el agua entre las casas y los huertos. La pequeña corriente de lodo y hojas flotantes se derramó sobre la plaza. Hércules se cansó de exhibirse y dejó el chorro para el primero que se arrimara. Fléxor vio por fin la oportunidad de lavarse las rodillas.

–Villa de Roncesvalles –dijo Barbarela–. Sería un buen nombre para nuestro pueblo.

–Don Alejo aseguró que este lugar se llama Sierra Vieja –dijo Natanael.

–Aceptar ese nombre –protestó Balo– sería tanto como admitir que esta tierra no es nuestra.

Mandrake asintió y aseguró que la única forma de tomar posesión legítima del lugar era refundándolo, nombrando de nuevo el pueblo, sus calles, el ojo de agua, y reiniciando su historia. Barbarela sugirió el nombre de San Timoteo. Los demás no estuvieron de acuerdo y comenzaron a barajar nombres, la mayoría apelando a sus lugares de origen para proponer cosas como Nuevo Mazapil o Nueva Acaponeta; Narcisa quiso ganarse la inmortalidad al proponer Villa Narcisa y el enano pensó en su parentela al recomendar el Real de Bocanegra o Real de Porcayo o Real de Olaguíbel. Finalmente, entre otros nombres pronunciados al mismo tiempo, uno silenció a todos en una meditación que acabó por convertirse en aprobación: Santa María del Circo.

Balo se puso de pie y dijo:

–Declaro la fundación de Santa María del Circo.

Mandrake le reclamó la falta de pretensión histórica, le dijo que no había momento más importante y digno de recordar que una fundación, y él la estaba echando a perder con una frase tan insulsa. Se acercó a la estatua ecuestre y, con el agua hasta los tobillos, dijo:

–Por mandato del destino, que nos colocó en este sitio, y por seducción de la holganza y la avaricia, que nos retuvo aquí, declaro haber llegado desde el rumbo sur seis hombres y tres mujeres, uno de los cuales desertó y tal vez haya muerto, para colonizar estas tierras y empujarlas a dar provecho en hortalizas, metales, piedras, artes e ideas; y elijo este lugar y no otro para detener nuestro peregrinar, porque aquí hemos encontrado, tal como lo señaló la leyenda de nuestros antepasados, el caballo que escupe agua, y por lo tanto, a falta de un sable, señalo el suelo con mi índice y digo: "Aquí" y declaro fundada la Ciudad Metropolitana de Santa María del Circo.

Sin dejar de señalar, puso una rodilla en el suelo, bajo el agua, e inclinó la cabeza. Hércules también inclinó la cabeza, pero en actitud de derrota, porque se dio perfecta cuenta de que Mandrake, como fundador, había tomado el mando, y su fuerza no sería suficiente para oponerse. Por eso cambió su actitud bravucona de siempre y hasta se llenó de timidez cuando dijo:

–Bueno, a mí me gustó la de allá –señaló hacia la casa del retrete de porcelana–. Si me permiten, voy a tomar posesión.

Mandrake levantó la mano en señal de alto y Hércules no tuvo siquiera ánimo para apretar los puños.

–Espérate –dijo–. Todavía hay cosas por resolver.

–¿Como qué?

–Tenemos responsabilidades. Recién fundamos una ciudad y tú luego luego piensas en perderte dentro de una casa.

–¿Qué hay de malo? –protestó Natanael–. Ahora mismo yo voy a apropiarme de un techo.

–Todos lo vamos a hacer –dijo Mandrake–, después de que sepamos quiénes somos.

Barbarela bostezó. Ya se había aburrido con el asunto de la fundación del pueblo, al cual le perdió todo el interés cuando supo que no lo llamarían San Timoteo, y no estaba de humor para las filosofías de Mandrake sobre cuestiones de identidad luego de diez años de andar deambulando de sitio en sitio, con un anunciador siempre listo a recordarle en cada función que ya no era Angélica, como la llamaron sus padres, sino Barbarela, la mujer barbuda.

–Sé perfectamente quién soy –dijo estregándose las barbas.

–Yo también –agregó Mágala por no quedarse callada.

–Sabemos quiénes somos en la carpa –dijo Mandrake–, no en Santa María del Circo.

Nadie habló durante un rato y únicamente se escuchó la caída del agua. El charco había crecido un poco más, hasta llegar a la calle, donde la tierra, de tan seca, chupaba más rápido de lo que el caballo escupía.

–Yo sé tejer –dijo Narcisa–, nada más. Ni siquiera sé cocinar.

–Yo antes era pintor –dijo Balo–, de brocha gorda, y a todas estas casas les hace falta una mano de pintura.

–No jodan –protestó Hércules en un último intento por zafarse la autoridad de Mandrake–. Qué caso le hacen a las imbeciladas de éste.

No hubo quien le hiciera segunda y por primera vez pensó en la posibilidad de quedarse sin su excusado de porcelana.

–Necesitamos definir qué clase de gente vamos a ser, qué oficios son los más importantes para que sobreviva nuestra comunidad.

–Me parece bien –dijo Balo–. Cada quien escoja el oficio que prefiera. Si hay algún problema, lo arreglamos con una votación.

Mandrake ya se sentía muy seguro de sí mismo. Echó las manos atrás y caminó alrededor del pedestal, chapoteando con los pies en cada paso.

–Ni elegir ni votar –dijo al tiempo que paseaba la mirada por los rostros de los demás.

Mágala se acercó a Hércules y le susurró:

–Éste sí es hombre.

–El azar –continuó Mandrake– es la fuerza más poderosa del universo. Eso lo sabemos todos. En cualquier democracia, las minorías se rebelan a la voluntad de las mayorías; por el contrario, ante el azar, cualquier persona, pertenezca a los más o a los menos, a los fuertes o a los débiles, acepta lo que le venga sin chistar. Si en una lotería se emiten mil boletos y sólo hay un ganador, los otros novecientos noventa y nueve acatarán dócilmente los resultados. En cuestión de tomar decisiones, el azar es Dios.

Hubo un silencio que, supuso Hércules, seguramente no duraría mucho. No tardaría alguien en hacerse de algún argumento contra semejante barbaridad. El azar es Dios. Bonita cosa. Anda, Balo, di algo, piensa en algo. El azar puede determinar que el retrete no sea mío. Le vino una gran opresión al vientre sólo de imaginar a Natanael en su excusado, con los pies balanceándose sin tocar suelo. Alguien diga algo. No sólo se prolongó el silencio; poco a poco todos los rostros fueron tomando expresiones de aceptación. Entonces Hércules se apresuró a hablar.

–Te equivocas –dijo con el índice apuntando al aire–. Según mi opinión…

No se le ocurrió cómo continuar la idea. Sintió necesidad de don Alejo, de su voz que le ordenara golpear a los revoltosos.

–Mandrake tiene razón –dijo Mágala–. Nada es tan azaroso como el nacimiento y cualquier madre acepta lo que le toca –volteó hacia Natanael y continuó–. Para ejemplo basta el enano. Su madre pudo parir a Mozart y en cambio se conformó con el lagarto que le salió.

Natanael no protestó porque ya estaba acostumbrado a esas cosas.

–¿Qué sugieres? –le preguntó Narcisa a Mandrake.

–Hagamos una tómbola –respondió–. Cada quien escriba en tres papeletas los tres oficios que le parezcan más importantes.

–¿Y luego?

–Los revolvemos y cada quien toma uno.

–¿Y para qué queremos…? –durante unos segundos hizo multiplicaciones en la cabeza sin dar con el resultado.

–Veinticuatro –intervino Mágala.

–Sí –continuó Narcisa–. ¿Para qué queremos veinticuatro papeletas si sólo vamos a tomar ocho?

–Es una regla del azar –respondió Mandrake–. La mayor parte queda fuera del juego.

–Habrá oficios que se pierdan para siempre jamás –dijo Barbarela con ganas de sonar poética, pero no recibió sino malas caras.

Balo sacó de la boca del cañón los volantes promocionales. Con el viento favorable y el pueblo habitado, hubieran activado el mecanismo de resorte para arrojar los papeles en las calles; papeles que desde la separación de los hermanos Mantecón prometían abundantes mentiras, como el "incendiario espectáculo del tragafuegos de Palestina", "los simpáticos Fulano y Mengano harán las delicias de chicos y grandes", así como "los temerarios actos acrobáticos de los hermanos Cabriolé" y los "feroces animales de selvas ignotas", terminando con "y por supuesto, Enrique el Caballo bailará un vals". No mentían en los precios. Hubieran continuado fijos a pesar de lo pobre del espectáculo: un peso para palcos y veinticinco centavos en plateas, con los niños gratis excepto domingos, al cabo a estos últimos les bajaban el dinero con golosinas y suvenires. Mandrake notó la impaciencia de Hércules y le dijo:

–Habrá quien tenga cargos principales y habrá quien se ocupe de oficios modestos. De acuerdo con este resultado corresponderá una buena casa o un techo humilde.

En silencio y en privado, llenó cada quien sus papeletas, turnándose la pluma para autógrafos de Hércules y arrojándolas solemnemente en el sombrero de copa de Mandrake.

–¿Y si se repiten algunos oficios? –preguntó Fléxor.

–En mi pueblo hay muchos boleros y nadie protesta por eso.

–Al azar no le importa el orden en que tomemos nuestro papel. Podemos hacerlo alfabético, por edad, de estatura o primero las damas –sugirió Balo.

–Por antigüedad –dijo Natanael–. Y como soy el más nuevo en el circo…

Caminó hacia el sombrero. Se alzó la manga y, varias veces, con una sonrisa estática y desmesurada, metió y sacó la mano del sombrero sin tomar papel. En una función la gente se reiría de esto, pensó. En cambio, en ese momento nadie tenía siquiera un residuo de humor. Natanael sacó una papeleta, la abrió y leyó sin decir nada.

–Habla, imbécil –dijo Hércules.

El enano arregló un gesto agrio.

–Discúlpate, hijo, ésa no es forma de hablarle a un cura.

–¿Tú, cura? ¿Tú, pedazo de animal?

–Discúlpate, Hércules –dijo Mandrake.

–Sí, pídele perdón –dijo Mágala.

Hércules rio nerviosamente, con incredulidad. Sin embargo, todos parecían tomar el asunto muy en serio. Lo miraron con ojos intensos, en medio de un silencio que superaba la autoridad de un mandato del mismo don Alejo.

–Discúlpame, enano.

–Padre.

–Discúlpeme, padre –dijo con la cabeza gacha y lleno de vergüenza por dejar que un cura lo viera casi desnudo, en sus leonas.

No hubo necesidad de indicar el siguiente; todos sabían que era el turno de Mágala. Rápido metió la mano y tomó el primer papel que tocó.

–Periodista –dijo.

–Un pariente mío escribía en *El País*. A mí debió tocarme ése.

–Sigues tú, Fléxor.

Aprovechó para quejarse con sinceridad del dolor en la rodilla derecha y cojear mientras se acercaba al sombrero. La mano temblorosa jugueteó un rato con los papeles hasta sentir lo que Fléxor después referiría como una ingrata corazonada. Índice y pulgar tomaron su destino.

–Negro.

–¿Cómo es eso? –preguntó Mágala.

–Es muy sano que en toda sociedad haya negros –explicó Balo–, si no, ¿quién se va a encargar de limpiar las letrinas y todas esas cosas que nadie quiere hacer?

–Claro –agregó Mandrake–. No es posible vivir en un lugar donde todos seamos iguales.

–Yo limpio mi excusado –protestó Hércules–. No necesito que un negro le meta mano.

–Hasta podemos echarle la culpa de un muerto –agregó Natanael.

–Dios mío –dijo Narcisa–, tengo un hijo negro.

Y nadie agregó más al respecto, pese a que debajo de ese leotardo amarillo y rasgado se encontraba la piel más clara de Santa María del Circo.

Cuando Balo leyó su boleta, los ojos le brillaron llenos de entusiasmo y corrió hacia su cañón para abrazarlo.

–Soy un militar –exclamó.

–¿Y eso de qué nos sirve?

–A nosotros de nada –dijo Narcisa–, pero mira qué contento está el pobre idiota.

Barbarela avanzó contoneándose. Con la mano dentro del sombrero repasó las miradas de todos. Se estregó las barbas cuando vio el contenido del papel.

–Doctor –dijo satisfecha–, el médico del pueblo.

–Necesito una pomada para mi pierna –dijo Fléxor.

–¿Tengo que atender negros?

Natanael recordó el dolor de pecho del día anterior y se alegró de tener un médico a la mano.

–¿Cuánto viven los caballos? –preguntó.

Narcisa tomó su papel y, sin abrirlo, se lo entregó a Mandrake.

–Me da lo mismo –dijo–. Al cabo no sé hacer nada.

–Afilador –leyó Mandrake y luego agregó–: Qué pendejada, ¿de qué nos sirve un afilador?

–Por la calle donde yo vivía –dijo Fléxor–, pasaba el afilador, el ropavejero y el vendedor de camotes.

–Tenías que ser negro –dijo Mandrake–. Sólo esperemos que ni a mí ni a Hércules nos toque uno de tus otros dos papeles porque te cocemos a golpes.

–Son los tres oficios que más encanto le dan a un pueblo, porque el afilador toca una zampoña, el ropavejero toca campanillas y el camotero hace sonar un pito de vapor, casi como de ferrocarril.

–¿Qué es una zampoña? –preguntó Narcisa.

Mandrake había metido muchas veces su mano en ese sombrero para sacar conejos, cartas, interminables pañuelos y flores. En un arrebato de la conciencia, dejó caer al fondo la papeleta que había escondido bajo la manga. Ahora sacaría su propia vida de la chistera como cualquier mortal. Deseó con vehemencia poder elegir el papel, traicionar todo cuanto dijo sobre el azar, pero estaban muy bien doblados, muy iguales unos a los otros en la oscuridad del sombrero negro y no pudo distinguir el que él mismo había escrito con la leyenda "alcalde" y se entregó a la fortuna con los ojos cerrados.

–¿Qué dice? –preguntó alguien.

Él desenvolvió el papel con torpeza.

–Campesino –dijo con rabia y luego agregó–: ¿Qué no tenemos ya al negro para eso?

–Por supuesto –dijo Balo–. Sólo hazte de una tierrita y pasarás de campesino a ejidatario o a terrateniente. Yo mismo –agregó– ya me promoví a general.

–¿Entonces yo puedo convertirme en obispo? –preguntó Natanael.

–Supongo que todos tenemos derecho a progresar –explicó Balo–. Excepto él –y señaló a Fléxor.

Por último quedaba Hércules y en el sombrero aún esperaban diecisiete oficios. Metió su mano gruesa y torpe y jugueteó un rato con las papeletas, extrañando la música de tensión de la Orquesta Festival. Cuando por fin la sacó, tenía dos papeletas entre los dedos.

–Regrésalas y toma otra –dijo Mágala.

Mandrake ordenó exaltado:

–¡No! –había distinguido que ninguna era la del alcalde y no quiso correr riesgos de que acertara en una segunda oportunidad. Tranquilizó la voz para proseguir–. Elige una de las dos.

Hércules observó las dos papeletas en la palma de la mano. Una más grande, una más arrugada, una más sucia. Ninguna propiedad física que pudiera sugerir el contenido o la decisión correcta. Finalmente se decidió por la sucia grande arrugada, características que, según él, indicaban que la había elaborado un hombre, y como, también según él, las mujeres eran unas babosas, sabrá Dios qué oficio podría provenir de ellas.

–Ésta –mostró triunfante una de las papeletas y echó la otra al suelo. La leyó con ojos desorbitados; las manos le temblaban y por las piernas se le cayó el alma–. ¿Es una broma, no?

–¿Qué dice el papel? –lo urgió Mandrake.

–Es una broma.

–No, no lo es.

–Dinos qué hay en tu papel –chilló Narcisa.

–Sí, tiene que ser broma.

Todos se fueron acercando a Hércules, llenos de curiosidad al ver al hombre siempre soberbio, mostrándose ahora tembloroso y titubeante. El enano extendió la mano.

–En nombre de Dios te ordeno que me entregues ese papel.

Hércules lo entregó al cura, quien, desde toda su pequeñez anunció:

–Es una puta.

–Mi tío me contaba que sólo las noticias de crímenes y sangre valen la pena en los periódicos. Ponme atención, yo sé algo de esto. Decía que no hay diferencia entre las notas de política y los chismes de lavadero, porque ahí ningún reportero se remite a los hechos sino al dijo don tal y comentó el licenciado equis. En cambio hablar sobre una mujer asesinada es echar mano de pura cosa visible, tangible, olible: la sangre, el cuerpo vestido o desnudo, el gesto apacible o de horror, el puñal o los golpes o la bala o el machete, el cráneo deshecho, el vientre tajado, el rostro amoratado, o esa sensación de aquí no ha pasado nada, de un muerto que duerme. Yo no sé qué clase de noticias puede haber en Santa María del Circo, ojalá fueran dimes y diretes de lavadero; pero no descartes la posibilidad de cubrir un crimen o una muerte accidental; ésas son todavía mejores porque ni siquiera existe la exigencia de especular sobre motivos o culpables. Acerca de ese tipo de notas, mi tío me confió que a veces ellos mismos las creaban. Partidos por trenes, aplastados por derrumbes, enterrados en minas, como cuenta el mentiroso del enano, ahogados en ríos, y lo que quieras. Así, si al cerrar la edición del diario les quedaba un espacio en blanco, el editor decía: "Necesito un accidente de dos cuartillas". Con nombres inventados, comunes y corrientes, ningún lector se tomaba la molestia de corroborar datos. Una vez lo intentaron también con un homicidio, un tipo muerto a machetazos en un camino vecinal; pero el asunto terminó mal y ajusticiaron a dos supuestos asesinos. Tú no lo sabes; eran tiempos de don Porfirio, cuando primero se hacían las ejecuciones y luego venían las preguntas. Se trataba de un par de revoltosos, dicen, que comoquiera los iban a enfriar. Por sí o por no, se prohibió en el periódico volver a inventar un crimen. Mis noticias favoritas tienen que ver con trenes; desde el puente que se derrumba o los choques de frente con más de cien muertos, hasta el pobre hombre partido en dos o más trozos. ¿Te imaginas algo más horripilante? Yo por eso no entiendo los fusilamientos ni los ahorcados; si ya tomaste la decisión de ejecutar a alguien, de castigarlo, ponlo en la vía del tren; ahí no hay modo de portarse digno, alzando el pecho para recibir los balazos, o arreglando un discurso de última voluntad antes de que reviente el cuello; ni ganas de fumarse un cigarro sin temblor en la mano. Atravesado en las vías del tren, atado de pies y manos, no hay decoro posible: lo verías forcejear, jadear, gritar, chillar como gata cuando escucha cada vez más cerca el rechinido de las ruedas. Claro, digo todo esto si yo estuviera de acuerdo con ejecutar a alguien, pero a mí me enseñaron que eso es sólo cosa de la justicia celeste; y que Él es siempre justo; aunque yo no entienda por qué a alguien como Narcisa le da tanto y a mí… en fin. Un cura dijo que mi misión en la tierra era que los demás dieran gracias por no ser como yo. Si eso es cierto, debería compensarme, un pelo menos por cada agradecido. De esta suerte, el enano tendría la misma función que yo. Él carga mil complejos por su estatura e inventa historias de esplendor sobre antepasados inexistentes; cree que la pequeñez de cuerpo puede compensarse con grandeza de espíritu; por eso oculta su malestar por su ojo tuerto y hasta me enseñó la bola podrida bajo el párpado. Y sin embargo pasa por alto su peor defecto: no es ni su cuerpo ni su ojo ni sus mentiras ni su pretenciosidad. ¿Ya le viste las manos? Me da asco pensar que un día me acariciaran: chiquitas, miserables, morenas, débiles, adolescentes, ratoneras, gordas, de mujer gorda, con uñas minúsculas y chatas. Menos mal que no usa anillos. Sería como atarle moños al estiércol. Más le valdría meterlas en las vías del tren; un muñón no es tan desagradable. Tú eres mujer, seguramente compartes conmigo esa repulsión... Y otra vez no puedo pensar en un mejor medio de amputación que unas ruedas de ferrocarril, cortantes como sierra de carpintero. Porque si hablé del tren como forma de hacer justicia, ahora como doctora creo que también la medicina puede sacar ventaja de esto. Recuerdo bien una nota de mi tío: "El ferrocarril México–Querétaro cortó una vida a su paso; y cortar no es metáfora sino palabra precisa, pues esta mañana le fueron entregados a la señora Esperanza Salgado cuatro trozos de lo que antes fuera su marido, como las piezas de un macabro rompecabezas". ¿Ves? Una nota política nunca podría ser tan bella. Ni otro tipo de accidente. Sí, claro, se puede usar en medicina. Aunque mi tío aseguraba que en un futuro los fotógrafos van a tomar mayor importancia en los periódicos, los van a llenar de imágenes y éstas van a ser mucho más importantes que el texto. Por eso dejó de escribir sobre sangre y se cambió a los dimes y diretes de la política. "Ahí no hay de otra", me explicó, "debes escribir cada palabra del dijo fulano y comentó mengano." En cambio, un crimen se cubrirá con puras fotografías y el texto si acaso llegará al encabezado, o a detalles para explicar la foto, como: "Nótese el tajo en el cuello". Yo te cuento esto para prevenirte, aunque aquí en Santa María no haya modo de sacar una foto. También te lo cuento para hacerte ver que el paquete es muy grande para ti. Quizás podríamos hacer un canje; yo te doy mi título de doctor y tú me dejas escribir el periódico. ¿Te parece? Se llamaría *El País*. ¿Te parece?

–Creo que tu tío es muy estúpido –dijo Mágala– si cree que con cuatro piezas se arma un rompecabezas.

Pese al ostentoso nombre, la Ciudad Metropolitana de Santa María del Circo era apenas un villorrio de unas veinte casas, a decir de Barbarela, construidas unos cien años atrás; pero a nadie le intrigaba la edad de las casas sino el tiempo que tenían abandonadas. Los ocho habían aceptado la versión del éxodo por la mina agotada, y nadie tuvo más la intención de suponer que allá por el rumbo de la carpa pudiera existir una veta de mineral para volverlos a todos ricos. Además, ninguno sacó una papeleta con el puesto de minero. Salvo Natanael, el resto terminó por consentir que el hombre de la estatua era Timoteo de Roncesvalles, tal como había insistido Barbarela, y que su frase de "Mi vida por tu honor" la pronunció con dedicatoria a una dama y no a un pedazo de tierra. Mandrake advirtió que necesitaban pasar uno o dos años aislados del resto del mundo para evitar que alguien cuestionara la forma como se apropiaron del pueblo y, pasado ese periodo, las leyes los reconocerían como propietarios de los bienes del lugar.

–¿Y tú cómo sabes de eso? –cuestionó Mágala.

Las casas eran más o menos del mismo tamaño y prácticamente con el mismo diseño. Sólo se notaba el gusto por la individualidad en algunos detalles de las fachadas, como molduras, rebajos o remates, que en unas eran redondeados y en otras, rectos, a veces sencillos, a veces con florituras. No había argumentos para distinguir cuál fue de alguien más principal y ni siquiera se distinguía entre ellas una que pudiera hacer las veces de edificio de gobierno. Todas se construyeron con un acceso al centro, bloqueado con puertas gruesas de aldaba y tranca. A cada extremo de la fachada, se alzaba una ventana desde el suelo hasta un metro antes del techo, sin cristales, con postigos de madera tallada y carcomida, seguramente hechos por el mismo ebanista, y protegidas mediante burdas cancelas: un trabajo de herrería apenas adecuado para una prisión. La única fachada con diferencias notorias pertenecía a la segunda casa de oriente a poniente. Ésta se notaba más descascarada que las otras, como si la hubieran baleado o apedreado; en la parte superior de los marcos de puertas y ventanas se notaban señales de tizne; y todo lo que alguna vez fue madera, ahora eran trozos de carbón. Asimismo, con trazos burdos y con un color rojo desteñido por el tiempo, estaban escritos sobre la entrada los números uno, dos y tres.

La iglesia escapaba de toda esta simetría y uniformidad. El templo se erguía sin orgullo al otro lado de la plaza, hacia donde indicaba la espada de Timoteo. Tenía la parquedad y pobreza de una misión del siglo XVI; sus muros y torre daban la apariencia de estar elaborados con un barro a medio derretir; sólo el reloj detenido con carátula de números arábigos daba fe de cierta modernidad, y por lo mismo lucía como un intruso. Natanael estiró con fuerza la aldaba del portón principal. Ante su imposibilidad de moverla, le hizo una seña a Barbarela para que viniera a auxiliarlo.

–Si no fuera por el campanario –dijo ella–, nadie se daría cuenta de que es una iglesia.

–Tienes razón, hija –dijo Natanael sin percatarse de que Barbarela retomaba la burla de *si no fuera por mi estatura*...

A base de estirar y empujar, la puerta fue cediendo poco a poco, hasta que comenzó a crujir algo por dentro. Bastó inyectar un poco más de esfuerzo para vencer el pasador. La nave estaba casi por completo vacía, a no ser por cuatro bancas, un confesionario con aspecto de ropero, un par de reclinatorios y un altar de piedra caliza sin mayor pretensión que servir de mesa en el servicio religioso. Ni siquiera un crucifijo ni una efigie de un santo ni un vitral de la virgen.

–Se necesita muy poca fe para construir una iglesia como ésta.

–Más de la que me queda –agregó Barbarela antes de retirarse.

Natanael notó que en la mejor tradición de las catedrales, las cuatro paredes magnificaban el eco de sus pasos; según él, era la señal para despertar al cura del confesionario; la cualidad sonora de esos edificios para enterar a toda la feligresía de quién estornudaba, tosía o murmuraba. Eso, se dijo Natanael, y nada más, porque nunca he pisado una catedral donde funcione el órgano ni donde cante un coro. Se arrodilló en uno de los reclinatorios y trató de armar una oración.

–*Homo homini* –comenzó, y de inmediato se interrumpió–. Qué hueva.

Aunque estaba satisfecho con su papeleta e incluso se consideraba el más afortunado del pueblo, no le nacía rezar ni mucho menos poner en orden esa iglesia tan empolvada. Se incorporó y se preguntó si, como cura, tendría el derecho de exigir a sus creyentes que vinieran a barrer, trapear y fregar. Fue hacia la puerta y ahí se recargó, en espera del primer cristiano. A lo lejos vio la figura de Narcisa, silbando, remedando una zampoña y preguntando a gritos si alguien tenía cuchillos que afilar.

Mandrake recorrió los alrededores de Santa María del Circo. No encontró árboles frutales ni nada de lo que pudieran echar mano para no morirse de hambre, salvo los nogales, nopales y una línea de magueyes que marcaba, muy derecha, el límite de algo imprecisable. Él lo interpretó como la frontera del pueblo. No aceptó su papel de campesino y de inmediato se promovió a terrateniente; y con ese cargo mandó llamar a Balo.

–Si seguimos comiendo tunas –le explicó– y guisamos nopales con aceite de nuez, antes de diez días nos va a crecer una tripa directo de la boca al hoyo sin pasar por el estómago.

Balo volteó a un lado y a otro, como si vigilara algo. De inmediato se volvió consciente de su actitud y adoptó una posición formal. A veces se traicionaba al comportarse como un cabo de guardia; en otras ocasiones se echaba sobre una banca sin otro deseo que poseer unas botas negras y un montón de soldados para darles órdenes; el resto de su tiempo lo invertía junto a su cañón, dándole lustre y cuidando que nadie lo tocara. En el fondo, se dijo, tengo vocación de artillero.

–¿Y qué sugieres? –preguntó.

–Debes ir a la carpa y robarte toda la fruta, la buena, la podrida, la mordida. Necesito las semillas, y necesitamos comer algo mientras crecen.

–¿Y por qué yo? –preguntó Balo. Como la respuesta era obvia, Mandrake permaneció en silencio–. Está bien –continuó–, pero no quiero ir solo.

–Llévate a Fléxor –sugirió Mandrake.

–Los negros son unos desertores –dijo Balo–. Por eso no los quieren ni como carne de cañón.

–Bueno, escoge a quien quieras; supongo que tienes derecho de leva.

Mágala fue la elegida. En un principio se entusiasmó, mas luego le explicaron que no iba como corresponsal de guerra sino a modo de recluta bajo las órdenes de Balo. Aun así, decidió cargar con papel y con la pluma de los autógrafos.

–Nunca sobran –dijo–, aunque sea para redactar el parte militar.

Salieron ya bien entrada la noche. Así lo habían acordado porque seguramente don Alejo ya estaría dormido y la dificultad de la misión estribaba únicamente en no hacer mucho ruido y tantear en la oscuridad. Se despidieron de los que se habían reunido en la plaza, y ya se alejaban, seguros de volver en un par de horas, sin contratiempos y, en palabras de Balo, "sin necesidad de eliminar al enemigo", cuando escucharon la voz de Hércules:

–No se olviden del marrano.

De inmediato los perdieron en la oscuridad, cuando aún podían escuchar sus pasos y el murmullo de la conversación. Barbarela ondeó un adiós inútil. Fléxor fue el único que no se presentó en la plaza. Había pasado la tarde barriendo los zaguanes de las casas con unas ramas secas a manera de escoba; le resultó excesivamente cansado ser negro, sobre todo porque su pierna no funcionaba como debía. Por eso se metió desde temprano en la casa que compartía con Narcisa y comenzó a roncar en menos de un minuto, sin percatarse del olor y color malsano que tomaba su rodilla.

–Bueno –dijo Mandrake–. A ver al circo –y dio unas palmadas y agitó las manos para disolver la reunión.

–Un momento –dijo Narcisa–. Necesito consultar algo con el enano.

Natanael se conmovió de saberse requerido por Narcisa. Adoptó una pose juiciosa, frunciendo el ceño e inclinando la cabeza hacia la derecha.

–Dime, hija.

–Padre, no sé si sea por la forma como me educaron, pero, la verdad, me cuesta mucho vivir al lado de una de ésas –y señaló hacia Hércules.

–¿Qué le pasa a esta imbécil? –saltó Hércules.

–¿Y cómo te educaron, hija? –Natanael sonrió en su interior.

–Una hermana de mi papá era así, por eso nunca la invitaban a la casa. Decían que eso se pegaba como enfermedad.

–Te entiendo –dijo Natanael.

Hércules se dijo que era la oscuridad. Si tuvieran modo de mirarme a los ojos, nadie se atrevería a menospreciarme de esa manera. Barbarela vio con placer el momento de cobrarse algunos desaires.

–Allá en las afueras –indicó el rumbo poniente, parodiando a Timoteo con su espada–, se puede levantar una choza. Es bueno que negocios como los de Hércules funcionen lejos de la ciudad.

Natanael se acercó a Hércules y trató de adoptar una pose fraternal, poniéndole la mano en el hombro; sin embargo, la mano apenas llegó a la altura del vientre.

–Mira, Herculina... –no continuó la frase porque su instinto de supervivencia le advirtió que un puño se acercaba a toda velocidad. Alcanzó a agacharse y sintió apenas el golpe del viento. Cabrón, pensó, un cura merece más respeto. Prefirió callar; sólo se prometió que no mencionaría la choza en las afueras y ya nunca se arriesgaría a llamarlo con ese nombre.

Hércules pronunció una serie de frases desordenadas, sin la menor coherencia, que daban perfecta cuenta de su rabia. Se retiró bufando y conformándose con buscar consuelo en su taza de porcelana.

Natanael se acercó a Mandrake y le susurró:

–Yo escribí esa papeleta. Tenía la esperanza de que le tocara a Narcisa.

–Que no se entere Hércules porque te mata.

El enano asintió, arrepentido de haber hablado. Él debía ser el receptor de las confesiones y en cambio se le iba la lengua a la primera oportunidad.

–Y que no se entere Narcisa –dijo–, porque también me mata.

–Las historias del enano sobre sus ancestros no me parecen una simpleza; sean verdad o mentira, es importante tener relatos; es lo que nos da derecho a pisar un suelo y tener un nombre. Según Mandrake, si vivimos en Santa María del Circo uno o dos años todo pasará a ser propiedad nuestra. No sé de dónde sacó eso. Si el día de mañana o dentro de diez años relatamos la manera como nos apropiamos de las casas, no sólo nos echan de aquí, también nos meten a la cárcel por rateros. Quizá hubo una época en la que un montón de indígenas podía encontrar un águila devorando una serpiente y decir aquí es, aquí nos quedamos a crecer y multiplicarnos; pero hoy cada pedazo de tierra tiene dueño, hasta este trozo de desierto está registrado en la oficina de un juez, con firmas, sellos y timbres; hoy hubieran recibido a balazos a esos indios de Aztlán sin respetar las profecías de sus dioses. Necesitamos fundamentar el derecho a ser los legítimos propietarios de Santa María del Circo, y para eso hace falta una historia, con personajes ilustres y hechos heroicos. Está bien lo de los oficios; en un pueblo hace falta trabajar, aunque sea en cosas tan burdas como sacarle filo a los cuchillos, pero también necesitamos hacernos cargo de nuestro pasado; y si Barbarela quiere imponerle el nombre de Timoteo de Roncesvalles al tipo de la estatua, necesita decirnos quién es ese personaje, dónde luchó, qué cargo ocupó, por qué es importante para nuestra población; más todas esas cosas íntimas que dan a los personajes su cariz de hombres verdaderos: si se hacía acompañar de su perro en las batallas, si se persignaba antes de cada balazo, si le faltaba el pulgar izquierdo; tú sabes, esas idioteces: si tenía una o cien mujeres y si alguna vez su caballo lo salvó de morir. Yo como periodista me puedo ocupar de las noticias diarias, algo ha de ocurrir, y a la vez puedo ir documentando nuestra historia; pedirle a Mandrake que me repita las palabras de la fundación, y ponerles fecha de hace trescientos años, endilgarle la fundación a un buen mozo español que luego terminó en la hoguera por judaizante; hablar de las grandes catástrofes, porque todos los pueblos tienen un huracán, terremoto, incendio o peste dignos de reseñarse de generación en generación; crear nuestras leyendas, como la del circo errante, que cada ocho de agosto, día en que las fieras devoraron a la bella Penélope, hace un convite nocturno de almas en pena; todo por escrito, pues sólo las palabras impresas tienen un peso de verdad. ¿Qué opinas? Ahora mismo, si llegara un extranjero, tardaría menos de medio minuto en darse cuenta de que somos unos improvisados. ¿Cuándo es la fiesta patronal? ¿Qué camino lleva a Mazapil? ¿A qué distancia está? ¿Cuál es el plato típico? ¿Dónde puedo tomarme un trago? ¿Quién manda aquí? ¿Qué calle es ésta? ¿A qué hora es la misa? ¿Qué hacen los domingos? ¿Por qué no hay quiosco en la plaza? Las preguntas más comunes de un viajero nos obligarían a portarnos como imbéciles y decir no sé, no sé, no sé, y acabaríamos por matarlo con tal de no vernos delatados. Es nuestra obligación conocer el lugar como si aquí hubieran nacido varias generaciones nuestras. Sí, señor, mis abuelos llegaron cuando la mina escupía plata. Sí, señora, esto era un vergel. Los hombres eran hombres. Y para tener una gran historia da lo mismo si Santa María del Circo es un miserable caserío, pues del mismo modo Natanael, a pesar de ser una insignificancia, presume de un pasado fastuoso. Ha de ser formidable llevar en la sangre la muerte de ciento veintitrés cristianos. Dime quién en nuestros días puede preciarse de eso. Si nadie me ayuda, voy a confiarle al enano la mayor parte de nuestro pasado, pues parece el único que lo tiene. Y también necesitamos trabajar en la heráldica del pueblo; se requiere un escudo, tal vez con una guadalupana de bonete en la cuerda floja, impartiendo la bendición a elefantes, leones y caballos, y con palabras en latín que digan *panem et circences*. No tienes cara de entusiasmo por mi idea. Sugiere otra cosa, o voy a dibujar y publicar el escudo y eso bastará para hacerlo oficial. Si quieres le pongo tu cañón en el fondo para dejarte contento. ¿Te parece? Y así como tú te promueves de cabo a general y Mandrake de campesino a terrateniente, yo puedo convertirme en historiadora, por supuesto sin dejar mi oficio de periodista. De ese modo escribo para el cada día y para la posteridad. Suena bien, ¿no? Muchos años después de muerta, se podrá leer mi *Compendio de la verdadera historia de Santa María del Circo, desde su fundación hasta nuestra época*. Estoy abierta a ideas ajenas, pero sólo publicaré aquello que me parezca conveniente, a mi gusto. Ahora entiendo por qué Barbarela quería mi oficio y por qué insistía en jactarse con el enano sobre su tío que escribía para *El País*. Empiezo a sentir mi importancia, el poder. Puedo acusar a Natanael de ser un cura cogelón; a Hércules de tener sífilis; a Narcisa de cargar en el vientre un hijo de don Alejo; a Mandrake de especular con las cosechas; no sé, cualquier tontería que se me ocurra. Tengo en mis manos el arma más poderosa para atacar… aunque la más inútil para defenderme.

–Quizás tengas razón en todo –dijo Balo–, salvo en ponerle bonete a la Virgen.

–Menos mal para don Alejo que nos encargaron una misión de rapiña: robar fruta y secuestrar un marrano; muy poca cosa para el ejército de Santa María del Circo. De habernos ordenado la destrucción total del enemigo, emplazaríamos mi cañón sobre este promontorio, y bastaría una sola descarga para cumplir con nuestra misión. Es la prueba máxima de un artillero: un blanco, un tiro; todo o nada. La mayoría dispara al ai se va, y un chiripazo basta para cubrirse de gloria. Eso es posible cuando el enemigo es numeroso y desparramado: dispares a donde dispares puedes estar seguro de que cargarás con más de un contrario, sean militares o civiles, no importa; liquidando a la gente armada, menguas la fuerza del contrario; atinando sobre mujeres y niños, aniquilas su entusiasmo. Por eso son tan efectivos los bombardeos de barcos contra tierra. Ya ves que los gringos y franceses nos tomaron la medida; les bastaron unos cuantos barquitos frente a Veracruz para poner en mate a todo el país. Nunca les hemos hundido uno y a cambio ellos nos demuelen la ciudad. En tiempos remotos, cuando los generales confiaban más en la valentía que en la puntería, hubieran enviado un Pípila acuático a hundir, uno por uno, cuantos barcos se estacionaran frente a nuestros puertos. Con las estrategias de ahora, ¿de qué te sirve el guerrero más valiente, más fuerte y mejor preparado si lo agazapas tras un parapeto en espera de que cualquier maricón le vuele los sesos? Ahora el arte de la guerra se desarrolla en un escritorio, con científicos que jamás han pisado un campo de batalla, matemáticos hablando de acción, reacción, fuerza de gravedad, parábolas, distancia y coordenadas. Así están acabando con la hombría de la guerra; a como van las cosas, no te extrañes si los reclutas son puros jotos; ¿qué promesa más atractiva que un viaje largo con un montón de hombres refocilándose todos juntitos en una trinchera? O peor, dentro de unos años, en vez de enfrentarse, cada ejército comisionará a sus intelectuales para reunirse con los del bando contrario; harán números, balances, aplicarán algunas teorías de probabilidad y definirán, sin un sólo muerto, quién es el vencedor y quién el derrotado, sin dejar siquiera espacio para el blofeo que hasta en el pókar vale como recurso. Pago por ver y se acabaron los secretos. Mira cómo están proliferando las academias militares. Qué estupidez. Hacen falta academias de huevos bien puestos. Adiós a los días en que para matar al enemigo debías verle el rostro. Vivimos en la era de la artillería; ahora gana el del cañón más grande y la trinchera más honda. Cambiamos la fuerza y osadía por la capacidad de apuntar y agazaparse, como el niño que arroja la piedra y luego se esconde. ¿Me agrada esto? No, pero sí puedo sacarle un gran provecho. Tú aseguras que como periodista eres dueña de un arma poderosa, y la verdad es muy diferente: en Santa María del Circo sólo hay tres armas: piedras, puños y mi cañón. Sobra decir quién lleva la voz cantante. Podemos maldecir al curita alemán que inventó el cañón, porque con ello acabó de joder a países como el nuestro: una potencia mundial en cuestión de huevos; una calamidad en cosa de trastos bélicos. Basta ver las batallas épicas, bestiales, que organizamos cuando peleamos mexicanos contra mexicanos, y la facilidad con que doblamos las manos cuando nos profana un extraño enemigo. Y los tipos no son unos genios. Al contrario, nada tan burdo como ver gringos contra gringos; jamás la estrategia bélica cayó tan bajo como en su guerra civil. Todo consistía en marchar al estilo desfile de carros alegóricos y disparar cada que el comandante bajaba su espada; sin faltar de cada lado el estúpido indefenso con la bandera en alto para convertirse en el blanco más fácil. Las reglas eran claras: pierde el primero en romper filas; porque entonces la contienda se transformaba en una indigna cacería de conejos. Los chinos, en cambio, fueron muy sabios: conociendo la pólvora miles de años atrás, la mantuvieron simplemente como un medio para tronar fuegos artificiales. Por eso me parece un exceso contar al Niño Artillero entre nuestros héroes patrios de libro, calle, monumento y homenaje. ¿Qué hizo el angelito? ¿Prender una mecha igual que se le prende a un triquitraque o buscapiés? ¿Matar a un tipo? Ni siquiera cargó o apuntó el arma. Yo prendo mechas en cada función, y apunto, y cargo, y preparo mi propia pólvora con las cantidades precisas de carbón, azufre y salitre, y no doy la espalda ni me tapo las orejas como cualquier artillero de poca monta al momento de la detonación; no, señor, me meto en ese cilindro a riesgo de morir explotado o quemado o embarrado contra un poste; me juego la vida en serio, y aun así don Alejo tiene la insolencia de decir que a mi acto le hace falta una dosis de riesgo: volar sobre hombres y caballos, aros y listones, finalmente por un tonel de fuego verdadero. Bonita cosa. El mundo debe entender que yo no soy un cobarde artillero: soy la bala, el objeto de destrucción, el ente que ve la cara del enemigo antes de liquidarlo. Huevos me sobran, y cuando me resuelva a apuntar este cañón contra ustedes seré el amo de Santa María del Circo. No me agrada admitirlo, preferiría dominarlos con la espada; pero yo no inventé las reglas, y vaya que tengo un cañón potente: dieciocho pulgadas de diámetro, catalogado como artillería superpesada, yo diría hiperpesada. ¿Sabes cuánto pesa una bala de hierro de ese tamaño? Casi cuatrocientos kilos. Ni dos Hércules la levantan. Puedo jugar a los bolos con la ciudad entera. El mundo debe sentirse agradecido porque soy un tipo pacífico y sin ambición de poder.

–No exageres –dijo Mágala–. Tu cañón es un juguete –y Balo agachó la cabeza, entre rabioso y afligido.

En la oscuridad de la luna menguante, sin conversaciones, sin resoplidos de animales y, por supuesto, sin música ni aplausos ni ese estúpido vagido de la gente cuando se presentaba un acto temerario, la carpa no era sino una gran burbuja a punto de reventar. Al menos así lo pensó Mágala y se sintió tan satisfecha con esa idea que se propuso escribirla tan pronto tuviera tiempo y luz.

Balo, por su parte, comenzaba a arrepentirse de tener a Mágala como compañera de aventura, pues cuando la eligió el asunto consistía en recoger un poco de fruta. Ahora había que agregar el secuestro de un marrano.

–¿Estás lista? –preguntó por sentirlo su obligación.

Ella asintió.

Mantuvieron sigilosas las pisadas sin necesidad de tomar precauciones especiales, pues el terreno era completamente árido, sin ramas que crujieran al menor descuido de los pies. Según el plan de Balo, comenzarían por ubicar a don Alejo para asegurarse de que estuviera durmiendo. Una vez seguros de esto, irían a la carpa grande en busca de las frutas; luego hurgarían entre los desperdicios para dar con más semillas y, finalmente, se robarían el marrano; así, si éste chillaba, resultaría demasiado tarde para que don Alejo pudiera oponer resistencia. Cuando se dirigían a la carpa chica, Balo se detuvo para susurrar:

–Bésame.

Mágala reaccionó con una sonrisa mitad sorprendida, mitad complaciente.

–¿Para qué?

Por medio de palabras vacilantes, Balo le explicó que no era sino un acto de camaradería, una tradición militar para asegurarse del buen fin de su empresa. Ahora la sonrisa de Mágala se volvió totalmente complaciente y Balo resultó el sorprendido cuando ella lo abrazó y buscó su boca, sin asomo de prisa, esperando a que él doblara un poco las rodillas para igualar la altura de las bocas. Entonces ella aplicó una succión intensa y disparó su lengua dos o tres veces con la velocidad y el alcance de un camaleón. Todo fue tan rápido que la excitación de Balo no vino por el beso, sino por el recuerdo del beso.

–Servido –dijo Mágala–. Supongo que todo saldrá bien.

Balo asintió con la certeza de que Mágala siempre había mentido sobre su edad.

En la carpa chica no había nadie. Los catres de lona blanca, sucios, vacíos, daban al sitio un aire de sanatorio tras una epidemia que acabó con todos los enfermos. Como no estaban listos para salirse del plan original, le echaron la culpa a su pobre visión nocturna y tentaron catre tras catre, suavemente, apenas con una caricia incapaz de despertar al viejo, temerosos de palpar la flácida desnudez. Mágala reconoció su propio catre y comparó su suavidad contra el lecho de piedras en que había dormido la noche anterior.

–Quiero llevármelo –dijo.

Como única respuesta, Balo se llevó el índice a la boca en señal de silencio. Ella corrió la cortina que separaba el área de hombres y mujeres y se recostó en su catre, complacida, con un inmenso deseo de descansar unos minutos. El olor del ambiente la llenó de melancolía. Aunque se sentía feliz de ya no tener que dormir ahí, se propuso nunca olvidar ese aroma, mezcla de aserrín, orines, encierro, afeites y sudor.

–Vámonos –susurró Balo mientras le estiraba el brazo.

–No me gusta recibir órdenes tuyas –protestó Mágala–. Mucho menos después de oír tus estúpidas ideas sobre la guerra.

De ahí se pasaron a la carpa grande, procurando ser mucho más cautos, porque a esas alturas suponían que don Alejo estaba despierto.

Ambos insertaron la cabeza para observar el interior. Sus miradas se dejaron atrapar al instante por un par de cirios encendidos al centro de la pista. Don Alejo, descamisado, descalzo e inmóvil, se hallaba despatarrado entre los dos cirios, que a juzgar por los escurrimientos de cera llevaban varias horas consumiéndose. El marrano, con su bata de vellorín, daba vueltas en torno a la pista, como si fuera uno de esos caballos con trenzas en la crin sobre los que Narcisa se paraba para mostrar la armonía de su trasero. Un minuto después, el marrano se acercó al cuerpo inerte y blancuzco de don Alejo. Lo olisqueó un instante y luego se abocó a lamerle el pecho con fruición.

–Qué horror –dijo Mágala cuando se cansó de ver la escena–, se lo va a comer –. Y como Balo le ordenó callarse, ella respondió–: Ya no nos puede oír. A leguas se nota que está muerto.

Balo avanzó lentamente hacia el cuerpo, arrastrando los pies y sin darle por completo la espalda a la salida; así facilitaba su fuga si don Alejo hacía un movimiento. Quiso mandar todo al carajo, volver a Santa María del Circo, pero la sola idea de verse obligado a justificar su cobardía, le hizo continuar. Mágala lo azuzó desde la entrada y él se dejó presionar. Cuando estuvo al borde de la pista, lanzó una patada al aire para ahuyentar al marrano, que continuaba regodeándose entre lengüetazos al pecho de don Alejo. El animal se hizo a un lado y se mantuvo a la expectativa. Balo recorrió la distancia faltante y pudo observar de cerca a don Alejo. Le repugnó la mueca del rostro que lo mismo se podía interpretar de espanto o de placer. Balo bajó la vista para comenzar la contemplación del cuerpo a partir de los pies. Tenían unos dedos muy largos echados hacia adelante, de animal que prende objetos con las patas; el pantalón era el de siempre, el negro de gabardina, con su botón descosido y la cremallera cerrada a medias; el vientre y el pecho, chorreados con la saliva del animal, reflejaban la luz intermitente de los cirios, dando la impresión de que el torso temblaba. El pezón derecho se notaba especialmente maltratado, a flor de piel, emitiendo un hilo de sangre que bajaba por el costado, sin llegar al aserrín del suelo. Balo no se atrevió a acercarse para tomarle el pulso o comprobar si respiraba; eligió un método que, a decir de un pariente médico, se utilizaba en la guerra cuando necesitaban distinguir de inmediato a los vivos de los muertos en los campos de batalla. Echó mano de una vara de ocote que empleaban para golpear a los elefantes, y con ella presionó los genitales de don Alejo, primero con suavidad, después con intensidad, como si los quisiera embutir dentro del cuerpo. Por último, ya con más confianza, les dio un garrotazo franco, con el que de paso vindicó ciertos rencores acumulados. Balo quedó convencido y se persignó mientras observaba con espanto los ojos volcados del viejo, totalmente en blanco.

–No sólo está muerto –dijo–, parece un ciego muerto.

Mágala dio un pequeño gemido y se echó a correr. Balo se llenó de rabia y fue tras ella tan rápido como pudo.

En la oscuridad alcanzó a notar la torpeza de Mágala para correr; se bamboleaba demasiado y no pisaba con firmeza. Supo que era cuestión de un instante para verla caer.

–Mágala –gritó Balo, fastidiado.

Ojalá corriera hacia el pueblo, pensó porque deseaba una excusa para regresar. Pero ella avanzó en dirección contraria, hacia la mina. Balo aceleró el paso y la distancia se redujo rápidamente, hasta poner a su alcance los mechones de Mágala. Los tomó y con un estirón la detuvo en el acto. Se sentía engañado; a juzgar por la reacción de Mágala, evidentemente le había mentido al decirle "a leguas se nota que está muerto".

–Me jugué el pellejo por tu culpa –sus ojos mostraban una ira desproporcionada.

–No exageres –dijo ella recuperando el aliento–. Con tu papeleta de militar de veras crees que te juegas la vida en cualquier lance.

Balo aún la tenía tomada de los cabellos y aprovechó para darle otro estirón.

–Cállate –dijo.

–Eres un cobarde –dijo Mágala–. Yo me asusté cuando supe que don Alejo estaba muerto. Tú, en cambio, le tenías pavor cuando lo creías vivo –entonces fingió una risa para hacer más vejatorias sus palabras–. Miedo a un viejo decrépito; habráse visto –y se dispuso, relajada, a recibir más jalones de cabello.

Balo la soltó y señaló la carpa con el mentón. Estaban mucho más cerca de lo que pensaba. Habían corrido muy lentamente, como bajo el agua. Aunque no la comentaron entre ellos, cada quien tuvo su versión sobre la muerte de don Alejo. Para ella resultaba muy natural que se desligara de la vida un anciano solo, sin circo, sin hermano y sin otros sueños que los de la noche. A él no le cupo duda: el marrano, muerto de hambre, le había succionado la sangre por el pezón. Ya conocía los antecedentes de la fiereza del animal.

–Vamos –le dijo–, tenemos cosas que hacer –y mientras regresaban a la carpa deseó con todas sus fuerzas otro beso de Mágala.

Ella pareció leerle el pensamiento porque dijo:

–Ni lo sueñes.

Cuando entraron, vieron al marrano otra vez lamiendo a don Alejo. Balo tomó una cuerda y lo ató al mástil, atento a las reacciones del animal y muy consciente de dónde estaba la vara de ocote, por si le era necesario defenderse de un ataque.

–Animal del demonio –dijo.

De inmediato Mágala se dirigió al arcón donde guardaban la fruta. Calculó no más de cincuenta piezas entre naranjas, peras, zapotes y una papaya.

–Búscate un costal –le ordenó a Balo.

Él se puso a hurgar entre las cosas de la magia. Adentro de la caja donde se partía a la chica en dos encontró un costal azul con estrellas amarillas; Mandrake lo utilizaba para cubrirse, desaparecer y luego aparecer en otro lado. Ahora lo aprovecharon para guardar el botín. Balo se lo echó al hombro y el peso lo encorvó inevitablemente. Se lamentó de no haber traído a Hércules para emplearlo como bestia de carga, pues Mágala no tendría fuerzas para cargar el costal ni por un minuto.

–¿Y qué ? –preguntó ella–. ¿Lo vamos a dejar ahí?

–¿Se te ocurre algo? –cuestionó Balo.

–Habrá que enterrarlo –dijo ella– o al menos cubrirlo con una sábana.

Balo sintió una pereza terrible con sólo imaginarse escarbando una hoya, y demasiado asco al pensar en la textura de la carne vieja y tiesa de don Alejo.

–Dejemos que la carpa sea su mausoleo –dijo con tono solemne, a sabiendas de que el tono siempre se impone al contenido de una frase.

Mágala desató al animal y echó una última mirada al cuerpo. Balo inclinó la cabeza, como despidiéndose, y ambos se dirigieron a la salida. Ya estaban por abandonar la carpa cuando escucharon la voz inconfundible de don Alejo.

–No se lleven al marrano –dijo mientras se frotaba los genitales con evidente dolor.

Hércules atrancó la puerta de su casa tras advertirle a todos que no lo molestaran ni se les fuera ocurrir pedirle el excusado. Echado en la cama y sumido en total oscuridad, no sentía diferencia entre abrir o cerrar los ojos. Apenas el retrete me quitó la sensación de ser un perro, y ya la falta de iluminación me convirtió en una gallina, obligándome a dormir con la luna y a despertar con el sol. No es posible mantenernos aislados, debemos entrar en contacto con algún otro pueblo; hacen falta velas, cuando menos, o una lámpara, aunque sea un lujo, y si no queremos parecer animales aún nos queda mucho por conseguir: cubiertos, toallas, jabones, ropa limpia, mondadientes. Seguramente podemos tomar el dinero de don Alejo. No es mucho, aunque suficiente para empezar. Ojalá se le ocurra a Balo volver con algo de plata.

Se tendió de costado, con el rostro pegado a la pared. La respiración le rebotaba en forma de aire caliente y oloroso y, justo cuando estaba asimilando el placer de tanto silencio, escuchó unos golpes muy leves en la puerta.

–¿Quién es? –preguntó con duda de si había alguien afuera o si los golpes habían salido de su imaginación.

–Soy Mandrake –susurró una voz–. Ábreme.

Hércules se asomó por la ventana mientras terminaba de aceptar su nueva condición, incapaz de inspirar respeto. Apenas unos minutos atrás había exigido que no lo molestaran y ni siquiera pudo acomodarse bien en la cama cuando ya tenía a un imbécil tocándole la puerta.

–Ni se te ocurra pedirme el excusado.

–No digas pendejadas.

Hércules se encogió de hombros y decidió cambiar su actitud por una más amigable. Removió la tranca y se hizo a un lado.

–Me da gusto verte –dijo–. No tengo ganas de dormir y se me están ocurriendo unas ideas.

Mandrake aguzó la vista cuando la puerta se cerró a sus espaldas. Apenas distinguió una silueta enorme, moviéndose torpemente, arrastrando los pies, hasta sentarse en la cama.

–¿Ah, sí? –dijo sin interés.

–No podemos mantenernos aislados –continuó Hércules–. De seguro habrá un pueblo por aquí cerca. Deberíamos dar unas funciones, así sin carpa, y sacar algo de dinero para comprar cosas.

–Está bien, pero después hablamos de eso.

Hércules pareció no escuchar. Aunque últimamente sus músculos no lo hacían sentirse fuerte ante el carácter de Mandrake, la invisibilidad le dio ánimo para continuar con su discurso.

–Por supuesto iríamos a los pueblos a dar las funciones sin enterar a nadie de dónde venimos. Santa María siempre será nuestro secreto.

–Sí, claro, sí –dijo Mandrake mientras se secaba los hilos de sudor en la frente.

–Aunque para empezar –continuó– deberíamos apropiarnos del dinero del viejo –y como no percibió en el mago una reacción positiva, agregó–: A manera de préstamo, ya luego se lo pagaríamos.

Mandrake se impacientó y se buscó un lugar en la cama.

–No vine a hablar de eso.

Hércules guardó silencio cuando sintió una mano cálida en su pierna. La mano estuvo quieta un instante y luego elaboró una tímida caricia sobre el muslo; al ver que no había reacción por parte de Hércules, comenzó a moverse seductora, experta, prestidigitadora.

–Mejor háblame de cómo terminaste en esto –dijo Mandrake.

Hércules batalló para articular palabra; sentía repulsión por esos dedos de marabunta invadiendo todos los contornos de su cuerpo.

–Ya sabes –espetó–. Saqué la papeleta…

–No rompas el encanto –interrumpió Mandrake–. Todas las de tu clase tienen una historia interesante.

¿Hasta dónde, se preguntó Hércules, voy a continuar con esta farsa? ¿Tan alto es el precio de mi retrete? Se formuló estas preguntas de manera retórica, porque no hizo el menor esfuerzo por responderlas. Quiso ver lo de las papeletas como un juego y en cambio recordó a Narcisa solicitando cuchillos para afilar. Consideró echar al visitante a patadas, e igual no tuvo ánimos para pensar en las consecuencias de ese acto. Además, ¿no le había confesado a Barbarela lo mucho que le atormentaba ver su cuerpo en franco deterioro, cada vez menos apetecible? ¿No le ofrecía Mandrake una reivindicación, un segundo aire? ¿Es necesario? Pese a mi declive aún hay muchas señoras en el mundo dispuestas a pagar por mí. Acabó confundiéndose a sí mismo, sumido en un desinterés total y se tendió de nuevo sobre la cama. Ya no soy parte del mundo.

–Tenía quince años –comenzó– y mis ilusiones eran como las de cualquier muchacho…

–Muchacha –corrigió Mandrake–. La oscuridad ayuda, pero ya te pedí que no rompieras el encanto.

–Como las de cualquier muchacha –Hércules asintió–. Con la agravante de ser demasiado hermosa, demasiado deseada –y sonrió veladamente, imaginándose sólido y de quince años.

–No exageres –dijo Mandrake descarando un poco más sus caricias–, aunque ya quisiera Narcisa tus tetas.

La historia continuó con un padre que la sorteaba durante las ferias a dos pesos el boleto, en una rifa sin perdedores, porque a los desafortunados se les permitía espiar la suerte del ganador a través de los agujeros en una pared.

Mandrake se conectó totalmente a la fantasía y sólo extrañó un buen trago de alcohol para acabar de figurarse que en los brazos tenía una inmensa golosina.

En la casa de al lado, Barbarela escuchó unos bufidos peculiares y, aunque pegó la oreja a la pared, no pudo adivinar la realidad. Hércules debe sentirse muy solo, se dijo con una sonrisa esperanzada. Eso facilita mis planes.

–Barbarela piensa que estamos aquí por mi culpa. Qué ingenua. Según ella los hermanos Mantecón se pelearon por mí, y don Alejo estuvo dispuesto a ceder los mejores artistas y todos los animales con tal de quedarse conmigo. Me sentiría muy halagada si fuera cierto, pero la verdad es muy distinta. Fue un plan de los vejetes para deshacerse de nosotros. Te lo aseguro: para esta hora don Alejo ya no está en la carpa; es más, ni siquiera la carpa sigue ahí. Don Ernesto pasó por él y se llevaron todo, incluyendo al marrano, el único artista valioso entre nosotros. Bonita sorpresa se van a meter Balo y Mágala cuando no encuentren nada. Fue una buena treta. Es preferible dejar ocho cirqueros en un pueblo abandonado que explicarles, uno por uno, lo sentimos mucho, ya no se requieren sus servicios, fue un placer tenerlo entre nosotros, buena suerte. Y Barbarela diciendo que yo… Eso es estar ciega. Como si no se diera cuenta de que precisamente somos nosotros los menos aplaudidos del circo. ¿No te has preguntado por qué Lagrimita, Copetino y Pescuecín se fueron con don Ernesto? Rectifico, a mí sí me aplauden, pero una muchacha bonita la consiguen dondequiera. Incluso don Ernesto llegó a decirme que el público prefería una mujer más nalgona, más chichona. No me extraña; al circo no va lo más pulido de la sociedad. Lástima no haber nacido con voz para la ópera; esa gente fina sí apreciaría mi belleza por sobre las monumentales nalgas de las sopranos. Y aun así, entre individuos sin escuela, de hocico apestoso y pantalón arriba del ombligo, he sabido ganar muchas aclamaciones. En cambio mira a los demás: Mandrake tiene artritis o algo así; como ya perdió habilidad en las manos me obliga a contonear el trasero para encubrir sus tejemanejes cuando saca flores de la chistera o ases de la manga; además, ese cajón para partir a la chica en dos se lo ha de haber heredado su abuelo. La Orquesta Festival debía trompetear duro para disimular el rechinido de las compuertas y bisagras. El enano podrá ser insignificante entre la gente normal, y sin embargo es alto entre los enanos. Pobre tipo; acaban de contratarlo y ya lo corrieron. Eso debe entenderlo Barbarela. De haber existido un motivo para que pelearan los hermanos, fue precisamente Natanael. "Eres un inepto", habrá reclamado don Ernesto, "habiendo tantos enanos pequeños y simpáticos, tú consigues este mamarracho". Por eso nadie atina a inventarle un nombre. ¿Cómo llamarle a un objeto inútil? Simplemente te deshaces de él, como ahora se deshicieron de nosotros. ¿Y qué iban a decirnos? Muchas gracias por todo, los vamos a extrañar, tomen un dinerito para no malpasarse mientras encuentran otro empleo. Ha sido el eterno problema de los Mantecón: los buenos artistas se van a otros circos de mejor salario, y los mediocres, al menos hasta ayer, podíamos vegetar con ellos durante largo tiempo. Barbarela duró años con los Mantecón a pesar de nunca convencer al público: algunos pensaban que su pelambre era postiza, otros suponían que era un hombre. Después de cada función a mí me buscaban algunos tipos calientes y con dinero; a Hércules lo acosaban mujeres igualmente calientes, aunque sin dinero; Barbarela, a su vez, resultaba la solución perfecta para los homosexuales furtivos; podían sentirse en los brazos de un hombre sin necesidad de comprometer su reputación. La muy idiota siempre se negó… Sí, claro, yo también me negaba, pero lo mío es diferente, yo sí aspiro a algo. Ella debería conformarse con el fruto podrido. Por eso desde hace tiempo don Ernesto tenía ganas de correrla; demasiado peluda para pasar por mujer barbuda. "Podemos presentarla como un *castrato*", argumentó don Alejo en su defensa, porque le tomó ley desde que la bajó de la cruz. "¿Estás loco?", objetó don Ernesto, "con esa voz profunda y esa pelambre, acaso podríamos promoverla como una *implantati*". Y por unos días les entusiasmó la idea hasta caer en la cuenta de que para presentarla de ese modo, habrían de mostrar la evidencia del viril injerto en la bragadura. Desconozco tu opinión de Balo. A mí su acto me parece un fastidio. Cualquier saltador de trampolín vuela más espectacularmente que el hombre bala, y hasta da maromas y no usa casco ni se enfunda en ese traje grueso colorado tan ridículo con dibujos de centellas anaranjadas. Hasta Mágala, la más inútil de todos nosotros, sabe dar una maroma en el aire antes de caer sobre la red. Luego andaba muy oronda y por esa simpleza quería llamarse la cuarta Cabriolé. Los Mantecón se habrán cansado de esperar que un residuo de decoro nos impulsara a ofrecer nuestra renuncia, y como ahora cualquier imbécil se cree con derecho a exigirle indemnización al patrón… No los culpo; el lastre debe tirarse sin contemplaciones, como la basura, como un sobrecupo de negros. Perdón por esto, pero tú me entiendes. También perdóname por incluirte entre los menos aplaudidos. Tú mismo me hablaste sobre la preferencia de la gente por ver mujeres retorciéndose. Debemos ser sinceros con nosotros mismos: no somos lucrativos para un circo. Mira a Hércules; está más cerca del hombre gordo que del hombre fuerte. Los Mantecón nos conocen demasiado bien, porque don Alejo estuvo insistiendo en que lo siguiéramos a la carpa. ¿Estaba tan seguro de que nos quedaríamos? O tal vez entre nosotros haya un traidor; alguien nos sedujo sutilmente para establecernos en este pueblo con la promesa de una vida más amable, de casa siempre en el mismo sitio, sin olor a heces de animal. ¿Nos ilusionó Hércules con la historia del excusado? ¿Barbarela con la idea de casa propia? ¿Natanael con la posibilidad de tener una vida a nuestra medida? ¿O era tan predecible que morderíamos el anzuelo? No lo niego. A mí me encantaría vivir bajo un techo firme, tener una dirección, un lugar a donde me lleguen cartas, un piso que se pueda barrer. Pero no lo creo posible. Es insostenible la idea de quedarnos a vivir en Santa María del Circo, ahora lo veo muy claro, aunque fue divertido jugar a los colonizadores. No quiero ser la primera en sugerir que nos vayamos; ya los veo a todos tachándome de desertora, cobarde, vendida a don Alejo y cosas así. Y si nadie dice nada, tú y yo podemos irnos tan pronto sanes de tu pierna. Es importante hacerlo rápido, porque a ratos pienso en otra posibilidad: somos parte de un nuevo acto, y allá, escondido tras las lomas, con sillas de lona y prismáticos, hay un público malsano que pagó un boleto de precio exorbitante para atestiguar nuestro deterioro, viendo qué hacemos, si nos destruimos unos a los otros, si nos morimos de sed o de hambre. Hacen apuestas sobre quién será el primero en caer. Seguro ovacionaron quedamente cuando encontramos el agua. "No son tan idiotas", habrán dicho, aunque quizás les decepcionó un poco no vernos desesperados, con la boca seca, bebiendo nuestros orines y volviéndonos locos como dicen que se vuelven los muertos de sed. Es magnífico presenciar la sed, porque el alma se desquicia, el cerebro delira y el cuerpo se crispa; en cambio, el hambre es muy aburrida, además de vencer la paciencia del espectador, no se distingue de un gran cansancio, de un eventual dormir para ya nunca despertar. Por eso no se van a conformar con vernos subsistir; algo van a hacer: o nos envenenan el agua o nos sueltan un tigre de Bengalo el Domador o de plano nos invaden con un ejército rapaz, incendiario y violador. Si el boleto fue caro, nadie se resignará a vernos felices en nuestro pueblito, como gente ordinaria, sembrando la tierra, yendo a misa los domingos y fiestas de guardar, afilando cuchillos; una comunidad tranquila de buenos días cómo está. Mira hacia la loma. Esos contornos que parecen arbustos de seguro es gente. Están esperando. De cierto te digo que con los peores artistas del circo, los hermanos Mantecón montaron el espectáculo más grande del mundo.

–En vez de mejorar, mi pierna empeora –dijo Fléxor, y se tomó la rodilla, sufriendo un dolor intenso.

Había sido una larga jornada para don Alejo. A su edad ya no le quedaban muchas fuerzas ni paciencia ni talento para amaestrar animales; pasaba de una lección a otra con premura, desesperándose a más tardar en el tercer intento en que el animal no seguía sus órdenes. Primero trató de enseñarle al marrano a dar vuelcos. Le ordenó girar y lo levantó de las patas izquierdas para voltearlo de lomo; luego él mismo dio algunas vueltas mientras decía "así, así". Todo fue inútil. Don Alejo se sintió impotente, desarmado, pues junto con los animales su hermano se había llevado los accesorios que en el Circo Mantecón llamaban "los bártulos".

Cuando recién arrancaron el circo acostumbraban amaestrar las bestias mediante castigos y premios, donde el castigo no iba más allá de hacerlos pasar hambre junto con un regaño y el premio era un trozo de comida, una caricia y una frase de afecto. Esta técnica resultaba lenta, porque a veces el animal tardaba en sentir hambre. Sin embargo, en ese tiempo la fauna del circo se componía casi en su totalidad por perros, los cuales, a decir de don Ernesto, aprendían más pronto que los humanos.

Después creció el circo y contrataron a algunos artistas con animales, métodos y bártulos propios, como látigos, electrodos, planchas calientes, agujas de tejer, alambres de púas, varas, ácido, alicates, antorchas, picotas, sacacorchos y otros artefactos mucho más persuasivos que un regaño. Y aunque don Alejo pedía moderación en el empleo de esos métodos, "los quiero bien entrenados, no tullidos", llegó la ocasión en que él mismo los utilizó hasta dejar muerto a uno de sus animales.

En un lance de fanfarronería durante una borrachera, apostó que haría bailar a un camello, en dos patas, la *Marcha de Zacatecas*. La sobriedad le vino tarde, pues la apuesta se había difundido a tal punto que ya era imposible salvar su reputación con la excusa del alcohol. El camello del Circo Mantecón era una mera curiosidad de zoológico; no sabía hacer nada, pero se recolectaba buen dinero con las fotografías de niños montados en él y causaba buena impresión en los convites, sólo superado en popularidad por el elefante. Don Alejo aprendió muy pronto que el camello, hecho para resistir condiciones de natural tortura en el desierto, no reaccionaba satisfactoriamente a los bártulos, pues la plancha caliente resultaba poco efectiva en un animal de pata tan recia; los látigos lo hacían trotar; y con los electrodos apenas se advertía que entornaba los ojos. "Es un masoquista", explicaba sin darse por vencido. En una siguiente borrachera, don Ernesto lo puso en ridículo frente a los empresarios del Circo Atayde, quienes muertos de risa empezaron a tararear la *Marcha de Zacatecas* y bailaron luego de colocarse unos cojines entre la espalda y la camisa para simular jorobas de camello. Don Alejo salió de ahí y se dirigió al corral, donde le reclamó al camello su ingratitud y le molió las patas delanteras a garrotazos mientras le gritaba "ahora sí, cabrón, vas a andar con tus patas de atrás". El animal gimoteó y, a diferencia de su costumbre de reposar en cuclillas, se echó de costado y no volvió a levantarse. Decidieron ejecutarlo de inmediato, antes de que bajara de peso y se perdiera carne para los carnívoros.

En aquel entonces acostumbraban comenzar las funciones y los convites con la *Marcha de Zacatecas*, pero don Alejo le tomó tanta ojeriza que la borró del repertorio junto con todo lo que tuviera ritmo de marcha. Pese a las protestas de la Orquesta Festival, echaron mano del vals *Sobre las olas* para dar inicio a cada espectáculo.

–Párate, animal –le repitió por última vez al marrano.

El único bártulo con el que se quedó don Alejo fue la vara de ocote, y el recuerdo de lo ocurrido con el camello, junto con su falta de energía, evitaron que también al marrano le rompiera las patas delanteras.

–Eres un privilegiado.

Se tendió en el suelo de espaldas; hastiado, deseando vivamente que todos estuvieran durmiendo en la carpa chica, incluido su hermano. Recién cuando comenzó a oscurecer, se dio cuenta de que don Ernesto también se había llevado el generador; ya no le causó molestia, al fin la iluminación eléctrica era para las funciones. A él le bastaban las velas.

Por elección, inercia o instinto, el marrano se puso a dar vueltas alrededor de la pista, una tras otra, sin mostrar signos de cansancio ni aun después de una hora.

–Para algo me has de servir –dijo don Alejo.

A sabiendas de que el animal debía estar hambriento y sediento con tanta vuelta, se descamisó y se exprimió una naranja en el pecho, poniendo mayor énfasis a la altura de la tetilla derecha. Dejó que el jugo se secara y aplicó una capa más y lo volvió a hacer hasta completar ocho capas. Luego colocó dos cirios encendidos en la pista y se recostó entre ellos. Con una navaja se rajó el borde del pezón, de suerte que brotara un poco de sangre, y se armó de paciencia, dispuesto a esperar cuanto fuera necesario.

No tardó el marrano en sentir curiosidad por el cuerpo tendido en el suelo; se acercó y de inmediato percibió un olor comestible invitándolo a lamer el pecho del viejo. La naranja le hacía excretar saliva, y antes que un animal sediento parecía uno rabioso. Cuando al fin dio con el pezón, don Alejo exhaló un gemido largo y sonoro y tensó todo el cuerpo. Al marrano pareció agradarle el regusto a sangre porque se solazaba en sus lengüeteos con la mayor pasión que había experimentado en su vida, pues no había conocido hembra y jamás le apasionó su salto a la pileta. Cuando amainaba el sabor, el animal perdía interés y abandonaba su faena para reanudar las vueltas alrededor de la pista, sólo mientras el pezón dejaba escurrir un poco más de sangre. Entonces volvía junto a don Alejo y reactivaba su lengua con fruición.

Don Alejo entraba en éxtasis, gritaba y maldecía a Narcisa, pataleaba y al cabo de un rato se desvanecía, con los ojos volcados, totalmente en blanco, y cualquiera que lo viera pensaría que estaba muerto.

–Don Alejo tiene razón. Nadie decide ser cirquero. Al menos yo no lo hice y seguro tú tampoco, así que no me mires con ojos de incredulidad. Yo tenía planes como todos, o sueños; quizás no hay diferencia porque unos y otros se van lo mismo a la cloaca. Vivía en una casona de la calle Plateros, tú sabes, en la capital. Teníamos una biblioteca de varios miles de volúmenes; sí, no estoy exagerando. Nadie los leía. Era una herencia, no recuerdo si de un tío o un tío abuelo. Como buen predestinado que nada sabe hacer por cambiar su futuro, un día se me ocurrió leer un libro. ¿Has escuchado a esa bola de pendejos hablando sobre las bondades de la lectura? No saben lo que dicen. Prefiero las bibliotecas con libros de madera. Lucen más bonitos, son más fáciles de sacudir, en caso de incendio no se prenden tan rápido y, lo mejor de todo, no tienen páginas. Además poseen un mayor valor de reventa; cuando nos vimos forzados a rematar la biblioteca, hubiéramos sacado más dinero con bloques de madera. Por lo pronto ahí estaban todos esos libros de papel y yo tenía en la cabeza las bondades de la lectura. Revisé uno por uno los títulos, repasé solapas y contraportadas, según yo para elegir bien. Y habiendo tantos clásicos de literatura, compendios de medicina, infolios de leyes, tratados filosóficos, enciclopedias y obras de todos temas, anchos y gustos, ¿sabes cuál vine a elegir? Claro, en ese entonces yo de verdad creía en la capacidad de elección de los seres humanos. Tú sabes, somos libres, arquitectos de nuestro… Qué inocencia. Me pasaba lo mismo que a todos los niños de esa edad; ¿te dije ya cuándo ocurrió esto? ¿No? Yo tendría diez u once años. Nos viven preguntando qué vamos a ser de grandes. ¿Para qué perder el tiempo en esas preguntas si nunca se obtienen respuestas verdaderas? Quizás sólo sirvan para medir el fracaso de cada quien. Por eso es pregunta que se hace a los niños y nunca a los adultos. Ve con un obrero, de cualquier tipo, digamos uno de esos pobres güeyes que hacen ladrillos. ¿Y tú, qué *querías* ser de grande? Yo no podría escuchar la respuesta sin carcajearme en su cara. ¿Qué va de un plan de doctor, licenciado o ingeniero a un miserable ladrillero? Don Alejo se quedó corto; nadie decide ser cirquero ni ser nada… Sí, estoy haciendo un poco de tiempo porque no me gusta hablar de estas cosas. Tomé un libro de tamaño mediano; no se veía viejo; las hojas no estaban amarillentas ni la cubierta desgastada; tenía ilustraciones y letra grande. Se llamaba *El perfecto mago*, de un tal Francisco Olegaroy. "Domine paso a paso los trucos de magia que han fascinado a la humanidad de todos los países y todos los tiempos; conviértase en el alma de las tertulias; gane aplausos, amigos y admiradores; y sea el hombre más popular entre las mujeres; siéntase amado por ellas". ¿Tú te podrías resistir a tales promesas? Yo no. El libro que quedó en segundo lugar de mi elección, apenas prometía: "Comprenderá usted los motores del cerebro humano y las verdades cifradas en cada sueño". Sonaba interesante conocer el significado de los sueños, pero es poco comparado con el alma de la fiesta y la admiración de las mujeres. *El perfecto mago* se ocupaba principalmente de naipes y prestidigitación; y llegué a ver en Francisco Olegaroy el seudónimo de una mujer, porque los trucos tenían nombres muy fofos: "el siete travieso", "los pícaros reyes", "la reina de azucena" y mariconadas así. El que todos conocemos como "¿dónde quedó la bolita?", se llamaba "la pelotita extraviada", que para el caso no hay mucha diferencia. Fui dominando truco por truco los treintaisiete detallados en el libro y no tardó en correrse el chisme de que yo era mago. Comencé a actuar en las asambleas de la escuela, en tertulias, en piñatas; me iba al Zócalo y le bajaba dinero a los ingenuos que iban los domingos a Catedral. El "¿dónde quedó la bolita?" siempre fue el más efectivo; porque todos, de seguro tú también, sólo se concentran en no perder de vista el pote donde metí la bola. No esperan truco. Cuando los sacaba de su error, no faltaban los ofendidos; me querían romper el hocico y me reclamaban su dinero. Gente así me orilló a compartir mis ganancias con un grandulón imbécil que me cuidaba. Una mala tarde descubrí en la calle Donceles un local llamado "Trucos y Novedades del Centro". Principalmente vendían cigarros con petardos, chocolates con purga, flores que echan agua, y esas estupideces para gente con ganas de fastidiar. El dueño me reconoció, me había visto haciendo mis trucos en el Zócalo y me sopló un discurso. Tú eres único, no como mis otros clientes, dos tres elogios más, y me invitó a pasar a la trastienda. Ahí habló sobre la importancia de mantener ocultos los artilugios detrás de cada acto de magia, de eso dependía la continuidad, decoro y provecho de nuestro oficio. Al principio fue emocionante: a escondidas, en la trastienda, hablando en voz baja, me sentí como si me dieran la bienvenida a una logia secreta. El hombre tomó un cilindro color negro con tapas en cada extremo. "Observa bien", me dijo. "Tú debes ver cuando el ojo ordinario es ciego". Removió las tapas y me mostró el interior del cilindro; estaba vacío. Luego lo volvió a tapar, lo sacudió y de nuevo lo destapó. Al parecer mi ojo fue ordinario porque no captó el truco. El hombre comenzó a sacar pañuelos de colores, verdes, rojos, amarillos y azules, de una tela fina, muy delgada. Para mí era cosa de brujería, algo maravilloso, muy superior a Olegaroy, y de seguro se me notó en la cara porque el hombre ofreció el cilindro en venta. Lo pagué sin chistar y sólo entonces tuve la duda de si yo podría aparecer esos pañuelos. "No te preocupes", me dijo el hombre al despacharme la mercancía con la misma vulgaridad con que mercaba los cigarros explosivos, "las instrucciones vienen en la caja". Mi logia había existido apenas unos minutos. Tenía en las manos un producto comercial llamado el "Magical Mystery Tube". Lo elaboraba una compañía de Connecticut, y Dios sabe si ya se habían fabricado mil o un millón de cilindros iguales al mío. Ese día juré abandonar la magia... Instrucciones en la caja. Para seguir instrucciones hubiera fabricado ladrillos, producción en masa, sin secretos: barro, se compacta, se cuece, listo; harina, leche, huevos, levadura, se mezcla, se cuece, listo; remueva las tapas, muéstrelo al público, ponga las tapas, gírelas media vuelta para liberar el mecanismo oculto, remueva las tapas, saque los pañuelos, listo. Arrumbé el cilindro y deshojé el libro de Francisco Olegaroy, que me había ganado aplausos y algunos pesos, pero ningún amigo ni mucho menos el amor de una mujer.

–¿El oficio de puta incluye escuchar tus necedades? –preguntó Hércules, a punto de quedarse dormido.

El mecanismo para hacer sonar la campana se encontraba muy oxidado. Natanael hubo de subir a la torre y desde ahí balanceó el badajo con los pies hasta que el bronce anunció la hora de ir a misa. Apenas se notaba la aureola del sol en el horizonte y algunos pájaros volaron espantados de los árboles contiguos. La primera en asomar la cabeza fue Barbarela. Con cada campanazo caían esquirlas de metal oxidado y se iba desatorando el mecanismo. Natanael bajó y probó de nuevo. Con todo su peso estirando la cuerda, esta vez sí balanceó la campana y, feliz, haciendo sonar el bronce cada vez más fuerte, se preguntó cuántas campanadas más aguantaría esa cuerda podrida.

–Cállate, desgraciado –gritó Barbarela–. Estoy tratando de dormir.

Más por el grito que por las campanadas, Hércules decidió salir de su casa. Había pasado una buena noche. Aunque un poco podridas, las tablas de la cama conservaron suficiente flexibilidad para no romperse y ofrecieron cierto muelle parecido a la blandura de un catre. Además había estrenado su taza de porcelana y estuvo seguro de haber dejado en el pasado la obligación de portarse como un animal cada vez que el cuerpo reclamaba atención. Salió con sólo sus leonas negras y las marcas rojas de las tablas en su espalda. Como la gran puta que soy, se dijo mientras saludaba a Barbarela con la mano.

–¿Ya viste el charco? –preguntó ella.

El caballo había echado agua toda la noche y la calle estaba convertida en un cenagal.

–Qué bueno es esto –dijo Hércules–. Levantarse en la mañana y saludar a los vecinos.

Barbarela no dijo nada. Se preguntó si Timoteo tendría una válvula para detener la corriente, de lo contrario el pueblo se inundaría de agua y de moscos a más tardar en una semana. En ese instante de silencio, Hércules pensó por primera vez que quizás todas las casas tenían excusados y, por qué no, incluso superiores al suyo en elegancia y comodidad. Decidió no averiguar para seguir gozando de su estado de privilegio.

–Debe haber una llave –dijo Barbarela al fin–, o al menos un canal que se lleve el agua.

–El imbécil de Balo –dijo él–. Y la buena para nada de Mágala.

–No es posible vivir en medio de tanto lodo.

–Seguro se quedaron con don Alejo. Algo les habrá ofrecido el anciano.

La campana sonó una vez más, un solo tañido.

–Que te calles, enano –de nuevo la voz de Barbarela retumbó por encima de la campana.

–Fue un accidente –se disculpó Natanael.

–Es el cura –dijo Hércules–. No le hables así.

–Toda la vida respeté esas cosas y mírame–reclamó ella–. ¿Crees que me haya servido de algo? –negó con la cabeza y entró de nuevo en su casa.

Hércules salió a chapotear en el lodo y sintió unas ganas enormes de revolcarse en él, pero le dio vergüenza portarse como niño. Prefirió dirigirse a la estatua ecuestre para colocarse justo debajo del chorro en un intento por vivir de nuevo los placeres de ducharse en regadera. El sol le sentaba bien en el ánimo. Sentía hambre. Tenía ganas de nopales, muchos nopales crudos. Ojalá alguien ya los hubiera limpiado de espinas.

–El paraíso –dijo en voz baja–, aunque el agua está helada.

Se talló las axilas, se enjuagó la espalda y estiró el elástico de sus leonas para dejar que el agua entrara a lavar sus meandros. Barbarela lo miró desde el vano de la puerta, pensando en una excusa para ir con él.

–Qué diablos –dijo y salió sin excusa.

Se arremangó las enaguas justo lo suficiente para no enlodar el holán ni mostrar sus piernas velludas y atravesó la calle con paso rápido. Estuvo un rato junto a Hércules, inmóvil, cruzada de brazos, tratando de llamar la atención con su pasividad. Él fingió no darse cuenta de su presencia. Metía la cabeza bajo el chorro, feliz por el agua salpicando como corona de cristal; luego cerró los ojos, pasó los dedos por los cabellos de púa que comenzaban a crecerle en la mollera y se preguntó si el flujo de agua disimularía que estaba orinando. Sin embargo la percepción de Barbarela resultó más aguda.

–¿Entonces para que quieres tu excusado?

Él continuó ignorándola. Por un momento, el agua salió de manera discontinua, expulsó algunas burbujas de aire, y casi de inmediato se reanudó el chorro uniforme.

–Mira, imbécil –dijo ella–. Y tú diciendo que de seguro se habían quedado con don Alejo.

Hércules volteó hacia Barbarela y luego vio hacia donde le señalaba. Muy quieto, atado a un árbol en la entrada del pueblo, el marrano clavadista los observaba con las orejas respingadas, la nariz mocosa y el vientre al suelo. La bata de vellorín le concedía un aire de ser humano.

–Me levanté del lado equivocado de la cama –dijo Hércules–. Debo comenzar de nuevo esos ejercicios de Sandow.

Entonces retumbó un grito de alarma. Ambos reviraron instintivamente al campanario.

–Un médico –el grito se volvió coherente–, necesito un médico.

–Te hablan –dijo Hércules con sorna.

Barbarela distinguió la voz de Narcisa, estridente, inoportuna.

–Ya voy –dijo fastidiada.

Narcisa hacía señas con los brazos para apurarla. Barbarela se alzó un poco más las enaguas y marchó lento, como novia rumbo al altar.

–¿Qué pasa? –preguntó cuando al fin se paró frente a Narcisa.

Volteó hacia atrás. Hércules seguía ignorándola. Maldito. Ni cien años nos van a igualar.

–Es Fléxor –dijo Narcisa–. Amaneció con fiebre y una rodilla de melón.

Sandow. Seguro es una fotografía retocada. ¿Me haría bien leer ese libro, o es sólo para hombres?

–Vamos a ver –dijo con firmeza.

Fléxor estaba tumbado en el suelo. El cabello se notaba empapado de sudor y, aunque él no emitía sonido alguno, sus gestos resultaban tan vehementes como un alarido. La rodilla derecha estaba cubierta por un trozo de tela. Barbarela lo reconoció como un recorte del vestido de Narcisa. Se quedó mirando al muchacho enfundado en su eterno leotardo amarillo y le conmovió que no se lo quitara ni para dormir.

–Nunca he sabido si tienes varios leotardos iguales o si siempre usas el mismo –dijo Barbarela porque no se atrevía a remover el trozo de tela; imaginaba que encontraría un amasijo de carne con lombrices.

Narcisa se adelantó para descubrir la herida, y la sola vista de esa rodilla inflamada y purulenta le sugirió a Barbarela un olor que en su mente describió como vómito de tuberculoso. Por encima de la peste, le impresionó el tamaño de la tumescencia, tal como la reseñó Narcisa: un melón bien desarrollado, aunque podrido. Ni un pan en el horno, pensó, crece tan rápido como el engendro de esta pierna.

–Si apenas ayer tenía su rodillita de palo –dijo y volvió a cubrirla para no asquearse más.

–Eres la doctora –dijo Narcisa–. Se supone que no debes hacer comentarios tan pendejos.

Barbarela adoptó un aire pensativo. Su experiencia médica no iba más allá de sus propios resfriados y desórdenes menstruales; y evidentemente a Fléxor le hacía falta un remedio más efectivo que un té de tila o una bolsa de agua caliente sobre el vientre.

–Estamos ante un caso de rodilla inflamada–dijo con ganas de mostrarse lúcida, pero como Narcisa se quedó observándola con ojos punzantes y brazos cruzados, supo que no le estaba solicitando un diagnóstico, sino un remedio–. Llévalo a la fuente de Timoteo –dijo con total seguridad en sus palabras–. Debe sumergir la pierna por una hora. Luego déjalo en el sol hasta que seque bien.

–Durante años cuidé un anciano y nunca le pasó nada –dijo Narcisa–. Ahora tengo un muchachito y se me enferma el primer día.

Fléxor continuó gesticulando y, sin pronunciar palabra, se apoyó en el hombro de Narcisa para dejarse llevar a la fuente.

–Más tarde paso a ver cómo sigue el enfermo –acotó Barbarela.

Le tuvieron muy sin cuidado las protestas de Hércules, a quien oyó decir que Fléxor envenenaría el agua si metía la pata, mitad por infecto y mitad por negro. La pierna se notaba muy enferma y Barbarela no estaba dispuesta a enfrentar la posibilidad de amputarla; antes renunciaría a su puesto de doctora, y si era necesario se iría del pueblo en busca de otro circo, pues se le ponía la carne de gallina sólo de imaginar el chirrido de un serrucho cortando hueso.

A la distancia, ya sin ánimo para hacer sonar la campana, se escuchó a Natanael dando voces.

–¿Es que nadie va a venir a misa?

–¿Algún contratiempo? –preguntó Mandrake.

–Ninguno –respondió Balo–. Don Alejo estaba dormido y fue de lo más fácil tomar el botín.

Mágala miró el suelo sin inclinar la cabeza. Quería decir la verdad, pero no estaba segura de hasta qué punto ya se había convertido en cómplice de Balo.

–No sé si nos conviene comernos el marrano –dijo Mandrake– o si mejor lo matamos y lo dejamos en el monte para atraer zopilotes –y como Balo y Mágala se quedaron viéndolo con extrañeza, se explicó–: Los zopilotes se comen.

Luego de meditar por unos segundos, Balo dijo:

–Podemos comernos el marrano y dejamos las tripas como carnada.

–No cuenten conmigo –dijo Mágala con repulsión–. ¿A qué sabe un animal de ésos?

–Un pájaro es un pájaro –explicó Mandrake–. Igual sabe a codorniz.

Ella no pensaba en el sabor sino en el aspecto; una codorniz era graciosa, cordial cuando viva; carnosa, suave y turgente cuando muerta. Nunca había visto un zopilote desplumado; aun así, lo imaginó claramente, desparramado en una mesa, un murciélago gigante de jeta amenazadora, feroz a pesar de estar cocido con papas, lanzando un reto de a ver quién le podía arrancar un poco de esa carne tan dura y pegada al esqueleto.

–Y siempre podemos usar los restos de un zopilote para atrapar al siguiente –apoyó Balo.

–Además –dijo Mandrake– parece ser el único animal que abunda por aquí –y señaló por encima de su cabeza.

Cuatro zopilotes volaban alrededor de la plaza, muchos metros encima de Fléxor. Balo volteó hacia donde debía estar la carpa, tras la loma, y aguzó la vista. Creyó ver otra parvada, girando en un vuelo hambriento, y le echó la culpa a su imaginación.

–No parece de mucho antojo –remató Mágala, condescendiente–, aunque puede funcionar como plato típico.

Fue a su casa. No se había tomado tiempo para asearla. La noche anterior, cuando volvió de la carpa, sacudió con su ropa un rectángulo en el suelo para no dormir sobre el polvo. Su casa no tenía excusado, apenas un agujero en el traspatio; en cambio, los antiguos propietarios habían dejado un ropero y un comedor completo, con mesa, seis sillas y trinchador, de madera gruesa y pesada, suficiente como para no cargar con ellos. Mágala estaba decidida a volver a la carpa y tomar su catre; las casas debían comenzar por el lecho y terminar con el trinchador. Hasta pasar una noche dormida sobre el catre sentiría suya la casa y sólo entonces le darían ganas de asearla.

Fue a la ventana e hizo una seña a Balo. Él interrumpió la conversación que sostenía con Mandrake y se acercó de inmediato.

–¿Le dijiste algo? –preguntó Mágala.

–No.

–Creo que deberías…

–Cállate. Los militares no tenemos obligación de informar a nadie.

–Yo soy periodista –dijo Mágala.

Balo se dio la vuelta para no hacer evidente su arrebato: la boca se torció, la frente se humedeció y el rostro tomó un tono azulado y los dientes comenzaron a molerse unos contra otros. Aunque Mágala se sentía protegida por los barrotes de la ventana, dio un paso atrás cuando alcanzó a ver que Balo tensaba los brazos y apretaba los puños; la misma actitud le vio justo antes de golpear a don Alejo.

Balo no era un hombre corpulento sino más bien bajo y suficientemente delgado para entrar por la boca del cañón y salir disparado con la menor resistencia. Sin embargo, cuando don Alejo le apareció por la espalda para pedirle que no se llevara el marrano, el susto lo llenó de tal energía que su puñetazo lanzó al viejo varios metros atrás. Al dar el cuerpo contra el suelo, Balo escuchó el mismo sonido que hizo Funámbula la equilibrista cuando se rompió el cuello. Mágala no estuvo presente en esa ocasión, por eso el crujir de los huesos le recordó una grada doblegándose ante el peso de los espectadores. Don Alejo se incorporó a medias y de nuevo Balo y Mágala se sorprendieron de verlo vivo, gesticulante y tratando de pronunciar algunas frases de las que sólo era comprensible el tono de ruego.

Balo tomó la cuerda que recién había desatado del marrano y anudó a don Alejo de muñecas y tobillos como en suerte de charrería.

–¿Qué haces? –preguntó Mágala.

Él se quedó callado por no responder obviedades. Una vez inutilizado de pies y manos, lo ató al mástil y le decepcionó que no hubiera una jaula con tigres adonde pudiera arrojarlo. Se conformó con tomar la barra de ocote y darle un par de planazos en las costillas.

–Por favor –dijo Mágala–. No hay necesidad.

Balo apretó los nudos con prisa, cuestionándose por qué sentía tanta rabia hacia ese anciano indefenso que continuaba balbuceando con la torpeza de un borracho. Obtuvo la respuesta en el camino de regreso.

–¿Por qué lo trataste así? –preguntó Mágala.

–Se lo merecía –respondió él sin convicción.

–A mí se me hace que fue por el susto que te metió –dijo ella burlona–. Te hizo falta la academia de huevos.

Balo negó con la cabeza, aunque asintió por dentro. Aún le corría la adrenalina desprendida por la visión de don Alejo; antes de aceptar un error en su diagnóstico de muerte, vio en el anciano un cadáver andante. Se sintió muy avergonzado por evidenciar su sobresalto; y más aún porque dejó escapar un tenue grito, bastante afeminado a su manera de ver, y deseó que Mágala no lo hubiera escuchado. Un minuto después todo cambió: se ufanaba por haber acabado con un hombre de un solo puñetazo, experimentaba una fortaleza hasta entonces desconocida y estaba muy tentado a emplearla de nuevo.

–No quiero que me creas un cobarde.

–Qué importa –le dijo ella–, de cualquier modo no vuelvo a besarte.

Otra vez comenzó a hervirle la sangre y juró que si Mágala volvía a hablar le asestaría un golpe. Mágala ya no habló; le atormentaba dejar al viejo amarrado en espera de morirse de hambre, de sed o de viejo; y Balo hubo de apaciguar su agresividad arreando al marrano con patadas en el trasero.

–Sí, me arrepiento de lo que hice hoy en la fuente de Timoteo. Es que ayer me la pasé lavando mi taza, y se veía tan limpiecita y brillante… Prometo no volverlo a hacer. En Santa María del Circo deberíamos establecer y acatar unas reglas mínimas si queremos subsistir. Sobre todo ustedes las mujeres; habrá días en que tengan prohibido meterse bajo el chorro del caballo. Y necesitamos hablar con Mandrake. Hace rato gritó "ai va el agua" y arrojó sus cosas tal como si viviera en una de esas ciudades hacinadas sin más vertedero que la vía pública; por suerte nosotros tenemos mucho espacio, patios, mil áreas dónde escoger. Si quisiera un chiquero me iría a vivir a la capital. No me mires así; este asunto es más trascendente que todos los demás juntos. Ustedes no se dan cuenta porque no son tan afortunados como yo. Si la vieras… La sensación de la porcelana por mucho supera la piel de una mujer; siempre es tersa, firme, blanca, fresca; ningún otro mueble o artefacto señala una frontera tan rotunda entre civilización y barbarie. No sé quién inventó el excusado; me parece una creación mucho más privilegiada que ésas tan mentadas por Fléxor: la bombilla eléctrica, el leotardo y demás. ¿Por qué a nadie se le ocurre poner un establecimiento donde renten tazas de porcelana? Ni un burdel tendría tanto éxito. En los alrededores no han de existir sino pozos rústicos con asientos de madera o cemento, cuando hay bonanza, y sin asiento ni pozo cuando no la hay. Yo mismo pondría mi negocito, si tuviera dos tazas; pero nadie se sentará en la mía, ni siquiera ustedes. Préstame atención. Como doctora eres la última en desear un ambiente insalubre; ya sabes, viene una epidemia y ¿quién se la va a pasar purgando pus? Tú vas a ser la primera en fastidiarte de tu oficio. Ni duda cabe. ¡Un médico!, ya ves cómo gritaba Narcisa. ¿Qué necesidad de enterarnos a todos de su negrito enfermo? ¿Te gustó? De seguro no. ¿Qué te hizo? ¿Te estornudó en la cara? Sólo te advierto: no quiero ver de nuevo a Fléxor con su rodilla en el agua. ¿Me oyes? Yo antes pensaba que el cuerpo aguantaba todo y que una dosis de insalubridad era buena porque me fortalecía contra las enfermedades. El libro de Sandow me enseñó lo contrario; aprendí la importancia de mantenerse limpio, comer limpio y respirar limpio. Quizá no es bueno leer esas cosas porque uno se siente más enfermo; ve una infección en cada bicho, un contagio en cada tos. Siempre he ocultado que me siento así; un hombre fuerte nunca debe mostrar sus debilidades, y si ahora te lo digo, es por tu oficio, no son confianzas, intimidades; no te entusiasmes, ni vayas a contarlo más adelante. Estás obligada a guardar secretos profesionales. Sandow habla de los síntomas del deterioro y yo los vengo experimentando desde hace tiempo. Mi vientre se infla, mi pecho se derrama, mi respiración jadea; siento en las sienes cada palpitar del corazón, un hormigueo al orinar, y la lista es larga. De joven, tu cuerpo es lo que se ve; cuando vas envejeciendo, eso se vuelve sólo la cáscara, y tu verdadero cuerpo lo llevas por dentro; ahí donde algo se puede averiar. No me malentiendas; no pienso, como el enano, que me puedo morir mañana; sin embargo, lo mío resulta dramático porque es más triste el deterioro que el final. ¿El enano? Qué más da si de pronto se rompe una estatuilla de barro amorfo, ¿a quién le importa? Yo soy un Botticelli devorado por termes, descarapelándose sin remedio, perdiendo el color. No existe pincel para un retoque. Eso sí es una desgracia. Tal vez yo estaría tranquilo si Sandow no me hubiera hecho tan consciente de mi situación. ¡Oh Sandow, Sandow, atleta excelso, ha muchos años que vivo triste, ha muchos años que estoy enfermo, y es por el libro que tú escribiste! ¿A ti qué te preocupa? Cuando te aburras de jugar al médico buscas otro circo para enrolarte. Yo no tengo modo de volver al pasado; para mí no hay alternativa: este desdichado pueblo debe funcionar; sólo aquí puedo tener una vida. En el circo ya vivía de tiempo prestado. ¿Crees que no sé de la existencia de cientos de hombres fuertes con mejores cuerpos y más potentes que el mío? Además soy miembro de una especie en decadencia; ya prácticamente ningún circo carga con hombres fuertes a no ser para levantar mástiles, tensar cuerdas y alijar pertrechos; ya no es una actividad de exhibición sino de competencia. Se reúnen en algún teatro y se retan unos a otros con pesas cada vez más pesadas, y hasta hay jueces que imponen reglas y al final reparten trofeos a los ganadores. Escuché sobre un italiano que levantó quinientos diecisiete kilos. Dime si puedo tener un futuro con estos tipos. Lo peor del caso es que en esos eventos separan a los competidores por categorías. Eso sí no lo acepto: equivale a prostituir al máximo el oficio del hombre fuerte. ¿Puedes creerlo? Le cuelgan a un tipo una medalla por ser el menos débil entre los enteleridos. Usted, amigo mío, es el campeón de los que pesan entre cuarenta y cuarentaidós kilos. Y le dan una medalla exactamente igual al tipo que levantó cincuenta kilos que al que levantó quinientos diecisiete. Pobrecito, de seguro justifican los jueces, está flaquito, pero le echó muchas ganas. No me cabe en la cabeza. O eres el más fuerte o no lo eres. Si no detenemos esto, el día de mañana el mismo Natanael se puede presentar como el Hércules de los enanos. Bonita cosa. Hasta ese insecto amenaza mi trabajo. Por eso ya no quiero saber más del asunto; aunque todos se vayan, yo me quedo aquí en Santa María del Circo. Siempre me he bastado solo, ¿por qué ahora no? Si todos deciden largarse, mejor para mí; solo, sin nadie que codicie mi excusado, sin visitas nocturnas, sin ti; puedo cambiarme de casa cada día, chapotear en la fuente a mis anchas, andar sin leonas por la plaza los domingos de sol, volverme la gran morsa que reclama mi cuerpo. Y si deciden quedarse, lo van a hacer sin ensuciar el agua ni arrojar heces a la calle y bañándose todos los días. Necesito que todos aquí sean muy aseados. Me deben ese privilegio; yo fui quien descubrió el agua.

–Por supuesto –dijo Barbarela.

Se repartieron equitativamente el contenido del saco de frutas entre los blancos, porque a Fléxor, pese a las protestas de Narcisa, sólo le tocó una naranja y una pera, ambas pasadas. Mandrake encargó a todos que le guardaran las semillas y se puso a buscar el mejor terreno para hacer las veces de huerta. No le fue difícil encontrarlo, pues sólo hubo de seguir el agua. A esa hora, el charco de la calle había crecido hasta encontrar un cauce a lo largo de una hendidura que desembocaba en una acequia angosta y casi enterrada, que a su vez conducía a un terreno plano detrás de la iglesia. Mandrake no evidenció su inquietud por la falta de experiencia en asuntos del campo; no se requiere mucha ciencia, se confortó; sólo se echa la semilla en la tierra y la naturaleza se encarga del resto.

–¿Estás loco? –reclamó Narcisa cuando vio al terrateniente en su casa, urgido de mano de obra–. Mi niño está enfermo.

–Cuánto lo siento –respondió Mandrake–. Esto va a ser un fracaso si al primer malestar dejamos de cumplir con nuestras obligaciones.

Fléxor asintió, malhumorado y se puso de pie con un gran esfuerzo. Algo se reventó en la rodilla y comenzó a brotar pus.

–Duele –dijo–, pero se puede mover –y mientras hablaba sintió la mandíbula endurecida, crujiente como tortilla vieja.

En el suelo quedó dibujada con sudor la escuálida silueta de Fléxor; comenzó a evaporarse con el primer viento. Mandrake le entregó ocho semillas de una naranja recién comida. El tufo de la rodilla le hizo sentir asco y se propuso decir algo para justificar la mueca de repugnancia.

–Las contorsiones son cosa de viejas –masculló.

–¿Eh? –Fléxor se ocupaba en oprimir su pierna para expulsar un chorro de pus.

–Sí –continuó Mandrake–, para doblarse como lo haces tú se necesita no tener nada ahí –señaló la verija ceñida por el leotardo y, al notar el escaso promontorio, agregó–: Me habían contado que los negros eran otra cosa.

–Ya estuvo bueno –dijo Narcisa y empujó a Fléxor hacia la puerta–. No te olvides de asolear tu pierna, y ve a la iglesia para rogar por tu salud.

Mandrake le explicó cómo llegar al sitio elegido para la siembra y lo despidió con una sonrisa.

Hasta ese momento Fléxor no se había preocupado por su salud, pues aunque le dolía intensamente la rodilla, lo consideraba normal en una infección, y le parecía poco inquietante la trabazón de la mandíbula, tomando en cuenta que estaba en manos del mejor médico del pueblo. Sin embargo, Narcisa lo había mandado a la iglesia, y a Dios sólo se le importunaba cuando la enfermedad aventajaba a la medicina.

Entró en la iglesia y su primer impulso fue hincarse, pero nada más de imaginar su rodilla reventando y arrojando toda su purulencia en un lugar sagrado, terminó por sentarse, con los brazos cruzados y las piernas extendidas en una pose que no parecía de ruego, sino de un parroquiano en espera de su bebida.

–Aquí estoy –gritó Natanael desde el confesionario–. Ven a contarme tus pecados.

–No vine a eso –dijo Fléxor.

El enano se encogió de hombros. Al cabo este muchachito no ha de tener pecados muy interesantes.

–Entonces dime en qué puedo serte útil.

El muchacho lo miró con todo el fastidio del que pudo echar mano, y ya no le hizo falta elaborar una respuesta, porque en eso se oyeron unas pisadas retumbando por toda la iglesia como golpes de martillo. Era Hércules, quien desde el atrio dijo:

–Tengo una gran idea.

–Detente ahí –voceó Natanael–. Una cosa es recibir negros y otra, muy diferente, abrir las puertas a damiselas como tú.

Hércules respiró hondo para contener su agresividad y ensayó una voz calmada, afectiva.

–Precisamente de eso se trata, padre –y al mencionar esa última palabra negó con la cabeza, se silenció unos segundos y recompuso su paciencia para continuar–. Me arrepiento de todo, padre; vengo por su perdón para así comenzar una nueva vida.

Se sintió orgulloso de utilizar por primera vez en su vida la voz y no sus brazos para negociar. En un intento por darle más énfasis a sus palabras, inclinó la cabeza y se arrodilló, de manera que su mirada quedó apenas un poco arriba de la de Natanael.

–Lo siento, hija –el enano dijo lo primero que se le ocurrió–, pero escrito está en Efonías doce, catorce: "No habéredeis misericordia para la varona que su cuerpo ofrezca cual si fuese un trozo de pan".

Hércules no lo dejó continuar. Aprovechando la nivelación de estaturas lo tomó de los cabellos y le echó el rostro contra el suelo, refregándolo como si quisiera sacarle brillo a los mosaicos mientras insistía en preguntarle "¿entonces qué, padre, me va a perdonar?", y el enano, decidido a ganarle aunque fuera por esa única vez, respondía entre chillidos que lo sentía mucho, de verdad; él no podía hacer nada porque estaba escrito.

Al fin Hércules desistió y se marchó cuando, efectivamente, tres mosaicos lucían más resplandecientes que los otros, y el rostro de Natanael, aunque sonriente, mostraba una sucesión de manchones rojos, unas cejas llenas de polvo y el ojo tuerto a medio abrir.

Fléxor hubiera querido ver al cura invocando a un dios que lo librara de ese castigo, mas al atestiguar la impotencia tan absoluta de Natanael, terminó con la certeza de que en ese lugar no había nadie para darle una mano con su rodilla.

–Me voy a morir –dijo.

–Yo también –dijo Natanael, pues la tortura le agudizó los dolores de las articulaciones y le hizo recordar el asunto de los caballos.

–Ya lo sé –agregó Fléxor–, pero yo primero.

Mágala sabía que la única forma de evadir cualquier responsabilidad con respecto a lo de don Alejo era denunciando los hechos en la prensa. Tomó la pluma de los autógrafos de Hércules, se hizo de algunos volantes y, tal como se lo había propuesto, comenzó escribiendo "la carpa no era sino una gran burbuja a punto de reventar". Relató lo mejor que pudo su llegada, su extrañeza al hallar los catres vacíos y su nostalgia por los olores de circo; a continuación describió a don Alejo, tendido a media pista en un estado aparente de muerte y "con un marrano que parecía succionarle el alma por la teta". Luego disfrutó al reseñar el susto de Balo cuando don Alejo se le apareció por la espalda, "echó un grito de señora horrorizada, como gritan los cobardes", y rematando: "en venganza del ridículo que le hizo pasar, vino a golpear salvajemente al pobre e indefenso anciano, y después lo amarró al mástil, abandonándolo ahí para que el tiempo, el hambre o la sed acabaran de matarlo como a un perro". No quiso que el primer ejemplar de su periódico pareciera un mero chisme, y de esta suerte incluyó una segunda nota, titulada "Comerán zopilote", en la cual referiría las ventajas de convertir esta ave en el plato típico de Santa María del Circo, e incluía una receta para prepararla con nuez y rebanadas de pera, aclarando que tenía regusto de codorniz. Aún despues de estas dos notas le sobraba espacio en la hoja, pues escribió con letra muy pequeña. Tenía la intención de hacer cinco copias de su periódico, pero apenas terminada la primera, sintió los dedos rígidos y hasta creyó escuchar un crujido en las falanges. Ya sólo me falta un anuncio; necesito vivir de algo. Llenó el hueco con el aviso "Gran Circo Mantecón, diversión para chicos y grandes" junto al dibujo de un elefante feliz, y finalmente no le quedó sino escribir el nombre en la cabeza: *La Gaceta del Circo*, rematándolo con un subtítulo tomado del diario que circulaba en su tierra: "Órgano del libre pensamiento".

Lo miró un rato, satisfecha y preguntándose quién merecía ser la primera persona en leerlo. No dio con una respuesta, aunque sin duda Balo debía ser el último, o mejor aún, ni siquiera debía conocer su existencia. Se asomó por la ventana y divisó a Barbarela.

–Psst –dijo mientras ondeaba el papel en su mano derecha.

–Espérame –Barbarela hizo una seña juntando las yemas de pulgar e índice–. Voy a visitar a un paciente.

–El negro puede esperar –dijo Mágala–. Tienes que leer esto.

Barbarela revisó un par de ocasiones la primera nota e ignoró por completo la referente a los zopilotes.

–¿Es cierto esto? –preguntó.

Y Mágala, por interesarla más, respondió a una pregunta que evidentemente no era la correcta.

–Tal vez –dijo–, aunque nunca he probado la codorniz.

Barbarela la tomó del brazo y lo apretó tan fuerte como pudo. Aunque no le resultó muy doloroso, Mágala perdió las ganas de jugar.

–Sí –dijo–. Cuando nos vinimos lo dejamos respirando aún, pero quién sabe ahora.

Barbarela se pasó los dedos entre las barbas mientras reflexionaba. Observó la estatua de piedra; la espada le pareció un machete presto a cortar caña, y se extrañó de que el brazo continuara en alto, ajeno a actos vandálicos, pues así como le habían partido el hocico al caballo bastaría una pedrada para dejar manco a don Timoteo.

–Se me hace raro que Balo no se haya robado la espada.

–No estamos hablando de eso –dijo Mágala.

Barbarela se quedó mirando largamente la mancha de agua y lodo en la calle. Ya se notaban preludios de verdor en lo que apenas un día antes eran las hierbas secas de la plaza.

–Si no la hacemos correr –dijo–, al rato nos llenamos de zancudos y ya verás el trabajal que voy a tener con todos ustedes enfermos de paludismo.

–Quizás –asintió Mágala–, aunque tampoco estamos hablando de eso.

Barbarela se encogió de hombros sin ganas de tomar una decisión, pese a un escrúpulo rondando con el recuerdo de don Alejo al salvarla de ser crucificada y a la certeza de que la obligación de un médico era, ante todo, salvar vidas. Se llenó de tedio al decir:

–Está bien –e inclinó la cabeza, como avergonzada–. Don Alejo será el demonio, pero no podemos abandonarlo.

Rápidamente hicieron un plan para rescatarlo y, como ellas dos no podrían cargar con el cuerpo, vivo o muerto, decidieron que fuera Hércules quien remolcara la carreta. Le mostraron el ejemplar de *La Gaceta del Circo* y aguardaron un momento su reacción. Habían pensado en una serie de argumentos piadosos para convencerlo; sin embargo, él mostró de inmediato su aprobación. En el retorno de don Alejo vio la posibilidad de comenzar esa nueva vida que le fue negada en la iglesia.

–Por supuesto –dijo–. Necesitamos la mano dura de don Alejo para ponernos a jalar en cosas de provecho y olvidarnos de las estúpidas papeletas.

–Eso ya lo veremos –dijo Barbarela–. Por lo pronto serás una putita jalacarretas.

Resolvieron disfrazar el motivo de su viaje, pues sospecharon que más de uno se opondría.

–Vamos en busca de alimento –explicó Barbarela–. Con un poco de suerte encontramos una huerta mucho más próspera que el terregal de Mandrake.

Antes de partir, le entregaron el periódico a Narcisa, con la recomendación de difundirlo entre los demás, en cualquier orden, siempre y cuando dejara a Balo hasta el final. Ella se puso a leer con indiferencia hasta atrapar una frase que le provocó un vuelco en el corazón: "con un marrano que parecía succionarle el alma por la teta". La leyó varias veces, ignorando el resto de la nota y el asunto de los zopilotes. En un principio los ojos se le quebraron; luego recompuso el gesto y lo sustituyó por uno con visos de dureza y rencor. La carreta se perdía en el horizonte y Narcisa comprendió que definitivamente no iban en busca de comestibles. Sólo esperó que encontraran muerto a don Alejo porque, estaba segura, ella no tendría el valor para matarlo.

El periódico continuó circulando. Natanael no mostró mayor interés y dijo:

–¿Para qué dibujó el anuncio del Circo Mantecón si el reverso del volante ya es una publicidad de plana completa?

Fléxor no se sentía con ganas de leer, y únicamente eligió la nota más breve. La boca se le hizo agua con la receta del zopilote bañado en nueces y peras.

Narcisa no vio a Mandrake; fue con Balo y le leyó el periódico en voz alta. Él iba acumulando más cólera con cada línea. Se sentía traicionado, humillado, sobre todo al escuchar la parte donde Mágala lo comparaba con una señora horrorizada.

–Son mentiras –la interrumpió.

Narcisa no hizo caso y continuó leyendo hasta el final.

– …para que el tiempo, el hambre o la sed acabaran de matarlo como a un perro.

–Además son exageraciones –agregó Balo–. Los perros no mueren atados a un mástil.

–Él es peor que un perro –dijo Narcisa con tono solemne, con una sonrisa fría y pesada.

Se miraron un rato sin hablar. Narcisa intentó darle las gracias, decirle ojalá don Alejo esté muerto; sin embargo, el gesto duro y rencoroso desapareció cuando intentó pronunciar la primera palabra, y le volvió la quebrazón de los ojos.

–Me cambió por un marrano –dijo al fin entre sollozos.

Balo alzó las cejas con incredulidad.

–No me vengas con esas estupideces –dijo molesto–. Don Alejo se llevó la peor parte del circo por quedarse contigo, todos lo sabemos, y ahora me sales con que te cambió por ese animal –y señaló hacia el marrano, todavía atado al árbol y cansado de darle tirones a la cuerda.

–Él se quedó con la carpa –explicó Narcisa.

–La carpa le vale madres. Se quedó contigo.

Ella negó con la cabeza. Aún le retumbaban las palabras del periódico que describían al animal succionando el alma por una teta. La derecha, se dijo, ¿cuál otra?, y comenzó a alejarse de Balo, no sin antes insistir:

–Se quedó con el marrano, no conmigo.

Sólo Mandrake no se enteró de las noticias, pues con la confianza de que Fléxor se encargaría de la siembra, se metió en su casa a dormir una larga siesta, y no despertó sino hasta ya bien entrada la noche, con ansias en todo el cuerpo y la exigencia de un pronto desahogo. Fue a casa de Hércules y ahí estuvo tocando largo rato sin perder la paciencia, probando frases cariñosas, "anda, bonita, la vamos a pasar bien", y ofreciendo el pago, primero de una naranja, luego de dos y de tres, hasta convencerse de que dentro no había nadie para abrirle esa puerta.

El regreso fue de lo más penoso para Hércules. Aprovechando el viaje, echaron en la carreta catres, tablas, cuerdas, sábanas, ropa, un aguamanil y el cajón para cortar a la chica en dos, que a su vez habían llenado con cubiertos, sartenes, veladoras, un par de inútiles rollos de boletos, la vara de ocote, y cuanta cosa útil o inútil les cupo. Encima de todo esto iba don Alejo, acurrucado, con las muñecas y tobillos escocidos, lloroso y sin detener una letanía balbuceante que repetía "¿A dónde te llevaron? No me dejes solo".

–Le habla a Narcisa –dijo Barbarela.

–Yo creo que a su hermano –dijo Hércules en medio de su esfuerzo por librar una cuestarriba.

Mágala sonrió en silencio, sin ganas de compartir sus ideas.

Lo encontraron con los pantalones orinados, en la misma postura que Balo lo había dejado la noche anterior, o al menos tal como Mágala lo recordaba: una ternera moribunda, tendida sobre el costado izquierdo, con la cabeza gacha, barbilla contra el pecho, y con los dedos finamente entrelazados, formando un suplicante muñón con ambas manos. Se preguntó si acaso no se había movido en todo el día o si de tanto moverse volvió a caer en la posición original.

–Venimos por usted –dijo Barbarela en el tono afectuoso con el que indistintamente se dirigía a niños o a ancianos. Don Alejo le dedicó un vistazo confundido y su única señal de vida fue un parpadeo ocasional.

Lo desató sin prisa por miedo a lastimarlo y, mientras Hércules y Mágala se dedicaban a llenar la carreta, le masajeó los pies con esmero. Quizás esto reavivó los sentidos del viejo porque fue entonces cuando pareció recuperar la conciencia y dijo por primera vez:

–¿A dónde te llevaron?

Barbarela la creyó una pregunta en busca de respuesta y dijo:

–A ningún lado, don Alejo. Aquí estoy.

Luego de escuchar varias repeticiones junto con el "No me dejes solo", se convenció de estar ante un hombre delirante.

–Rápido –dijo–. El pobre está deshidratado; urge que lo llevemos al pueblo.

Don Alejo fue un costal de papas en los brazos de Hércules y así, como un costal de papas, lo arrojó sobre el cargamento de la carreta. Cayó desparramado encima del cajón de Mandrake sin emitir queja y de inmediato se hizo un ovillo.

–Con cuidado –dijo Mágala–. Venimos a rescatarlo y resulta que tú lo matas de un porrazo.

–Si se muere por eso –aclaró Hércules–, en realidad se muere de viejo.

Entraron al pueblo de madrugada, sin nadie a la vista. En los últimos metros Hércules ya había desechado su fantasía del esclavo judío. Por primera vez estiraba una carreta cargada hasta el tope y sentía los músculos cansados y los huesos a punto de reventar. Le angustió la idea de que en verdad se estuviera convirtiendo en una puta, y por lo mismo perdiera sus fuerzas con mayor premura. En la oscuridad se miró las piernas y creyó percibirlas más torneadas y delgadas; atisbó su pecho y lo notó un tanto abultado; cerró los ojos y le echó la culpa a su imaginación.

Para entonces don Alejo nuevamente se había sumido en su letargo y Barbarela dedicó todo su esfuerzo a reanimarlo.

Con la ayuda de Hércules lo acomodó sobre su catre en una de las casas vacías y le llevó agua en una jarra que trajeron de la carpa. Le echaba pequeños chorros en la boca abierta y al cabo de un rato el movimiento del pescuezo indicaba que la había tragado. Vació una jarra en su cuerpo para quitarle el olor de orines. También lo hacía para ver si el agua fría lo reanimaba. Hércules entró con una veladora encendida.

–Toma –dijo– para que veas lo que haces.

–¿Desde cuándo tan amable? –preguntó Barbarela.

Él no respondió sino para sus adentros. Algo me ocurre, me siento distinto. En su acostumbrado papel de hombre rudo jamás hubiera ofrecido una veladora ni a su propia madre. Soy una putilla.

En ese momento chilló el marrano mientras hacía nuevos esfuerzos por soltarse de la cuerda que lo mantenía unido al árbol. Don Alejo dio señales de despertar: avivó su mirada y comenzó a dirigirla a un lado y otro, reconociendo el lugar donde estaba y a las personas que lo atendían. El marrano chilló otra vez y don Alejo se incorporó. Sentado en el filo del catre se cruzó de brazos para procurarse abrigo, y volvió a decir:

–No me dejes solo.

Barbarela volteó la jarra sobre la cabeza del viejo. Ya sólo derramó unas cuantas gotas.

–Tráeme más –ordenó a Hércules–. El agua lo está reanimando.

Mandrake amaneció con el gozo de ver su cajón sobre la carreta. De inmediato lo abrió y le provocó aún más placer descubrir el serrucho para cortar a Narcisa en dos, los naipes y los pañuelos de colores que se sacaba de la manga, del sombrero, de los bolsillos y de la boca.

Esta vez el enano fue más cauto. Subió a su campanario y gritó:

–¿Toco la campana?

En torno a la carreta se habían reunido Mandrake y Narcisa. Ella negó con la cabeza para responderle a Natanael, quien bajó desilusionado y se dijo que a cierta hora de la tarde, cuando todos estuvieran bien despiertos, haría reventar la campana sin pedirle permiso a nadie.

–Hoy no cuentes con el negro –Narcisa le entregó a Mandrake algunas semillas.

–¿De dónde te salió lo abolicionista? –preguntó él.

Ella se encogió de hombros, sin estar segura de cómo responder. Alargó la vista para distinguir al marrano, que a su vez miraba con expresión de nostalgia el lodo de la calle.

–¿Cuándo nos lo comemos?

Mandrake se estaba ajustando la capa y tardó un rato en saber de qué le hablaba Narcisa.

–No sé –dijo mientras se hacía un nudo en el cuello–. Cuando se nos acabe la fruta.

–Míralo cómo está de flaco. Si nos esperamos no va a servir ni de entremés.

–¿Te lo quieres comer –inclinó el sombrero e hizo ondear la capa negra –o simplemente lo quieres matar?

Narcisa se cruzó de brazos y asintió en sus adentros. Le bastaba con matarlo, sí, pero con un poco de tortura; aunque a la vez pensó en la inutilidad de castigar un animal que moriría en la total ignorancia de por qué le imponían ese destino. A lo más, se dijo Narcisa, moriría pataleando con la misma ruindad de cualquier marrano de engorda.

–Fléxor está muy enfermo –comentó cuando quiso pensar en otra cosa–. Tal vez no la libre.

Mandrake parecía haber leído los pensamientos de Narcisa, cuando dijo:

–De qué le sirvió aprender a tirarse clavados y vestirse de vellorín.

–Don Alejo está aquí –dijo ella.

–Sí, anoche los oí llegar –Mandrake pateó una piedra, que luego de un rebote se sumergió en el agua–. O lo obligamos a tomar una papeleta o esto se va al carajo.

Narcisa se encogió de hombros, dio media vuelta y avanzó a la casa más cercana. Tocó la puerta y esperó un rato, sin insistir. Al cabo de un minuto escuchó unos pasos lentos, reptantes, y el deslizar de una tranca.

–¿Qué quieres? –preguntó Balo con los ojos engarruñados.

–Cuchillos que afilar… tijeras que reparar…

–No jodas –dijo él y cerró la puerta con una patada.

Ella se pasó a la casa de al lado. No hubo necesidad de tocar porque Mágala estaba asomada por la ventana.

–Cuchillos que afilar…

–Adentro del cajón de Mandrake –dijo ella– están las dagas de Dagoberto.

Narcisa dejó que sus ojos sonrieran e instintivamente se tocó el muslo, justo donde tenía una pequeña cicatriz, a la altura donde se engomaba las estrellas de plata. Las dagas de Dagoberto eran más punzantes que cortantes; tenían un mango hueco que llenaban con petróleo y encendían con una mecha de quinqué. Apenas unas semanas atrás, Narcisa se colocaba de espaldas contra una plancha de madera, en posición de equis, completamente inmóvil y con los ojos cerrados, mientras Dagoberto ponía a prueba su puntería. Con gran precisión, las dagas se iban clavando bajo las axilas, junto a los costados, al lado de las orejas, bordeando las piernas y, finalmente, bajo el pubis. Antes de ese último tiro, el lanzador se acercaba y señalaba con el índice la entrepierna de la mujer a su merced; la Orquesta Festival comenzaba un redoble de tambor y el anunciador lanzaba al público la pregunta: "¿Acaso esta doncella que no ha conocido varón conocerá cuchillo?". Narcisa nunca dejó de confiar en Dagoberto, ni siquiera cuando una de las dagas le rajó levemente el muslo, pero llegó el día en que se negó a participar en el acto por dos motivos: primero se quejó porque Dagoberto recibía los aplausos, aunque el de ella fuera el único pellejo en riesgo; y en segundo lugar, le molestaba que prendieran fuego a los mangos. "Me quieren cocinar", decía, "sobre todo con el último tiro". Y es que en la función anterior se habían demorado en retirar la daga final y los vellos se le ensortijaron más de la cuenta. Sin más voluntarias para ponerse en equis, Dagoberto hubo de marcharse, dejando en prenda sus instrumentos de trabajo por una deuda contraída con los Mantecón.

Narcisa abrió el cajón de Mandrake y no hubo de hurgar mucho para descubrir el estuche de laca negra. Ahí estaban las ocho dagas y una cajetilla de cerillos. Sacudió las dagas una por una y eligió tres; según el gorgoteo identificó los mangos con más petróleo. Aunque nunca había lanzado una daga, las vio venir tantas veces que estaba segura de haber desarrollado la habilidad y puntería necesarias. Localizó el pabilo de cada mango y los encendió con un solo fósforo.

El marrano olió las intenciones de esa mujer que se acercaba con una sonrisa cínica y se echó a chillar y jaló desesperadamente la cuerda. Don Alejo, en medio de su sueño, alcanzó a escuchar el chillido y se dirigió como pudo a la ventana, para darse cuenta de lo que estaba por ocurrir.

–¡No! –gritó paralizado, pues la inminencia de los hechos le indicó que era demasiado tarde para actuar.

Narcisa tomó de la hoja la primera daga y la arrojó con todas sus fuerzas hacia el frenético animal. El tiro salió descompuesto. La daga golpeó el suelo y se alejó entre brincos como una tea inofensiva. No había tomado bien la cuchilla: las yemas de su pulgar e índice mostraron un tajo y la sangre empezó a brotar. Mandrake, envuelto con su capa como si fuera un poncho, observaba sin ganas de intervenir, disfrutando la impotencia de don Alejo, sujetando los barrotes de su ventana como un preso.

También hubiera fallado el segundo tiro a no ser porque el marrano se movió tanto que terminó por atravesarse en el camino de la daga. Ésta se le clavó en el lomo con un sonido hueco, inmediatamente superado por el lamento del animal, y el de don Alejo. En un instante el fuego se propagó al vellorín, y el espanto le dio al marrano la fuerza necesaria para romper el amarre y echarse a correr. Don Alejo vio su oportunidad. Se apresuró a abrir la puerta mientras gritaba "Ven, bonito, ven". El animal reconoció su salvación, salió disparado hacia allá y, cuando la puerta se cerró detrás de él, se hizo el silencio, y en la calle sólo se distinguió un olor a chamusquina, una estela de humo y un rastro de orines.

De un tirón don Alejo le extrajo al marrano la daga encendida. Se maravilló de encontrarla tan profundamente clavada y supuso que sólo el rencor le pudo dar a Narcisa tanta fuerza y puntería. Taponó la herida con un dedo y al ver al marrano agitado por el susto y la carrera y, sobre todo, jadeando con la boca abierta y la lengua de fuera, no quiso desaprovechar la oportunidad. Se lo colocó encima, a horcajadas y le acercó el pecho a la lengua.

–Anda, bonito.

El marrano no estaba para regodeos; sólo reparaba en el dolor punzante y quemante de su lomo. Su lengua se movía flácida y monótonamente y su boca expelía un aliento de agua estancada.

–Así no –masculló don Alejo y le dio una cachetada. El marrano, de tan débil, giró con el golpe y se desplomó casi muerto.

El viejo se sentó a su lado, viendo cómo crecía el charco de sangre y formaba un lodo espeso con la tierra del suelo. Ante la perspectiva de esa boca cerrada, solamente le llamó la atención el ocasional movimiento de las patas. De vez en vez las estiraba como desperezándose, y don Alejo alimentaba la esperanza de verlo levantarse, recuperando el vigor de cuerpo y lengua.

Balo tocó la puerta de Mágala. Casi en el acto, ella abrió sudorosa, con un paliacate atado a la altura de la frente. Había tomado un catre de la carreta y en ese momento se hallaba aseando la casa.

–¿Qué quieres?

Él fingió un tono amable luego de sacar del bolsillo un trozo de papel que Mágala reconoció como *La Gaceta del Circo*.

–¿Tú escribiste esto?

Ella asintió, pero Balo no la vio por encontrarse absorto releyendo el texto. Entonces respondió:

–Sí.

Por un momento él se olvidó de lo que pensaba hacer. Había descubierto la nota sobre el plato típico y volteó al cielo en busca de zopilotes.

–¿Escribiste esta frase que dice… –buscó la referencia sin dar con ella y la citó desde su mala memoria– …gritó como vieja espantada?

–Echó un grito de señora horrorizada –corrigió Mágala–. Sí, yo lo escribí.

Sin cambiar su gesto amable, Balo lanzó un puñetazo al rostro de Mágala. Ella no lo pudo eludir, ni su paso hacia atrás fue suficiente para evitar caer de espaldas y levantar el polvo de un suelo aún muy lejos de encontrarse aseado. Él pensó en dirigirle algunas palabras de amenaza; había elaborado frases sobre los riesgos de una prensa incómoda para el ejército; pero al fin distinguió en el golpe algo más contundente que cualquier discurso. Cerró la puerta y volvió a su casa para recuperar la noche que *La Gaceta del Circo* le hizo pasar en vela.

Más tarde, sentado en una banca de la plaza junto a Hércules, mientras se preguntaban si Fléxor moriría, Balo cambió de repente el tema.

–¿A ti te agrada pegarle al enano?

–Sí –dijo Hércules sin dudar–, también a Fléxor. Esos pobres diablos no tienen modo de defenderse.

Entonces comenzó a retumbar la campana, fuerte, con un sonido monótono de martilleo, una y otra vez en un llamado iracundo y obstinado, buscando en vano un creyente.

–Pues te diré –concluyó Balo con una sonrisa y echando la espalda hacia atrás–, no se compara con el deleite de golpear a una mujer.

–Te voy a relatar una historia. Barnum tuvo un alma gemela; se llamaba Jaime Bailey, y también era un gran empresario de circo. Por supuesto, Barnum fue lo suficientemente inteligente para convertirlo en su socio y no en su contrincante. Un muchacho sobresaliente, ese Bailey. No cabe duda: debemos elegir nuestros socios por instinto y no por la sangre. Una vez, el joven Bailey anduvo de gira por Inglaterra. Tuvo mucho éxito, sobre todo gracias a la estrella de su espectáculo: un inmenso elefante llamado Mandarín. Hacía cantidad de gracias, sabía bailar en dos patas y tenía una expresión de adusta nobleza; la gente no dudaba en pagar cualquier cantidad de chelines con tal de montarlo. Sin embargo, la última noche hubo un grave incidente. Celebraban el fin de la temporada y uno de los peones bebió más de la cuenta, un auténtico don nadie, de escoba en mano y quepí azul. Envalentonado con su poca conciencia estuvo hostigando a Mandarín: le estiró la cola, lo insultó hasta el cansancio, lanzó puñetazos a la trompa, cosas así, inofensivas pero muy molestas; tanto que el elefante, de puro fastidio, decidió eliminarlo. Lo embistió a manera de toro, y una vez derribado, le pasó varias veces por encima, reventando al infeliz como si fuera una sandía. Luego nada. El animal se tranquilizó de inmediato; no odiaba al peón, ni estaba iracundo, simplemente quiso deshacerse de una mosca que le zumbaba en la oreja. Cuando se enteró de la noticia, el joven Bailey no varió un ápice su semblante ni sus planes de hacerse a la mar al día siguiente. Metieron a Mandarín en su jaula, al peón en un féretro y zarparon rumbo a Nueva York. Bien entrados en alta mar y ante la sorpresa de todos, Bailey ordenó que arrojaran el elefante. Una orden fría, serena. El primero en reaccionar fue el mismo Mandarín. Sin duda entendió lo que le esperaba porque se puso como loco dentro de su jaula y comenzó a forzar los barrotes con arremetidas frenéticas. Magos, trapecistas, malabaristas, todos a una, alcanzaron a empujar la jaula por la borda justo cuando el animal rompió el candado y ya se daba por libre. Tenía una fuerza insólita. Mandarín se sostuvo a flote en el mar, barritando furioso, clavando una mirada inolvidablemente rencorosa en Bailey, mientras su prisión se hundía sin remedio en el abismo. Lo perdieron de vista, tras el horizonte, cuando el animal aún braceaba desesperado por no zozobrar. Inútilmente esperaron todos la contraorden; quizá aún era tiempo de salvarlo. Bailey se mantuvo impávido, decidido; hasta nunca, Mandarín. El resto del viaje, Bailey pasó mañanas y tardes enteras asomado por esa borda, nostálgico, según los díceres, temeroso de descubrir a Mandarín nadando tras él. Nostalgia, sí lo creo; temor, no; Bailey no era de esa clase de hombres. Hasta la fecha, los marinos que cubren esa ruta cuentan que Mandarín se convirtió en un témpano, inmenso, gris, de colmillos filosos, que ha hundido algunos barcos buscando vengarse de aquella turba de saltimbanquis que lo arrojó por la borda. Bailey amaba a su elefante; cómo no iba a hacerlo, si era su estrella, si él mismo gustaba de pasear sobre su lomo; pero no toleraba a los traidores; el circo sólo sobrevive con lealtad, con disciplina; y sin duda Barnum hubiera hecho lo mismo... Viajar en barco es la mayor prueba del éxito de un circo; significa que en un país remoto ya escucharon de ti y se mueren por verte, a cualquier costo, a un precio suficiente para sufragar los gastos de erigir una nueva arca de Noé. Son semanas completas en el mar, mientras los artistas siguen cobrando y los animales continúan atragantándose, y a veces, cuando los pone nerviosos el mar, hay que echar aguardiente en sus cubetas de agua. ¿Quién crees que se encarga de cobrar todo eso? Tu fama, tu grandeza, tu nombre en letras de oro. Por eso nosotros no pasamos de peregrinar con mulas, a pie, cargando a cuestas los tiliches; con facha de migrantes, con carpa chica donde nos hacinamos miserablemente, y no cada quien su propio carretón. Una vez pude cambiar mi suerte; tuve el triunfo sentado frente a mi escritorio, pidiéndome empleo, casi rogándomelo, y fui un ciego estúpido. Le dije no, gracias, su acto no sirve. El hombre no insistió; salió con la cabeza gacha y un sombrero de fieltro arrugado entre sus manos. Se hacía llamar Urianguelo; he cargado ese nombre toda la vida como una enfermedad. Siempre viví con la sensación de que alguien me llevaba un paso de ventaja; así ocurrió cuando me enteré de la existencia de Lucía Zárate, la mujer más pequeña del mundo. De algún modo también la tuve cerca; nació en San Carlos, a unos treinta kilómetros de donde yo vivía y, según sé, los Zárate eran parientes lejanos míos; apenas iba a comenzar los trámites para contratarla, me enteré de que había muerto de frío al quedar su tren atrapado en una tormenta de nieve. La pobre, pesando dos kilos a los veinte años, no tenía modo de mantenerse caliente. Pero al fin ella y yo nunca cruzamos palabra; además ganaba dieciocho dólares la hora. Ningún artista mexicano se ha cotizado tan alto; me hubiera quebrado antes de hacer su primera presentación. Lo de Urianguelo fue mucho más grave. Yo no lo llamé; él se presentó conmigo. Soy un telequinésico, dijo, y como notó la interrogación en mi rostro, explicó que ejercía influencia sobre algunos objetos con el solo poder de su mente. Sacó una cuchara de su saco y me pidió que la sostuviera. Adoptó una pose arrogante, de brazos cruzados y mirada inflexible; entonces la cuchara comenzó a doblarse, muy despacio, por lo más angosto. Me asusté un poco y la arrojé. Es un truco de mal gusto, le dije, ¿cómo lo haces? No hay truco, me explicó, es la energía mental convertida en una mano invisible; puedo ejercer fuerza física, aunque muy leve, sobre objetos distantes. No le creí, y como no aceptaba las mentiras en mi cara, lo eché; largo de aquí, le dije, a nadie le interesa ver una cuchara torciéndose. No tuve duda de haber tomado la decisión correcta, hasta que un día, en una fonda, escuché una conversación de otra mesa: "Sí, hombre", decía el tipo, "es como si a control remoto pudiera rascarle ahí mero a las damas. Yo le prohibí a mi vieja ir a ese espectáculo, aunque uno no puede estar seguro, dicen que tiene un alcance de varios kilómetros". De inmediato me paré a interrogar al tipo. No me consta nada, afirmó, todo son rumores, incluyendo el nombre, y lo pronunció haciéndose el desentendido, como si lo estuviera inventando: un tal Urianguelo o algo así, yo no sé nada. Me propuse no descansar hasta sentarlo en el centro de mi pista, cruzado de brazos, con esa mirada severa. Ése sí sería el espectáculo más grande del mundo. Lo busqué, Dios sabe que lo busqué. En todos lados la respuesta era negativa. O no lo conocían, o se referían a él como una leyenda, y me despreciaban por creerlo verdadero, tal como yo lo desprecié cuando lo tuve ante mi escritorio. Son más de treinta años y aún me duele contarlo. Me consta que Urianguelo existió, aunque la gente se negara a admitirlo; los hombres porque no había defensa contra ese adulterio de sus mujeres; y ellas… es obvio por qué. Se presentaba clandestinamente, a la par de un rumor, en algún tugurio oculto, sin luces ni marquesinas, porque de seguro su cabeza ya tenía un precio, sobre todo luego de que algunas muchachas lo acusaron de sus embarazos. Yo lo habría protegido, habría contratado una guardia de cien hombres fuertes, leones y tigres, con tal de presentarlo masivamente, con tal de que me permitiera viajar en barco, aunque fuera una sola vez, y al carajo con toda mi fe si un párroco de pueblo trataba de impedírmelo. Barnum cobraba más por un boleto para escuchar a Jenny Lind que toda mi taquilla de un domingo, porque Jenny Lind era como el agua reída de burbujas donde los peces de colores juegan. De verdad te digo: yo hubiera cobrado más por Urianguelo. Todavía conservo la cuchara como recordatorio de nunca volver a desechar un Urianguelo, pero mira de lo que me ha servido; por temor a repetir mi estupidez, he venido contratando una gavilla de buenos para nada. Míralos a todos, remojándose en la fuente, jugando con las campanas de la iglesia, echados en la plaza. No les preocupa nada; al demonio con el circo, al cabo ahora tienen su pueblito y sus casitas y con eso ya alcanzaron la gloria de ser gente común y corriente. Para mí no son sino una bola de Mandarines desenjaulados, y aunque deba esperar durante años, ya tendré mi oportunidad para arrojarlos a todos por la borda.

–Ggnt –resopló el marrano, babeando de dolor.

–¿Por qué nos sentimos alguien importante cuando recibimos un aplauso? Como si no recordáramos que las más de las veces, cuando aplaudimos, lo hacemos por mera cortesía. No es diferente a un pásele usted, buenas tardes, gracias por venir, no hay de qué, le quedó muy sabroso. Yo tuve esa sensación de ser alguien cuando escuchaba palmas y no bastó deshojar el libro de Olegaroy para curarme. A la vuelta de unos días volví a "Trucos y Novedades del Centro" y me hice de un cúmulo de suertes *made in USA* y hasta me compré una capa negra y mi primer sombrero de copa. Sin empacho me convertí en un mago de instructivo, de a b c, de trucos con un año de garantía. Y ahora, como nunca en la vida, me hicieron falta las instrucciones. Fui el último en meter las papeletas en la chistera. Había guardado una bajo la manga: la de alcalde. Ahora sí la magia podía convertirme en algo grande; desaparece el mago y aparece el principal funcionario de Santa María del Circo. El mandamás. Carajo, me creí mis propias palabras; y aún en este momento me pregunto si son verdad. El azar es Dios. Dejé caer la papeleta dentro del sombrero por temor a cometer un sacrilegio. Toda una vida sacándome cartas de la manga y resulta que cuando había en juego algo realmente importante, seguí las reglas, no las instrucciones. Quizás no importa. Ser el mandamás de tanta miseria resulta tan ocioso como afilar cuchillos. No importa. Sí.

¿A quién engaño? Claro que importa. Por lo pronto vamos a quedarnos así, algunos meses, mientras terminan de dar fruto mis tierras. No hace falta administrar la miseria, pero ya vendrá la prosperidad, y se hará necesario convocar a elecciones. Balo es un militar, y en este país el gobierno debe caer en manos civiles; Fléxor está descartado por negro; Natanael es del clero; hace mucho perdió el derecho de votar y ser votado; tú, no te ofendas, con tu reputación no me pareces un buen candidato; y el resto son mujeres. No importa. Olvídalo. Te juro que no importa. ¿Sabes...? ¿No has extrañado un trago de alcohol? Yo ahorita tengo tantas ganas de uno que, mírame, ando como borracho, digo una cosa, luego lo contrario y... De verdad, olvida lo del alcalde. No sé por qué lo dije. Vengo de la Ciudad de los Palacios y veme ahora, ambicionando este páramo de tierra y adobe. ¿Has salido a pasear últimamente? Una plaza sin quiosco, sin álamos, con sus monumentos derrumbados, con bancas que tienen nombres, don Eduardo Parra, licenciado Hugo Valdés y Verdad, familia Bocanegra, Rubén Soto y sucesores. ¿Para qué? ¿Querían dejarnos un recordatorio de que esto no es nuestro? ¿Por qué no hemos visto a nadie pasar por aquí? Santa María del Circo ni siquiera es un lugar de paso; nuestra calle principal no llega ni a vereda de viajantes. ¿Has escuchado el pitido de un tren, aunque sea muy a lo lejos? Fléxor no estaba tan equivocado; hace falta la zampoña del afilador, las campanillas del ropavejero, el pitido del carro de camotes. Aquí no hay vida. Tengo ganas de un trago. Muchos tragos. Allá en el fondo hay unos magueyes; si no fuéramos tan incapaces, ya habríamos preparado pulque. ¿Sabes cómo se hace? Yo no tengo ni idea; tampoco sé nada de sembrar tierras. ¿Te dije que soy de la capital? Ahí somos abogados o contadores o ingenieros o muertos de hambre, porque de plantas y frutas no sabemos nada. No me hagas caso; quiero un trago.

Debemos hallar la salida; no me refiero a huir de aquí, pero en cualquier casa se necesita conocer dónde está la puerta. Se supone que íbamos rumbo a Zacatecas cuando nos dejó don Ernesto. ¿Pues dónde está Zacatecas? A falta de circo se me ocurre que podemos montar un espectáculo de vodevil; sólo necesitamos ensayar un par de pasos de baile, al menos tú, Narcisa, Barbarela y el enano; yo puedo hacer algo de prestidigitación y dónde quedó la bolita; y presentamos lo del hombre que se negó a nacer. Seguro ganamos algo de dinero y, sobre todo, nos quedamos después de la función a tomar unas copas. ¿Qué te parece? Necesito un trago.

–Yo también –dijo Hércules–. Me sería más fácil tolerarte.

Sudoroso, decepcionado y con la mano adolorida por un machucón del badajo, Natanael salió a predicar el funesto destino preparado para todos los que desdeñaron el llamado de su campana. Primero fue en busca de Fléxor, quien hasta ese momento había sido su único feligrés, pues de sobra sabía que los enfermos son los más fáciles de atemorizar con amenazas del más allá. Metió la cabeza por entre los barrotes de la ventana y comenzó:

–Quienes no hayan pisado mi iglesia tienen la disculpa de la ignorancia; mas tú, impío Fléxor, ya has probado las mieles de la fe…

Se detuvo cuando vio al muchacho retorciéndose en el suelo como una lombriz, en medio de sacudidas que de inmediato le parecieron demasiado violentas, incluso para un contorsionista. Narcisa lo miraba horrorizada, impotente, y le preguntaba ¿qué te ocurre? sin obtener respuesta. Descubrió la presencia de Natanael y se apresuró a la ventana para pedirle un conjuro que librara a Fléxor de tanto sufrimiento. De tan espantado, al enano no se le ocurrió ninguna plegaria y justificó su incapacidad argumentando que era caso perdido, que el demonio ya había entrado en esa casa y ya se había apropiado de su botín.

–Llámale a Barbarela –dijo–. Cuando falla la fe, aún queda el recurso de la medicina –y se marchó a predicar en la plaza.

Otra vez cambió de parecer, pues encontró juntos a Hércules y Balo y no se atrevió a abordarlos al mismo tiempo, mucho menos después del maltrato que Hércules le había dado en su propia iglesia. Se metió en el chorro de agua bajo el hocico del caballo y después, rezumante y con escalofríos, se tendió sobre cualquier banca a dormir una siesta, preguntándose si estaba preparado para dar una misa de muerto.

–¿Cómo dijiste que te apellidas? –distinguió la voz de Barbarela cuando estaba a punto abandonar la conciencia.

–Por primera vez me da gusto verte –abrió su ojo y se sentó. Palmeó el tramo de la banca a su derecha para indicarle a Barbarela que se sentara–. Últimamente siento un dolor en el pecho.

–Olaguíbel, ¿verdad? –dijo ella, inmóvil, con las manos tomadas por la espalda–. ¿O Bocanegra? ¿O Porcayo?

–Todavía no sé cuánto viven los caballos.

–Por cierto –soltó las manos y se cruzó de brazos de tal modo que empujó los senos hacia arriba–, ya está aquí don Alejo y tú todavía no tienes un nombre.

–Fray Natanael –dijo molesto.

–Yo había pensado en uno más atractivo... –se silenció ante el gesto feroz del enano.

–Hace tiempo dejé de ser cirquero.

Barbarela se echó a reír. Natanael se embelesó con el movimiento de las barbas. Había visto otras mujeres barbudas, mas ninguna como ésta; las otras no eran sino eso: mujeres con barba, y a veces ni bigote les crecía. La que tenía delante, en cambio, ostentaba una pelambre copiosa y negra en brazos, piernas, manos, axilas y de seguro en el resto del cuerpo. ¿Y qué demonios hacía una mujer barbuda en el circo?, se preguntó. Está bien para un infeliz tenderete de feria ambulante, pero no para una carpa que se precia de contener un gran espectáculo.

–¿De veras le ves futuro a esto? –Barbarela recorrió el caserío con el índice.

El enano inclinó la cabeza y se dijo que él era quien no tenía futuro, si acaso el de un caballo viejo, zambo y a punto de descoyuntarse.

–Aquí es donde voy a pasar el resto de mis días –respondió con su ojo bien fijo en los de ella.

–¿Ya leíste el respaldo de la banca? –Barbarela casi olvidaba el motivo original por el que buscó al enano.

Él se dio la vuelta y leyó con dificultad una inscripción borroneada por el tiempo. "Cortesía de la familia Bocanegra". Escupió en las manos para usarlas como trapo húmedo y confirmar su lectura.

–No es la única –dijo Barbarela–. Hay como seis bancas con la misma inscripción. Los Bocanegra debieron ser gente importante en este lugar.

Natanael pasó a la banca contigua y averiguó que se trataba de una cortesía del licenciado Valdés; avanzó a la siguiente y, en efecto, volvió a dar con su apellido, en letras doradas, aunque con la "B" totalmente desaparecida.

–¿Seis dices?

Con gesto indiferente, Barbarela le respondió:

–O cinco, no sé.

–¿Alguna dice Olaguíbel o Rivera o Porcayo?

Ella negó con la cabeza. En vez de seguir leyendo banca por banca, Natanael fue a la fuente y se colocó junto al pedestal, señalando hacia el jinete.

–¿Sabes quién es él?

–Claro –dijo Barbarela–. Timoteo de Roncesvalles.

Natanael negó con la cabeza en medio de una sonrisa inundada de orgullo.

–De seguro es mi pariente presidente –dijo–. Es José María Bocanegra –y se arrodilló con los brazos en alto.

–Óyeme, cabroncito –dijo Barbarela–. Tú antes que nadie deberías saber que no es bueno adorar estatuas –luego se dirigió a Hércules y a Balo–. Según el enano, el hombre de la estatua es pariente suyo.

Balo no mostró mayor interés e hizo un gesto de desprecio con la mano mientras se retiraba. Hércules vislumbró otra oportunidad para humillar a Natanael y se acercó.

–Es Timoteo –dijo Barbarela–, pero este idiota asegura que es un Bocanegra.

–Como el que escribió el Himno Nacional–dijo Hércules sin pensar que su comentario le daría más alas al enano.

–Exacto –dijo Natanael mientras se incorporaba–. No lo había mencionado porque ya es sumarle mucho honor a mi apellido.

Hércules lanzó una patada al agua.

–Pues yo me cago en el mexicanos al grito de guerra, en la paz de su arcángel divino y en toda esa sarta de pendejadas –dijo y pensó en tomar al enano de los cabellos y sumergirlo en la pileta; sin embargo recordó las palabras de Balo y se preguntó si no sería mejor soltarle un puñetazo a Barbarela–. Si algo le debemos aprender a la madre patria –continuó–, es que los himnos deben tener sólo música y nada de palabras huecas.

–No le hagas caso –insistió ella–. Se llama Timoteo de Roncesvalles y dio su vida por el honor de una mujer.

–Es don José María Bocanegra –recalcó el enano–, el único presidente sin mancha en toda nuestra historia.

Al escuchar la palabra historia, Hércules agachó la cabeza, pues de eso no sabía nada. Aun así decidió mantenerse en la idea de que un enano jamás podría venir de una familia ilustre y, a falta de argumentos, sólo le dijo:

–Cualquier día derribo a pedradas la estatua.

Ya se retiraba con el puño en alto, cuando se topó con Narcisa.

–Barbarela –dijo–, está ocurriendo algo terrible –y la tomó de la mano para conducirla a su casa. Barbarela se dejó llevar, pero a medio camino se soltó y se dio la vuelta.

–Tu otro pariente –se dirigió a Natanael–, ¿cuántos mineros mató?

–Eso no importa –dijo, mas como no se deshizo de la mirada incisiva de Barbarela, respondió–: Ciento veintitrés.

–Me lo imaginaba –dijo ella y señaló el uno, dos, tres pintado de rojo con brocha gorda en la casa quemada.

El aire de Santa María del Circo estaba cargado con el estertor del marrano clavadista, que de tan continuo había terminado por ser imperceptible, como un rumor de viento.

Mandrake se estremeció al asomarse por la ventana hacia adentro de casa de Narcisa y distinguir entre la luz de velas a Fléxor con la espalda completamente doblada hacia atrás. En cambio, Mágala se maravilló y dijo:

–Qué buen contorsionista –tenía el labio aún hinchado por el golpe de Balo.

–No seas imbécil –dijo Mandrake arriscándose la chistera–. A este muchacho ya se le rompió algo.

Adentro, Narcisa le contaba a Barbarela que de pronto le vinieron varios espasmos y con cada uno Fléxor se iba arqueando más y más hasta quedar como ahora lo veían.

–Apenas dejó escapar algunos gemidos –dijo para terminar–. Es muy valiente.

–Los de su raza –explicó Barbarela– están hechos para aguantar el dolor.

–Tuve que echarlo al suelo –dijo Narcisa–. Con tanto espasmo me dio miedo que se cayera.

–Los de su raza –continuó Barbarela– están hechos para dormir en el suelo.

Fléxor parecía descansar. Después de una tarde que Narcisa describió como "interminable", el rostro del muchacho se hallaba relajado, transmitía una paz similar al placer. Parecía estar cómodo pese a la grotesca postura de su cuerpo, tendido hacia atrás y sobre un costado. Barbarela caminó hacia a la ventana y con una serie de aspavientos ahuyentó a los mirones. A falta de un mejor remedio, se le ocurrió acercar una vela encendida a la rodilla inflamada y dejó caer algunas gotas de cera caliente. Al sentir el ardor, Fléxor abrió los ojos y, tomando el hilo de una conversación que sostenía en su mente, dijo:

–Quiero ser como Jules Léotard.

Ambas mujeres se miraron entre sí en busca de una frase pertinente.

–Qué bien –dijo Barbarela.

–Toda su vida la pasó arriesgando el pellejo en su trapecio –continuó Fléxor–, fue el primero en hacer el salto mortal y a veces volaba sin red.

–Nunca me comentaste que quisieras ser trapecista –dijo Barbarela.

–No quiero –corrigió Fléxor–. Voy a inventar un atavío que lleve mi nombre.

Barbarela siempre había visto a Fléxor en leotardo amarillo; para ella, esa prenda era la piel del contorsionista y jamás podría relacionarla con el trapecista de Francia, ni mucho menos con los hermanos Cabriolé, quienes también usaban leotardos, aunque con un toque afeminado, de diferentes colores y con lentejuelas. Narcisa miró el cuerpo torcido y se entristeció profundamente al preguntarse por qué los moribundos tenían la costumbre de llenarse de proyectos.

–Debes salvarlo –le exigió a Barbarela.

Y ella, más entretenida con la conversación del muchacho que con las órdenes de Narcisa, dijo:

–Yo siempre he necesitado una cubierta para protegerme las barbas del polvo. Inventa una y aunque yo te di la idea, te dejo ponerle tu nombre.

–¿Para qué? –cuestionó Fléxor–. No han de existir ni diez mujeres como tú. Así no me hago famoso.

De pronto su cuerpo se sumió en un intenso temblor y toda la piel comenzó a sudar. Él cerró los ojos cuando escuchó a Narcisa decir:

–Ahí viene otro.

El espasmo le arqueó el cuerpo un poco más, junto con un sonido crujiente de ramas secas. Para evitar el terror del momento, Barbarela recordó un artículo sobre otra mujer barbuda; había nacido dentro de la realeza británica y el mismo día recibió tres ofertas de matrimonio. Yo tengo las barbas, se dijo, pero me falta la realeza, y el único hombre capaz de enamorarse de mí es una estatua de piedra. Y pensando en Timoteo de Roncesvalles cambió su gesto de espanto por uno de placer.

Narcisa la volvió a la realidad con una cachetada.

–¿Qué te pasa? Tienes que salvar a mi negrito.

–La ciencia tiene sus limitaciones –dijo Barbarela con la mano en la barbilla, en una pose que para ella denotaba inteligencia–. Si por aquí pasara el ferrocarril…

Se escucharon pasos en la calle y ambas voltearon hacia la ventana. Ahí estaba Natanael, sonriendo y cantando con modos de estúpido.

–Por el dedo de Dios se escribió… –detuvo su canto cuando Narcisa le arrojó la vela. La mecha se apagó y la casa quedó en penumbras.

–Ojalá funcione tu ciencia –dijo–, porque el enano ése ya se quedó sin remedios.

Recogió la vela y la volvió a encender, preguntándose si alguien sabría hacer fuego con pedernales, pues los cerillos no durarían para siempre.

–Voy a intentar algo –Barbarela no meditó su comentario–. Voy a cortarle la pierna con el serrucho de Mandrake.

Apenas terminó de hablar, imaginó de nuevo el chirrido de un serrucho cortando hueso. Ya lo tengo decidido: no atiendo ni amputaciones ni partos ni enfermedades contagiosas. Antes de hacer eso me voy del pueblo. Negó con la cabeza. Necesito un tren.

–¿Estás loca? –Narcisa la miró con horror.

Barbarela otra vez eligió distraerse y pensó que a falta de Timoteo estaba Hércules, también un hombre de piedra, y quizás con suficiente insistencia igual terminaría dando su vida por el honor de una mujer. Se pasó las manos por el trasero y se preguntó cuándo acumularía Hércules suficiente urgencia para saberlo apreciar.

–Yo no sé qué bichos traiga dentro –Narcisa se acercó a Fléxor y lo rodeó con los brazos sin llegar a tocarlo–, pero ya no los tiene sólo en la pierna.

–Entonces tengo un plan –manifestó Barbarela; hizo una seña para indicar que volvería más tarde y salió de la casa, sin la menor idea de qué iba a hacer.

Cuando la puerta se cerró, Fléxor abrió los ojos.

–Ya sé por qué estoy así –dijo.

Narcisa se acercó, contenta de escucharlo hablar con voz firme, pues lo interpretó como síntoma de mejoría.

–Trata de descansar –recomendó ella mientras le cubría la pierna con un trozo de tela.

–Fuiste tú, miserable –los ojos de Fléxor se volvieron profundos, ígneos, sanguinolentos, como los de un negro–. Me envenenaste con tus babas cuando escupiste en la herida –en vano trató de incorporarse para saciar el espíritu violento que lo poseyó; sus músculos eran carne rígida, inmóvil, de matadero.

–Te preguntarás por qué no llevo el nombre de Olaguíbel y Ruiz ni Porcayo ni el ordinario, modesto e inventado Rivera; y ves en eso suficiente prueba para echar por tierra mis orígenes de buena sangre y mejor bolsillo. No es tan simple. Recuerda que cada dos o tres generaciones, por diversas circunstancias, hemos cambiado de apellido. De unos años para acá, me pasé a la dinastía Bocanegra, y ya necesito ir viendo la forma de no detener la marcha; se acabaron los Fernandos, e inician los Natanaeles, primero, segundo, tercero, hasta donde lo mande el destino. Si he de serte sincero, ya elegí la mujer que habrá de llevar a Natanael II en sus entrañas. ¿Curiosa? ¿Inquieta? ¿Ilusionada? No me digas que no te interesa. ¿Te digo? ¿No? Al rato continúo con eso… Con mi estatura, mi ojo, mi fealdad, a nadie le soy indiferente: pueden compadecerme, odiarme, burlarse de mí, golpearme, sacarme la vuelta, o también pueden quererme, admirarme, respetarme, qué sé yo, esas palabras empleadas con los hombres de bien. Por mi parte, no tengo nada en contra mía; nunca he querido ser alto, si acaso deseo que todos sean unos enanos; el mundo sería más amable si todos fuéramos más pequeños. No me odio ni me disgusto, y muy seguido hasta me quiero y siento preocupación por mi salud y por este dolor de las coyunturas y por la duda de cuánto vive un enano o un caballo, si viven igual o más el uno o más el otro. Y fíjate, en esa lista de las emociones que inspiro no mencioné la vergüenza, pues ésta sólo se da hacia las cosas que nos pertenecen. Únicamente tres personas pudieron sentirla por mi enanez: yo, que hasta orgulloso me siento de mí; mi madre, que si la sintió la supo ocultar muy bien; y mi padre, que precisamente con él comienza y termina la historia de por qué soy Bocanegra y no otra cosa. Él se avergonzaba profundamente de mí; quería mantenerme oculto, encerrado en mi habitación, que nadie en la calle dijera ahí va el hijo de Fernando Porcayo. Su tirria me daba lo mismo; al fin nuestra relación no pasaba de algunos regaños, tundas y cucharazos. Tiempo después de la muerte de mi madre, llegó al pueblo un cómico de la legua. Entre su repertorio de anécdotas contó que tenía un hijo muy alto, de más de dos metros, porque no sé si les he contado, continuó el tipo, que la altura de los hijos es proporcional a la longitud del miembro. Todos se rieron excepto mi padre, y el cómico no entendió por qué les pareció tan gracioso su comentario. Por supuesto a la mañana siguiente mi padre ya llevaba a cuestas el mote del Penecorto. No me lo perdonó, como si yo hubiera sido el maldito cómico. Comenzó a mirarme con una ojeriza cada vez más aguda. Ya búscate un empleo, salte a recorrer mundo, lárgate a la capital, enrólate con los enanitos toreros, mil ideas para desterrarme. No le importó pasar sobre la memoria de su difunta mujer, y le inventó un amorío con un agente viajero con tal de desconocerme como hijo suyo. Entonces ya no sugirió que me fuera; simplemente me echó de la casa. Nos observamos varios minutos sin parpadear, yo a media calle, él detrás de la ventana, con las cortinas bien abiertas y sin asomo de lástima. Sin techo, sin empleo ni modo de ganarme la vida, y a falta de alguien más certero para achacarle mi aprieto, culpé al cómico del fatídico chiste. Le insistí que me reclutara en su espectáculo. De mala gana aceptó. Necesito un asistente, dijo, aunque no lo había imaginado así como tú. Ese día adopté el apellido de mi madre, Bocanegra; y también ese mismo día el cómico me bautizó como Nano el Enano. Qué vulgaridad. Ni don Alejo anda tan mal de la imaginación. Con ese nombrecito estuve seguro de que sería parte del espectáculo; sin embargo, su idea de asistente era una persona que se adelantara al próximo pueblo del itinerario para colocar algunos carteles y reservar un lugar donde pasar la noche. Jamás me invitó a compartir la escena; mi única participación se debía a la capacidad del tipo para burlarse de sí mismo. Justo cuando explicaba la relación entre la altura de un hijo y la longitud del miembro, yo gritaba: "Papá, te buscan allá afuera". Era todo. Seguro lo dije mil veces. La gente ya se sabía la broma y se reía igual; hasta los carteles los mandó hacer con mi frase impresa. Nano el Enano. Qué fastidio. Por eso tan pronto descubrí el circo, no dudé en preguntar por el mero mero. Y resulta que don Alejo me quiere poner un nombrecito igual o peor. El General Tomás Pulgar, Micromán, Dwarfonio, el Cíclope de Liliput, Enanoski. Para eso tengo un nombre y un apellido, y lo cargo con más orgullo del que alguna vez sentí por Olaguíbel y Ruiz. Quizás ese hombre estuvo a punto de llegar a virrey, pero no alcanzó la altura, santidad diría yo, de don José María Bocanegra. ¿Sabes cuál es la mina más productiva de este país? Por supuesto no es la que dejamos allá en la carpa ni la que detonó mi pariente. En el despacho presidencial hay una que permanentemente vomita oro. Ahí se han llevado a cabo los más viles actos de rapiña y no hay mano capaz de resistirse; ni tú ni yo ni nadie tendría el temple para no tomar algunos pesos si somos gente honrada, o medio presupuesto si somos de la ralea de sátrapas a la que siempre han pertenecido nuestros gobernantes. Lo sé, eso no importa mucho; en este pinche país, robar no es un delito; pero debemos agradecer que entre tanta basura haya existido un presidente sin mancha, sólo uno. Así como sólo hubo un hombre sin pecado, sólo hubo un presidente sin tacha. El inmaculado de nuestra política. Fue hace muchos años y de seguro ya no habrá gente viva que atestigüe cómo durante todo su periodo despachó con las manos limpias, y cómo al final abandonó la silla, habiendo cumplido cabalmente con su deber, con las manos aún más castas, de dinero, de injusticia y de sangre. La gente lo amaba, lo aclamaba en las calles, aun más que al señor obispo. Me lo contó mi madre, y es cierto. Además anduvo por estos rumbos, lo sé; en este estado tenía familia y seguidores. Tú misma me mostraste las bancas de los Bocanegra; por eso estoy seguro de que esa estatua no es de ningún Timoteo de Roncesvalles. Habremos de hacer la aclaración, tú y yo, para cambiarle el nombre, mandar hacer una placa conmemorativa y cada cuatro de diciembre, día de su ascensión, rendirle homenaje. Mañana mismo aclaramos eso, y ya después discutimos tus condiciones para convertirte en portadora de Natanael II.

–Antes muerta –respondió Barbarela, y Natanael no supo si se refería al asunto de Timoteo o al del siguiente Bocanegra.

Don Alejo salió a la calle y de inmediato se topó con Mandrake. No decidía qué tono emplear para hablarle, pues aunque continuaba considerándose el jefe, últimamente no había recibido de sus subordinados sino muestras de rebelión y altanería. Optó por un tono suplicante:

–Ayúdame –para mostrar aunque fuera una frágil autoridad lo estiró de la camisa–. El marrano se está muriendo.

–Qué bien –dijo Mandrake–. Ya va siendo hora de comernos ese animal.

Don Alejo le dio un empujón, pero fue él mismo quien salió impulsado hacia atrás.

–No mientras pueda salvarlo.

Mandrake se encogió de hombros.

–A mí no me corresponde eso –dijo con apatía–. No soy sino el terrateniente. La doctora es ella –señaló a Barbarela, que en ese momento salía de casa de Narcisa.

Y aunque don Alejo no entendió de qué le hablaba, fue hacia Barbarela para pedirle que salvara al marrano. Ella permaneció inmóvil, con el rostro absolutamente inexpresivo.

–Por favor.

–No puedo –dijo Barbarela–. Tengo a Fléxor moribundo; sería una imprudencia abandonarlo para hacerme cargo de un animal que comoquiera vamos a cocinar.

–Por favor –repitió don Alejo.

–Está bien –no se pudo resistir–. Vamos para allá.

Por un instante, Barbarela añoró sus días de cirquera; no tenía más responsabilidad que pararse al centro de la pista y aguardar mientras el anunciador hablaba, según fuera el guión del día, sobre unos gemelos hombre-mujer fusionados en el mismo cuerpo y, como consecuencia, se había creado esa criatura con evidencia de los dos sexos; sobre la madre de la mujer barbuda, ultrajada por un mandril, "y si no fuera porque el buen gusto nos lo prohibe, mostraríamos que, efectivamente, esta mujer ante ustedes tiene trasero de mandril, pelón y rosado"; o sobre los riesgos de que las mujeres no aceptaran su condición y trataran de equipararse al hombre; y ahí, en espera de los aplausos, no tenía mayor contrariedad, salvo tolerar a algunos niños idiotas mientras le estiraban las barbas para asegurar su autenticidad. Se conformó diciéndose que no se convirtió en doctora por fuerza del azar, sino por un destino inevitable, porque lo más natural era que un médico tuviera barbas.

Recogieron un par de cirios de la carreta y entraron a ver al marrano. Luego del asco que sintió por la rodilla pestilente y el cuerpo enarcado de Fléxor, Barbarela supuso que el marrano le daría una peor impresión. No fue así: la visión del animal herido apenas la remontó al ambiente de una carnicería. Además de no sentir asco, se saboreó al pensar en un platón de chicharrón con salsa. Lo tomó del vellorín y lo estiró hasta sacarlo del charco sanguinolento.

–No sé para qué tanto interés –dijo Barbarela–. Cualquier puerco se puede tirar clavados.

Le arremangó la bata y acercó un cirio para ver la herida con claridad. No le pareció gran cosa, aunque evidentemente había perdido demasiada sangre. El animal parpadeaba con lentitud y seguía a don Alejo con la vista.

–Míralo. Está tratando de decirme algo –dijo y se sentó junto a él para acariciarlo.

Barbarela sintió más lástima por el viejo que por el marrano y, otra vez, a falta de un remedio confiable, dejó caer unas gotas de cera sobre la herida. Esta vez pareció dar resultado. Aunque ya era poco el flujo de sangre, éste se detuvo por completo cuando la cera formó un tapón.

–Por cierto –dijo Barbarela–, ya tengo un buen nombre para el enano.

El marrano respiraba con rapidez y en cada exhalación se le escapaba un ligero silbido.

–Mi hermano –dijo don Alejo–, ¿dónde andará?

–El Charro Chaparro –continuó Barbarela–. Lo ponemos a hacer suertes de charrería, montado en un borrego y lazando gallinas.

Don Alejo abrió un poco los brazos y Barbarela lo tomó de las axilas para ponerlo de pie.

–¿Le estará yendo tan mal como a nosotros? ¿Tendrá ya su carpa? A veces pienso que no debimos separarnos.

–¿Quiere un masaje? –ofreció ella.

Él negó con la cabeza y se llenó de vergüenza y rabia sólo de pensar que a esa misma hora una multitud le estaría aplaudiendo a su hermano, y tal vez llevaría a cabo sus planes de presentar una función de medianoche. "Trapecistas volando desnudas", explicaba don Ernesto sus proyectos, "payasos obscenos, el domador ya no mete la cabeza sino sus genitales en la boca del león, elefantes haciendo el amor…".

–Apláudeme –dijo don Alejo.

–¿Eh? –ella dejó caer los hombros y torció la boca.

–Ya me oíste –dijo él impaciente–. Ándale.

De nuevo sintió lástima por don Alejo. Luego cayó en la cuenta de que no había mucha diferencia entre pedir un aplauso como lo hizo el viejo y pedirlo con el lenguaje del circo, tal como lo hacía cada artista después de su acto, alzando los brazos o haciendo una caravana o, peor aún, utilizando al anunciador como intermediario, "sí, damas y caballeros, un caluroso aplauso para la selvática Barbarela, hermosa a pesar de su fealdad". Aplaudió con fuerza por unos segundos.

–Gracias –don Alejo sonrió–, gracias, querido público.

El marrano comenzó a patalear como si quisiera echarse a correr despavorido, pero con todo su peso sobre un costado apenas rozaba el suelo con el dorso de las patas derechas y, muy lentamente, se movía en círculos.

–Algo va a pasar –dijo Barbarela.

–Tal vez –don Alejo abrió la puerta–. Ahora vete.

–¿Qué vamos a hacer? –en la oscuridad de la calle Barbarela percibió una señal indescifrable que la rebosó de tristeza.

–Cualquier día de éstos nos vamos –dijo don Alejo–. Mientras tanto procura tener buenas ideas. La del Charro Chaparro es lo peor que he escuchado en mi vida.

Natanael vio el cielo a través del techo inexistente de la casa quemada. Removió algunos tablones carbonizados y encontró varios que aún conservaban formas labradas, señal inequívoca de que el fuego también había consumido los muebles. Se cruzó de brazos y avanzó por entre los escombros, pateando con timidez las tablas y el carbón, temeroso de encontrar un esqueleto calcinado. Cuando vio la casa por primera vez había pensado en un rayo o en una lámpara de petróleo, pero lo pensó muy superficialmente, pues esa construcción con huellas de incendio poco le había llamado la atención. Ahora Barbarela se había encargado de meterle ideas en la cabeza, aunque, entre más rascaba los escombros con los pies, más se convencía de que el asunto no había sido obra de un desquite sino del pillaje, pues no daba con ningún objeto de valor, nada metálico ni de barro que sobreviviera al fuego y, afortunadamente, nada de huesos.

–¿Qué haces? –Mágala buscaba material para el segundo número de *La Gaceta del Circo* y Barbarela ya la había puesto al tanto de la posible relación del uno, dos, tres con los Bocanegra.

–Ya lo sabes –respondió Natanael con seguridad.

–¿Y crees que aquí vivió?

Natanael se encogió de hombros y continuó barriendo con los pies.

–No –respondió–. Aquello ocurrió hace muchos años.

–Qué importa –dijo ella–. En ese tipo de masacres las venganzas se heredan a las siguientes generaciones.

–Ya te lo dije. Además aquí vivieron Bocanegras, no Riveras, y ahorita me da hueva contar esa historia.

Pese a la respuesta, Mágala decidiría escribir en el periódico como cita textual: "No me cabe duda; aquí vivió mi pariente, el asesino de todos esos mineros". Y de paso lo expondría como el motivo por el cual Santa María del Circo fue abandonada. "Eran demasiadas las viudas, demasiado el dolor para seguir viviendo en este lugar que inevitablemente las haría recordar, pues no hubo quien se salvara de perder un hijo, un marido o un padre".

–El pueblo es muy chico –dijo Natanael–. Aquí no pudieron vivir ciento veintitrés personas.

Ese comentario le pareció muy lógico a Mágala. Por unos minutos se sintió decepcionada, aunque al final decidió agregar una frase más a su nota: "Eran fechas en que casi todos vivían en chozas junto a la mina, y éstas fueron desplazadas cuando los sobrevivientes se marcharon".

–En lo que a mí respecta –concluyó Natanael–, ese número sólo sirve para indicar la dirección de la casa, que en una época bien pudo ser Avenida Bocanegra 123.

–En eso tienes razón –dijo ella–. Hace falta nombrar las calles, pero no con los héroes de siempre.

–Bocanegra ha sido nuestro único presidente sin mancha –dijo el enano con orgullo–, y no es de los héroes de siempre.

–Nadie lo conoce –dijo ella–. Dudo mucho que haya existido –observó las cuatro calles del pueblo formando el perímetro de la plaza–. Yo había pensado en los verdaderos héroes: la Calzada Barnum, el Bulevar Ringling –con cada nombre señalaba una de las calles terrosas y desiguales–, la Avenida Houdini y, por qué no, también el Paseo de los Mantecón.

Natanael se echó a reír con sorna.

–Ahora resulta que quieres elevar a los Mantecón al nivel de héroes.

–Claro –dijo Mágala–. Gracias a ellos estamos aquí.

–Una bola de pellejos sin cerebro –espetó él–. Eso son.

–Supuse que tendrías una historia. Algo interesante.

–¿Estás conmigo o con Barbarela? ¿La estatua es de Bocanegra o de Roncesvalles?

–Dímelo tú.

Mágala se encerró en su casa a redactar el segundo ejemplar de *La Gaceta del Circo*. No supo explicarse por qué estaba tan dispuesta a calumniar a Natanael cuando escribió frases como: "Se jactó de llevar el espíritu dinamitero en su sangre y confesó que, de contar con algunos cartuchos, nos haría explotar a todos sin distinción de razas ni credos", simplemente se propuso saborear los placeres que le ofrecía su nueva capacidad de mentir con autoridad, sobre todo tratándose de afectar a un enano, quien seguramente no tendría las agallas de Balo para cobrarse la afrenta a golpes. Se tocó los labios, aún hinchados, y se propuso darle un beso más a Balo para hacer las paces. Escribió el titular: "Enano con sangre asesina" y dudó por un instante si debía cambiar la palabra "enano" por "cura". Se respondió que Natanael, aunque usara sotana, no dejaba de ser, ante todo, un enano, y si no era bueno para un periódico meterse con el ejército, mucho menos con la iglesia. Una vez más, hacía falta otra noticia para justificar la edición y, luego de pensar un buen rato y descartar encabezados como: "Vuelve don Alejo" y "Apuñalan al marrano", distinguió la noticia del momento en la inevitable muerte de Fléxor. "Yo he visto a dos hombres mostrar los mismos síntomas, y ambos terminaron muertos luego de muchos días de tormento. Sólo sorprende que a este muchacho las cosas le ocurran tan rápido. Quizás sea porque pertenece a otra especie, a una raza tan fuerte en el trabajo, tan débil en la enfermedad". Casi cuando estaba por cerrar la edición, decidió incluir una tercera nota bajo el encabezado "Marea roja". En la cual acusaba a Barbarela de meterse en la pileta de Timoteo "durante sus días impuros". Se tomó el tiempo para escribir seis copias, pues sólo a Natanael no le entregaría una, y bastaba un ejemplar para Narcisa y Fléxor. Sin embargo, cambió la segunda nota de *La Gaceta del Circo* que deslizaría bajo la puerta de Narcisa. El encabezado rezaba: "Vivirá" y describía la enfermedad de Fléxor como un mal "doloroso y dramático que no pone la vida en riesgo, sino todo lo contrario, pues al sanar, el cuerpo queda más fuerte y la mente con mayor lucidez".

Mandrake empujó la puerta y de un brinco se metió en la casa de Hércules. El leve rechinido de los goznes compitió apenas con el chorro de agua en la plaza. Adentro, una luz de vela dejaba ver, tendida en el camastro, la humanidad cada vez más desperdigada de quien fuera el hombre fuerte, su catre arrumbado en un rincón y sus leonas pendientes de un clavo en la pared.

–Hola, cariño –dijo Mandrake.

Hércules levantó la vista, molesto porque el visitante entró sin anunciarse.

–Nada de frases tiernas –dijo–. Yo sólo cumplo con mi deber.

A esa misma hora, del otro lado del muro, Barbarela comenzó a acicalarse. Se sentía agobiada por la salud de sus enfermos y esa noche no quiso pensar más en ellos; mucho menos en Fléxor, al borde de convertirse en responsabilidad del enano. Deseó un espejo, su caja de afeites, jabones de olor, un cepillo para el cabello y las barbas. Pasó un trapo húmedo por todo su cuerpo, se desenredó el cabello con los dedos y, a falta de rubor, se untó un poco de pasta roja que halló en el cajón de Mandrake, de la utilizada por Lagrimita, Copetino y Pescuecín para pintarse el rostro. La probó antes de ponerse en los labios y reconoció su sabor agrio y medicinal. Por muy apetitosa que luzca mi boca carmín, nadie me daría un beso sin asquearse después. Se vistió y, otra vez ansiando un espejo, pasó las yemas de los dedos por los lagrimales para eliminar el riesgo de alguna legaña que restara belleza y sumara repugnancia.

–Ai te voy –dijo en voz baja.

El corazón le daba vuelcos cuando salió a la calle. Aunque se sentía nerviosa, se armó de valor al ver la estatua. "Mi vida por tu honor", se dijo y casi de inmediato se corrigió. "Mi honor por tu vida." Dio pasos cortos y silenciosos mientras volteaba hacia todos lados para asegurarse de que nadie la estuviera observando. Al llegar a la puerta de Hércules la abrió con decisión y se metió sin anunciarse.

–¿Qué estás haciendo? –preguntó Barbarela, horrorizada ante el panorama.

En vez de responder, Hércules se incorporó y se apresuró a ponerse sus leonas.

–¿Ya nadie sabe tocar una puerta?

–Pregunté que qué estás haciendo –insistió Barbarela.

Mandrake se quedó inmóvil en la cama. En un principio se creyó el receptor de la pregunta, pero al cabo de un instante distinguió la mirada de Barbarela ametrallando a Hércules. Se arrebozó como pudo con su capa, se puso muy dignamente el sombrero, y salió sin decir nada.

–¿Qué parece que estoy haciendo? –respondió Hércules luego de un silencio intolerable, pues incluso las zancadas de Mandrake se habían apagado–. Tú cuidas a tus enfermos, el enano atiende su iglesia, Narcisa sale a afilar cuchillos. ¿Por qué no iba yo a ocuparme de mis cosas?

–Acaba de ponerte eso –gritó exasperada porque con las prisas Hércules no atinaba a meterse en sus leonas y en un instante ella había visto más de un hombre que en toda su vida. Luego agregó–: Yo no sé curar; de seguro se me van a morir mis pacientes; a Narcisa nadie le ha dado un cuchillo; el pobre enano jamás ha oficiado una misa. Tú eres el único que aceptaste de buena gana el juego de las papeletas.

–No es un juego –dijo Hércules cayendo en la cuenta de que quizá sí era un juego–. Además –comenzó a sentir vergüenza y quiso decir algo para asegurarle a Barbarela que sólo lo había hecho con Mandrake–, me espantaste a mi único cliente.

–No sabes cuánto tiempo ansié este momento –dijo ella con la mirada en el suelo–, y ahora hasta preferiría entregarme al enano.

Hércules no sentía la menor apetencia por el cuerpo de Barbarela; sin embargo le dolió profundamente verse superado por Natanael.

–Mágala sí hizo circular un periódico –dijo para disculparse.

Barbarela se sintió cansada y, como no estaba dispuesta a sentarse en la cama, fue aflojando las piernas hasta tumbarse en el suelo.

–Yo debí sacar esa papeleta.

–Gracias –dijo Hércules por lo que consideró un gesto solidario.

–No me refiero a la tuya, imbécil –aclaró ella–, sino a la de Mágala. Tuve un tío que escribió para *El País*, y tal vez llevo el periodismo en las venas.

Finalmente, Hércules acabó de vestirse y, aún sin recuperar la dignidad, dijo:

–Yo no conocí bien a mi familia, aunque ninguna tía siguió mis pasos.

–O tal vez no –continuó Barbarela sin escucharlo–, pero es más fácil escribir que salvar moribundos; es preferible una hoja en blanco que una rodilla purulenta.

Pese a la mala iluminación del pabilo, Barbarela distinguió en los ojos de Hércules una expresión desamparada, perdida, y supo que ahora él era quien la necesitaba, y no al contrario, como siempre. En ese momento lo podía abrazar y no encontraría rechazo sino un hombre deseoso de afecto que la retendría durante largo tiempo, hasta compartir sudores y maquinar algunas palabras de ternura. Vislumbró su oportunidad por tanto tiempo esperada. Lo tenía a su merced, desvalido, una morsa herida. Basta acercarme un poco, tomarlo de la mano, detener su cuestabajo. Y sin embargo, sentía el cuerpo muy pesado, incapaz de ir hacia él.

–Acabo de entender a la gente –dijo.

Hércules se sentó en la cama. Miró el suelo, sus pies. Tenía las uñas crecidas y sucias. No tuvo el valor de mirar a Barbarela.

–¿A qué te refieres?

–Mis defectos no me hacen desagradable –dijo ella con indiferencia–. El problema está en la soberbia de los demás –se incorporó lentamente, apoyándose en la pared, como una lisiada–. Así me enseñaron a pensar.

–Te enseñaron mal –dijo Hércules.

Comenzaba a irritarse. Ahora sí levantó la vista. Sentía sueño, déjenme en paz, quiero dormir.

–No tuvimos que esperar a hacernos viejos, ¿verdad? –dijo Barbarela–. Ya nos igualaron las circunstancias.

Hércules perdió la paciencia. A falta de argumentos tomó un tablón de la cama y lo lanzó con mala puntería hacia Barbarela. La madera chocó contra la pared y cayó estrepitosamente al suelo.

–¿Qué se escuchó? –preguntó ella.

–¿Pues qué habría de ser? –dijo él, con la ira en retirada, mientras se inclinaba a recoger el tablón–. Esto.

–No –dijo Barbarela–. Algo se escuchó allá afuera, algo raro.

De pronto los gestos se volvieron apacibles y amables, como si se acabaran de encontrar y aún no pasaran del buenas noches, ni Hércules hubiera arrojado el tablón con ganas de lastimar. Barbarela se acercó a él. Le puso las manos en el pecho y lo acarició con torpeza; luego le palpó las mejillas, y finalmente le dio un beso, suave, instantáneo, apenas sintiendo sus labios.

–Vaya que entiendo a la gente –dio un paso atrás y recorrió a Hércules con la mirada, despacio, hacia abajo y otra vez hacia arriba, hasta enfrentar los ojos–. Ya no me molestarán sus rechazos; al fin y al cabo soy igual a ellos.

Él caminó hacia la ventana y observó largamente el vacío.

–No oigo nada –dijo.

–Yo tampoco –remató ella en la puerta–. Adiós.

Y entre tanto silencio ninguno se dio cuenta de que Barbarela no había percibido un sonido, sino lo contrario, la llegada del silencio absoluto; sin siquiera el gorgoteo de la fuente, pues el caballo de Timoteo había detenido su chorro de agua.

–Pablo Fanque fue un gran empresario de circo; y era negro. De hecho fue el primero de mi raza en regentear uno. No me preocupa mi color, sino la hora. Es claro que falta poco tiempo; poco de reloj, no de calendario. A estas alturas sólo con mis últimas palabras podría alguien recordarme. ¿Pero qué puedo decir? ¿Más luz? ¿Ahora viene el misterio? ¿O se va el papel tapiz o me voy yo? ¿No moriré del todo? Todas son idioteces. Ni los poetas mueren con poesía. Ayúdame, Narcisa, piensa en algo. ¿Las vas a grabar en mi lápida? Es lo menos que puedes hacer después de envenenarme. No se te ocurra ponerle Encarnación Ruiz; ya sabes cómo me llamo. ¿Para eso querías un hijo? Esas babas tuyas me están matando. ¿Qué hiciste con esa boca? ¿Qué comes, qué chupas, qué haces para tener ponzoña de víbora? Menos mal que soy un buen contorsionista. Hace mucho me hubiera tronado la espalda. Esto no hubiera pasado si no me enrolo con los Mantecón; esto no hubiera pasado si no se separan los hermanitos; si no tarareamos un vals; si no se confunde don Alejo con su mapa; si no me echo a correr como imbécil; si Hércules no me magulla; si no decidimos quedarnos aquí; si tú no me adoptas, no me chupas… ¿Te parece justo? Yo me muero porque los Mantecón decidieron separarse. Me mata un vals. No puedo echarte la culpa sólo a ti; la causa final no es más culpable que las anteriores. Ayúdame. Piensa en una frase. Vamos a robarnos un verso. Hazme un favor.

Pónganle mi nombre a la plaza o a la estatua o a una calle. ¿Me voy a morir? No. Sí. Necesito una papeleta de la chistera para saber. Una de dos, vivo o muerto, mitad y mitad, no pido otra cosa, nada de diez a uno, mil a uno; quiero cincuenta cincuenta, con eso me conformo. Fueron tus pinches babas; aunque si te preguntan, diles que fue Strauss… no, Juventino Rosas, hasta la cabeza me falla. Tengo una ingrata corazonada, como la tuve cuando tomé mi papeleta de negro. ¿Te hablé de Pablo Fanque? Fue el primer… ¡Oye! ¿Adónde vas?

–Ahora vuelvo –dijo Narcisa–. Sigue hablando, si quieres.

–Doctora –la voz de Narcisa irrumpió como un intruso–. Es una emergencia.

Barbarela se ajustó los refajos antes de asomarse a la ventana con una expresión de fastidio que se perdió en la negrura.

–¿Ahora qué quieres?

–Es Fléxor, mi Fléxor. No la va a librar.

Bienaventurado, pensó Barbarela. Ambas se dirigieron al lecho del moribundo. Vámonos de aquí, don Alejo, usted y yo, solos, podemos montar un espectáculo; no tan fastuoso como un circo, pero al menos un tenderete de feria. El cuerpo yacía totalmente inmóvil, en medio de cuatro veladoras y despidiendo tufo de muerto. A Barbarela le pareció un muerto en velorio. Si quiere nos llevamos al enano, nada más él; Hércules no, por favor. La tensión de los músculos enarcándole el cuerpo remedaba el agarrotamiento de la carne muerta.

–Presiente su fin –dijo Narcisa–. Hace rato estaba ideando su últimas palabras, y me pidió que las escribiera en su lápida.

–Presentir es una palabra muy tibia para lo evidente –comentó Barbarela sin cuidarse de bajar la voz; luego le dio un empujón a Narcisa–. Ve corriendo por el cura.

Tan pronto se quedó sola con su paciente dedicó si acaso un minuto para pensar en algún posible remedio. Narcisa tenía razón, el mal ya no se hallaba meramente en la pierna, era necesario atravesar todo el cuerpo en las vías del tren. Existía una posición con la que se obtendrían diecinueve fragmentos; una pose complicada para la gente normal, no para un contorsionista. Eso sí lo aceptaría Mágala como un macabro rompecabezas. Tomó las veladoras y chorreó cera para dibujar tres cruces en torno a Fléxor. Se sentó a esperar, preguntándose si no sería mejor clavarle una daga de Dagoberto y terminar con el asunto.

Al cabo de un rato, Natanael entró a regañadientes, descamisado y lleno de vergüenza porque no tenía ni idea de qué hacer ante un moribundo.

–Yo ya hice lo humanamente posible –dijo Barbarela con fingida resignación–. Ahora es tu turno.

–Si soy tan buen cura como tú eres doctora, sin duda este muchacho amanece en el infierno.

Pidió que lo dejaran solo, pero ambas mujeres se negaron.

–Más valen tres ruegos –dijo Narcisa.

–El mío no valdrá mucho –sentenció Barbarela–. Anoche perdí la fe.

Natanael extendió sus brazos y comenzó a rezar un avemaría; apenas iba en el *benedicta tu* cuando Fléxor abrió los ojos y clavó una mirada de odio en Narcisa.

–Fueron tus pinches babas –dijo y se dejó torcer un poco más por una contracción. Aunque evidentemente sentía mucho dolor, cerró los ojos y perdió la conciencia, no como quien se desmaya, sino como quien duerme plácidamente.

Ante la mueca inquisitiva de Natanael, Narcisa se explicó:

–Jamás lo he besado. Se refiere a las babas con las que le lavé la herida.

–Ábranme –la voz débil de don Alejo se escuchó tras la puerta.

–Lárguese –gritó Narcisa–. ¿No ve que estamos tratando de salvar a mi muchacho?

–Yo vengo por lo mismo –dijo con la voz entrecortada–. Se me puso mal el marrano; tengo miedo de perderlo.

–No fastidie –dijo Narcisa–. Aquí estamos atendiendo a un ser humano.

Barbarela vio su oportunidad para zafarse de la responsabilidad del moribundo.

–Voy a ver al marrano –dijo–. También es mi paciente.

Con profundo rencor, Narcisa la observó marcharse y antes de cerrar la puerta le anunció:

–Ya verás cómo el enano tiene grandes poderes. Me va a hacer el milagro de entregarme a Fléxor sano y salvo.

Natanael se encogió de hombros y comenzó a perorar una serie de fórmulas en latín que recordaba de aquellos días de misa con su madre de la mano, sin saber su significado, pero fervoroso, pues tras las palabras de Narcisa creyó poseer en sus manos amorfas la milagrería suficiente para enderezar ese cuerpo.

Por debajo de la puerta entró una hoja de papel. Narcisa la recogió de inmediato y se puso a leerla con avidez.

–Bendito sea Dios –dijo poniéndose la mano derecha en el pecho–. Fléxor se va a salvar; sólo tiene un mal doloroso y dramático que no pone la vida en riesgo, sino todo lo contrario, pues al sanar, el cuerpo queda más fuerte y la mente con mayor lucidez.

–Qué bien –dijo Natanael–. Entonces me voy a dormir contento de haber hecho mi milagrito.

Narcisa levantó la mano en señal de alto.

–Aquí también dice que llevas sangre asesina en tus venas y que te encantaría hacernos explotar a todos sin distinción de razas ni credos.

El enano apretó los dientes y salió.

A dos casas de ahí, Barbarela se arrodilló frente al marrano. Le asombró la velocidad del costado para inflarse y desinflarse, y la fuerza con que expulsaba el aire, húmedo, caliente y maloliente. La cola le vibraba en un movimiento similar al de un resorte y la nariz goteaba abundante moquillo, formando una huella viscosa en el suelo.

–Sálvalo –suplicó don Alejo.

El tono patético de la voz indicó a Barbarela que se había equivocado; sin duda le hubiera convenido quedarse con Fléxor. Presionó con el índice una hinchazón sobre la herida y el animal berreó con todas sus fuerzas, que en ese momento eran muy pocas.

–Se ve mal –dijo.

–Ya lo sé –reclamó don Alejo–, por eso te llamé.

Ella enunció una serie de preguntas que le parecieron adecuadas para un médico. ¿Ha estado comiendo bien? ¿Le ha subido la temperatura? ¿Cuántas horas durmió? ¿Cómo obra? ¿Tiene los ojos tristes? Y como respuesta don Alejo no hacía sino encogerse de hombros.

–Bueno –dijo Barbarela con la intención de largarse a donde fuera, muy lejos de cualquier enfermo enarcado o con moquillo–, sólo espántele las moscas y échele agua caliente.

Se puso de pie agobiada, abatida, porque en su papel de doctora no le bastaban las barbas para recibir aplausos. Pensó en aquellos días de carpa con tal nostalgia que los sintió perdidos en el pasado y, sobre todo, inalcanzables en el futuro. Y echó la vista aun más atrás, y le pareció preferible que la hubieran crucificado aquel Viernes Santo.

–Todos tienen su momento de morir –dijo Barbarela con la mirada rabiosa, fija en los ojos del viejo–. Ni yo ni usted ni nadie tiene derecho a cambiar eso.

Don Alejo no estaba para filosofías. Miraba la respiración del marrano; se había convertido en un débil jadeo; su lengua ya no era un músculo joven y perturbador, comenzaba a manifestarse como una tripa lánguida, como si el animal estuviera expulsando sus adentros.

–Tú aquí te quedas –don Alejo tomó a Barbarela del vestido–. Soy un pobre viejo, ya no me queda nada sino este animalito y lo que él me puede dar.

Ella lo empujó con fuerza; don Alejo no pudo mantener el equilibrio y cayó al suelo.

–Déjeme en paz –dijo y salió con prisa a la calle. Tal vez no lo necesitaba. Ella se bastaba sola para itinerar de pueblo en pueblo. Soy la mujer barbuda y vengo a cantarles una canción.

El viejo se arrastró hacia el animal y lo rodeó con sus brazos justo cuando reconoció el proceso de la muerte: el marrano se puso a patalear, abrió los ojos como si quisiera sacarlos de sus cuencas, gimoteó un par de veces y tensó las patas y todo el cuerpo de manera tan firme que alguien hubiera podido colocarlo de pie, como una alcancía de barro. Por último, a manera de ofrenda póstuma para su amo, distendió la lengua. Don Alejo lo abrazó con mayor fuerza y se preguntó si esa forma tan rotunda en que había reconocido la muerte era cosa de todos los viejos que, como él, se encontraban en lista de espera. No tuvo empacho en llorar un rato.

–Me dejaste solo –gritó, y Barbarela se detuvo a contemplarlo por la ventana, dudosa entre darle consuelo o largarse de ahí.

A esa misma hora, a poca distancia, sumido en una aparatosa contorsión que le mandó la nuca a golpear contra el suelo y con los ojos bien abiertos derramando frases deshilvanadas, Fléxor también dejó de existir. A él nadie lo lloró, ni siquiera Narcisa, a quien sólo se le ocurrió pensar que el muchacho había muerto como un perro, pues según ella los perros morían en el suelo, en silencio y en la noche. Comenzó a salir el sol y en Santa María del Circo se armó un gran alboroto porque al fin alguien se dio cuenta de que el caballo de don Timoteo ya no arrojaba agua. Mágala había terminado de repartir sus periódicos y ya imaginaba su próxima edición, en la cual hablaría de los muertos, de la sequía, de diferentes calamidades sumándose una tras otra, formando parte de una maldición que sin duda acabaría con todos los habitantes del pueblo.

Sólo don Alejo se mantuvo ajeno al asunto. No dejaba de mirar el techo, seguro de que dentro de esa casa aún revoloteaba el espíritu amoroso del marrano.

El cortejo avanzaba lentamente. Hércules, Balo, Barbarela y Mágala llevaban a cuestas el féretro. La diferencia entre sus estaturas y la falta de coordinación en sus pasos le restaban garbo a la ceremonia luctuosa, haciendo que el cadáver de Fléxor se meneara, y de vez en vez se escuchaban sus cabezazos contra la madera. Hércules supuso que los muertos encogían, pues él lo había acomodado de manera justa. Don Alejo permaneció encerrado con el marrano y Mandrake se negó a participar, en primer lugar, porque según él era más importante obligar al caballo a echar agua de nuevo y, en segundo, porque se puso furioso cuando Barbarela sugirió que usaran como ataúd el cajón de partir a la chica en dos.

–Estás loca –dijo exasperado–. Con eso me gano la vida –y explicó que Fléxor era un don nadie, un negro que debía enterrarse desnudo en cualquier pozo, sin cruz, sin lápida, sin flores.

De inmediato Narcisa lo refutó.

–El primer muerto –dijo con autoridad– es como el primer hijo.

Y aunque nadie entendió el significado de la frase, sí captaron que el argumento había desarmado a Mandrake. Entonces comisionaron a Hércules y a Barbarela para echar el cadáver al féretro.

–Mejor entiérrenlo en el cañón de Balo –alcanzó a protestar débilmente; ya nadie lo escuchó.

Si bien el cajón era lo suficientemente amplio para permitir a Narcisa hacerse un ovillo mientras Mandrake pasaba el serrucho junto a las plantas de sus pies, la posición arqueada del muerto no permitía su acomodo; no se le podía acostar bocarriba sin que su vientre rebalsara el nivel de la tapa ni se le podía acomodar bocabajo sin que los talones o la nuca asomaran por el borde, y con la repugnancia que les provocaba manejar un cadáver, tanto Barbarela como Hércules procuraban tocarlo lo menos posible.

–Hace falta enderezarlo –dijo él.

–Hazlo tú –lo azuzó ella–. Para eso eres el hombre fuerte.

Él ya no estaba seguro de serlo y se dijo que, en todo caso, los hombres fuertes tenían misiones mucho más decorosas que enderezar despojos.

–Ya lo decidí –dijo Barbarela–. Me voy a entregar al enano.

Hércules se encogió de hombros y escupió al suelo; sentía la boca llenársele con la peste del muerto y del leotardo amarillo, rasgado, sucio e igualmente apestoso.

–Ese changuito está entusiasmado contigo.

–¿Celoso?

–¿Yo? Lo aplastaría como a un mosco.

El cajón no era muy largo, pues debía permitir que una persona asomara cabeza y pies por cada extremo. Hércules decidió que en vez de enderezar el cuerpo, debía torcerlo un poco más. Apoyó su mano izquierda en la espalda del muerto bocabajo y con la derecha empujó los tobillos hacia el trasero, aplicando cada vez mayor fuerza, hasta dejar caer todo su peso. Cerró los ojos, seguro de que algo iba a crujir, y se sintió aliviado cuando Fléxor respondió a su empuje con un silencio digno, similar a una varilla metálica, resistente y maleable a la vez. Finalmente soltó el cuerpo y sonrió, satisfecho, al comprobar que esa carne fría no se comportaba como un resorte en busca de su forma original. En un extremo las rodillas hicieron presión contra la madera, dejando escapar algo de los humores insalubres, y en el otro, el cuello hubo de doblarse de manera que lucía cercano a romperse.

–Leí el periódico –Hércules le dio la espalda a Barbarela–. Te advertí que no lo hicieras.

–Mágala miente.

Luego de cortar a la chica en dos, Mandrake abría el cajón por en medio gracias a un juego de bisagras. Dos tablas ocultaban el interior de cada mitad y sólo se veía de un lado la cabeza de la mujer, que en las últimas funciones fue la de Narcisa y del otro lado unos pies finos, que por lo general eran los de Mágala. Mandrake decía que el truco le resultaría más fácil utilizando una enana en la mitad que asoma los pies, pero todas tenían extremidades toscas y amorfas, nada concordantes con las sabrosas piernas de Narcisa. Un día se resolvió a meter en el cajón a una mujer horrenda de piernas zambas y, para completar el truco de manera más fácil, introdujo del otro lado a la Enana Barbarica, un fenómeno que en ese entonces participaba con un payaso francés de copete. Aunque la ejecución del truco fue perfecta, como espectáculo resultó un fracaso, pues la tensión provocada en el público por la mutilación de una mujer hermosa, se volvió desinterés con una mujer sin atractivo. La gente no sólo aceptaba que esa mujer fuera partida en dos, lo deseaba, al punto de abuchear cuando la vieron salir intacta del cajón. Para Mandrake fue un duro golpe darse cuenta de que él no era la verdadera estrella de su acto, sino Narcisa. Don Ernesto le reclamó su falta de inteligencia: "Desde que el circo es circo se sabe que los actos riesgosos sólo funcionan con mujeres hermosas; las otras son fenómenos o están sentadas en las gradas".

–No miente –dijo Hércules–. Hace rato Balo estaba apaleando la pileta con la barra de ocote. Dice que vio tu placenta flotando como una medusa.

–¿Estás bromeando, verdad?

Hércules ajustó bien las bisagras, no se fuera a abrir el ataúd a medio camino; colocó las tablas de modo que taparan los huecos de la cabeza y de los pies. Cerró la tapa con fuerza para asegurarse de que ya no saliera más el tufo a muerto.

–Yo sí –respondió Hércules–, pero Balo no.

Comprobó la solidez del ataúd con varios golpes de nudillos. No conocía el funcionamiento de los mecanismos secretos del cajón, y quería evitar la sorpresa de un acto escapista por parte del muerto.

–Es hora –dijo con solemnidad–. Vamos a enterrarlo.

Caminaron con el féretro a cuestas durante largo rato. El enano iba al frente, moviendo los brazos como si echara bendiciones a diestra y siniestra hacia una multitud alineada a lo largo del camino. Mágala se quejó de un fuerte dolor en su hombro y pidió a Narcisa que la relevara.

Narcisa seguía el cortejo unos pasos atrás.

–Yo soy la madre –respondió–. Lo normal es que sólo cargue mi pena.

Mágala negoció que bajaran el féretro un momento para descansar, cambiarse de lado y apoyarlo ahora sobre su otro hombro.

–Sólo espero que Narcisa no quiera mirar al muerto por última vez –susurró Hércules a Balo.

–¿Por qué? –preguntó él.

–A todos los muertos los acuestan como si el ataúd fuera el lecho más cómodo del mundo –respondió con la sensación de estar hablando de más.

Dieron una vuelta alrededor de la plaza, luego caminaron a lo largo de la acequia y más tarde sobre la huerta donde Fléxor había sembrado las semillas, sin que a la fecha se notara el menor brote. Regresaron por un costado de la iglesia y recorrieron los mismos lugares donde algunos días atrás habían buscado agua. Barbarela buscaba el momento para reclamarle a Balo la estupidez de la medusa. El sol comenzaba a calar hondo y la brisa era tan ligera que no alcanzaba a disipar el mal olor saliente del cajón. Todos guardaron el silencio que impone un muerto, hasta que al pie de una loma a las afueras del pueblo, Hércules, fastidiado de tanto caminar, dijo:

–¿Alguien sabe a dónde carajos vamos?

–Estamos siguiendo al enano –dijo Balo.

Entonces bajaron el féretro y todas las miradas se clavaron impacientes en Natanael, quien, hundido en la ignorancia, preguntó:

–¿Alguien sabe dónde está el panteón?

Se miraron unos a otros, como si pensaran hallar la respuesta en el rostro de los demás. Barbarela repasó inútilmente sus recuerdos en busca de una cruz, un montículo, una lápida o un foso. Nada.

–De seguro en tu iglesia habrá catacumbas –Balo se dirigió a Natanael.

El enano negó con la cabeza.

–La conozco bien y no hay nada de eso.

–Pues entonces vamos a enterrarlo aquí mismo –dijo Hércules –. Yo ya me harté de cargar el muertito.

–No digas barbaridades –intervino Narcisa–. Sólo se puede enterrar en lugar bendecido por el obispo o donde ya haya otro muerto.

–Yo todavía no soy obispo –dijo el enano.

–No tenemos más muerto que éste –dijo Barbarela dando unas palmadas al cajón–. A alguien le tocaba inaugurar el cementerio.

–Nunca reposa el alma del primero que se entierra en un sitio –protestó Narcisa–. Eso cualquiera lo sabe.

–Por mí podemos abrir el cajón y dejarlo a los zopilotes –dijo Hércules exasperado.

Se hizo el silencio por un instante, mientras consideraban la idea de Hércules, que no les parecía tan mala.

–Yo sé dónde hay muertos –dijo Mágala de pronto–. Exactamente ciento veintitrés muertos.

Natanael sintió un vuelco en sus entrañas y deseó tener el poder de hacerla callar.

–Ya te dije que…

–En la mina –interrumpió Mágala con una sonrisa.

–Es verdad –dijo Balo–. Lo leí en el periódico.

–Quizás –dijo Natanael sin fuerzas para remar contra corriente–. Pero también tuve un pariente presidente.

–*La Gaceta del Circo* miente –dijo Narcisa con desprecio–. Decía que la enfermedad de Fléxor no era mortal.

–Qué extraño –comentó Balo–. Yo leí todo lo contrario.

Las mujeres ya no aceptaron acarrear al muerto hasta allá. Balo dijo que Mandrake tenía razón y era más importante buscar la manera de que el caballo volviera a escupir agua. Acomodaron el féretro en la carreta y Hércules fue el encargado de llevarlo hasta la mina. Natanael, como responsable de las bendiciones y palabras de despedida, se montó sobre la carreta para dejarse llevar. Se alejaron entre rechinidos y dejando atrás varias manos que ondeaban el adiós.

–Pónganle flores –dijo Narcisa, consciente de que no había flores en kilómetros a la redonda. Ya casi perdía de vista a Hércules y Natanael cuando recordó el deseo de Fléxor de inmortalizar sus últimas palabras. Prefirió callar, pues no le parecían muy dignas de escribirse en una lápida–. Fueron tus pinches babas –dijo en voz baja y se santiguó.

Como el caballo estaba apoyado en sus patas traseras, Mandrake sólo tuvo la duda de cuál destrozar primero. Se encaramó en el pedestal y comenzó a golpear con una piedra la pata derecha, un poco arriba del casco, justo donde la vio más delgada. Disfrutaba con la fantasía de convertir la estatua en un animal verdadero y creía escuchar sus relinchos tras cada golpe.

–Deténte –gritó Barbarela–. ¿Qué estás haciendo?

–Voy a obligar a este desgraciado a que nos dé más agua.

Narcisa y Mágala se sentaron en una banca a presenciar la escena sin mucho interés.

–Ya se le acabó –protestó Barbarela–. A pedradas no le vas a sacar ni una gota.

–El agua no se acaba así, de pronto –Mandrake golpeó un par de veces la estatua y vio cómo la argamasa se iba pulverizando–. De seguro se tapó el tubo que conduce a la boca y de seguro hay un ojo de agua aquí, debajo del pedestal, todavía rozagante de agua.

–Entonces ponte a escarbar –dijo Barbarela–, y deja a Timoteo en paz.

Mandrake no hizo el menor caso y continuó con su labor hasta dejar al descubierto una varilla metálica. Le pegó varias veces para convencerse de que no estuviera hueca. El tubo, entonces, debía subir por la otra pata.

–Por mí puedes tumbar el caballo con todo y jinete –dijo Mágala desde la banca.

–Sí –agregó Narcisa–. Pero deberíamos juntar agua antes de que acabe de ensuciarse.

Se acercó a la pileta y recogió un poco de agua con sus manos; aunque sentía sed no se le antojó beberla, pues ya no se veía muy limpia; los pies de Mandrake goteaban desde el pedestal y recordó que Fléxor había sumergido su rodilla en esa agua, pensó en *La Gaceta del Circo* y buscó inútilmente la medusa; se preguntó si Hércules o el enano habrían utilizado ese sitio para orinar. Mantuvo la boca cerrada por un rato, chapoteando y enjuagándose la cara mientras arreglaba sus palabras–. Mejor vámonos de aquí –su voz tenía un tono profundo–. Ya se murió Fléxor, ya nos quedamos sin agua. ¿Qué sigue ahora?

Las miradas de todos se cruzaron en busca del primero en responder, ya fuera para rebatir o apoyar las palabras de Narcisa.

–Vamos a pedirle perdón a don Alejo –Barbarela organizó una respuesta–. Vámonos otra vez al circo.

–Yo me voy a mi casa –Narcisa hizo una seña de despedida–. Estoy de luto.

Hubo un largo silencio. La idea de volver al circo no era mala; pedir perdón era inaceptable. Mandrake reanudó sin entusiasmo sus pedradas. El ruido de cada golpe le aplacaba los pensamientos. Ya se había hecho a la idea de no volver a una existencia errante en la carpa, y marcharse del pueblo necesariamente lo obligaría a enrolarse de nuevo con don Alejo. ¿Quién más aceptaría un mago sin magia? Le vino una sensación de fragilidad tan intensa que bajó del pedestal en busca de un abrazo, necesitaba como nunca el contacto de otro cuerpo y, en vista de que Hércules estaba muy lejos, se dirigió a Barbarela. Extendió los brazos y ya cerca de ella cambió su rumbo para encontrarse con Mágala, aún sentada en la banca, masticando un chicle imaginario. Ella no protestó ni se sorprendió por lo repentino del abrazo; había esperado ese momento desde la primera noche en que decidieron establecerse en Santa María del Circo. Lo había esperado de Mandrake y de los demás hombres; no era normal aislarse del mundo sin echar mano de una mujer joven y apetecible. En cambio sí le sorprendió y hasta le fastidió que Mandrake, en vez de acelerar sus manoseos, se detuviera en seco y comenzara a hablar.

–En el circo todos son lo que muestran: el enano es un enano, la mujer barbuda tiene barbas, los trapecistas giran en el aire…

–Sí, hombre, sí –interrumpió Mágala, aburrida.

–Pero yo no muestro lo que soy. Me hago llamar mago y no soy sino un embaucador. ¿Qué pensarías de un trapecista que en el momento de su salto cubriera el escenario con una cortina y cuando la vuelve a abrir ya está sano y salvo del otro lado? ¿Quién se atrevería a aplaudirle?

Un poco más metida en la conversación, Mágala respondió:

–Nadie, creo.

–Nadie, por supuesto. ¿Entonces por qué a mi sí me aplauden, si todo el público sabe que lo estoy engañando, si todos están seguros de que detrás de cada acto de magia está el andamiaje de la mentira; si ni siquiera lo disimulo porque me escondo tras una cortina o un biombo para hacer mis trampas en paz?

–Supongo que trampear tiene su mérito.

Mandrake negó con la cabeza.

–Me aplauden por lástima, o al menos por esa condescendencia que se tiene con los niños; uno les celebra cualquier babosada.

–Está bien –dijo Mágala–, de acuerdo, pero todo eso se lo hubieras contado a Barbarela; yo no entiendo mucho de complejos.

Barbarela se había mantenido ajena a la conversación, hasta que escuchó su nombre.

–¿Qué pasa? –preguntó.

–Este imbécil se sentiría más tranquilo si supiera que tus barbas son postizas –dijo Mágala.

Mandrake agachó la cabeza. Esa noche hablaría con Hércules sobre lo mismo; de seguro él sí lo entendería y los dos podrían sostener un abrazo prolongado y sincero. Por lo pronto necesitaba reivindicarse consigo mismo y hacer el truco o la magia o lo que fuera de aparecer el chorro de agua y ganarse por primera vez aplausos de admiración y agradecimiento. Se encaminó al pedestal y recogió la piedra. Ya iba a reanudar los golpes cuando se distrajo con un rechinido. Era Balo, aproximándose con su cañón.

–Espérame –dijo el hombre bala–. Ya verás que con esto es más fácil.

El terreno era irregular, y las ruedas del cañón se negaban a correr con suavidad.

–¿Qué disparate planeas? –exclamó Barbarela sin esperar una respuesta.

–Este trabajo es para un militar –exclamó Balo con el pecho erguido–. Tú –señaló a Mandrake–, ve a cuidar tu parcela, que ya se te murió el peón.

Aunque Balo salía disparado de su cañón gracias a un resorte, simultáneamente se hacía tronar una pequeña carga de pólvora. El ritual de encender la mecha, así como la explosión, el flamazo y el posterior olor a quemado le daban al espectáculo una mayor dosis de realismo. Su acto siempre iba antes de los trapecistas, pues se aprovechaba para ambos el tendido de la red; además, Balo debía preceder a los Cabriolé porque el espectáculo iba *in crescendo*, y un hombre disparado diez metros era poca cosa frente a tres hermanos dando mil piruetas por los aires. En un principio, Balo sólo se metía en su cañón, se detonaba la carga, volaba hacia la red y sanseacabó; pero don Alejo le reclamó que le pagaba demasiado como para entretener al público apenas diez segundos. Le habló de mademoiselle Zazel, una hermosa mujer lanzada desde un cañón de madera a una altura de doce metros, "y no caía sin riesgos en una red; no, señor, en lo más alto de su trayectoria era tomada por un trapecista". Para Balo no había punto de comparación: si era lanzada de un artefacto de madera, podía equipararse a un dardo o a una flecha, pero jamás a una bala. Don Alejo hizo hincapié en que el asunto no era cómo llamar el proyectil, sino que aquella mujer le estaba dando una lección de agallas. Balo aceptó rediseñar su acto, e involucró tanto a la Orquesta Festival como al anunciador. El percusionista se la pasaba con el sonsonete de tambor que en el ámbito circense indica el advenimiento de algo peligroso, en el ambiente procesal acompaña a un hombre al cadalso, y en cualquier situación termina con un golpe de bombo y platillo. En medio de la pista y entre cada tamborileo, Balo se despedía de algunos compañeros para insinuar al público su probable muerte; luego inclinaba el cañón mediante unas poleas, y hacia afuera rodaban tres balas con un diámetro muy inferior al del cañón. Hércules las recogía y realizaba un par de malabares torpes con ellas. Balo accionaba de nuevo las poleas para apuntar el cañón en un ángulo justo de sesenta grados. Subía a una escalera y metía medio cuerpo. Su traje rojo de vivos naranjas era lo más vistoso del circo. El anunciador hablaba sobre los cientos de hombres que en la historia del circo habían muerto por intentar ese temerario acto y que, toda proporción guardada, en épocas remotas había sido una de las tácticas de guerra más importantes, pues para entrar en ciudades amuralladas, los guerreros visigodos eran arrojados con catapultas. "Jamás hubo hombres más valerosos que aquellos visigodos, y ahora sólo en Balo encuentran un igual." Tomaba una antorcha de mango largo, él mismo encendía la mecha y se persignaba antes de desaparecer en la boca del obús. La mecha antigua tardaba entre cinco y diez segundos en consumirse; la nueva, tardaba cerca del minuto; en unos prolongaba la tensión, en otros provocaba impaciencia. Entonces la Orquesta Festival tocaba los acordes finales de la *Obertura 1812*, y el hombre bala, en medio de un tronido, una humareda y la total expectación del público, salía disparado hacia la red. Don Alejo se sintió más satisfecho con el acto, pues ya entretenían a la gente alrededor de cinco minutos; no obstante, siempre insistió en que hacía falta de veras arriesgar la vida y le sugirió a Balo prenderse fuego en la ropa o acomodar unas picas envenenadas bajo la parábola entre el cañón y la red. Balo no se atrevió ni a una ni a otra cosa.

–Ni se te ocurra –Barbarela se plantó entre el cañón y el pedestal–. Timoteo de Roncesvalles es parte de nuestra historia.

–No seas ingenua –a empellones Balo la hizo a un lado–. No tenemos ni idea de quién sea ese cabrón.

–Dio su vida por honor –argumentó ella–. Hacen falta hombres como él.

–Lo que hace falta es agua –intervino Mandrake.

Balo abrió un cuñete de pólvora y revolvió los ingredientes a conciencia, pues seguramente el azufre ya se había ido al fondo. Le pidió a Mandrake que diera exactamente diez vueltas al volante que contraía el resorte. Se metió de cabeza en la boca del cañón para vaciar el cuñete y compactar la pólvora con las manos. Además de su efecto visual y olfatorio, la pólvora accionaba el gatillo que liberaba el resorte. Para eso bastaban unos cuantos gramos; ahora Balo había derramado una cantidad devastadora. Con mucha precaución, acomodó las tres balas de los malabares. Colocó la mecha y terminó de alinear el cañón de modo que apuntara directo al trasero del caballo.

–Denle tantito poder a los militares –dijo Barbarela entre dientes– y siempre ocurrirán pendejadas como ésta.

–Déjalos –Mágala sonreía entusiasmada–. De seguro Balo me va a dar las ocho columnas.

Para Balo, el asunto tenía más importancia que simplemente demoler una estatua; era la oportunidad de demostrarse que en verdad todos estos años él había salido disparado de un cañón, de una pieza de artillería, de un arma mortal, destructora, y no de un mero tubo de acero, que igual expulsa a un hombre o conduce porquerías en la cloaca. Prendió un cerillo y de inmediato encendió la mecha. Echó de menos el tamborileo de la Orquesta Festival y sólo cuando vio el chisporroteo de la mecha introduciéndose en el orificio, imaginó que tal vez la pólvora reventaría las frágiles paredes metálicas y las esquirlas volarían por todos lados, para liquidar a Barbarela, a Mandrake, a Mágala y a él mismo, y entre gritos de sangre y chamusquina alcanzaría a ver al maldito caballo, erguido, orgulloso, sin siquiera el culo flameado. En la carpa, sin existir el menor riesgo, se despedía de sus compañeros con abrazos fraternales; ahora, con la vida en un hilo, ni siquiera le quedaba tiempo para ondear un adiós.

La explosión fue rotunda; se escuchó con claridad en la mina, mientras Hércules y Natanael se deshacían del cajón.

–¿Qué fue eso? –preguntó Hércules.

–No estoy seguro –respondió Natanael–. Supongo que al rato nos hacen volver con otro muerto.

Desde que cruzaron la primera loma y dejaron atrás Santa María del Circo, Natanael comenzó a sentirse incómodo. Recordaba la última vez que estuvo con Hércules y Fléxor. Aquella ocasión en la iglesia se portó autoritario y, a pesar de haber servido de trapo para restregar el suelo, se quedó con una sensación de triunfo; Hércules no tuvo argumentos para salirse con la suya y él dejó bien claro que un cura manda sobre una puta. En cambio ahora, en pleno descampado, creyó conveniente una postura más amistosa.

–Hijo –montado en la carreta, admiraba el sudor corriendo por la espalda de Hércules–, a ver qué día te das una vuelta por la iglesia y así me confiesas tus pecados.

–La última vez me llamaste hija –el hombre fuerte guardaba más cosas en la memoria de lo que el enano hubiera deseado– y me negaste tu misericordia.

La espalda de Hércules no era suficiente para que Natanael descifrara si su rostro emitía rencor.

–Entonces yo era un cura inexperto –se disculpó.

La carreta se paró en seco y Hércules soltó la coyunda.

–Mira –dijo con la respiración entrecortada–, el asunto me interesa poco, pero si insistes en darle importancia voy a romperte el hocico –y volvió a su tarea de jalar la carroza fúnebre.

Natanael buscó una manera rápida de cambiar de tema.

–Nunca he visto un muerto –dijo.

–Es igual a cualquier persona dormida –explicó Hércules–, aunque con menos dignidad.

–Los dormidos no son muy dignos –comentó Natanael–: roncan, babean, ventean, se enredan los cabellos, les apesta la boca…

–Los muertos son peor –interrumpió Hércules–. Se dejan encuerar por cualquier desconocido con tal de que los vistan de primera comunión; llevan las manos muy juntitas y un rostro de sosiego que les moldean como decorado de pastel.

–¿Me dejas ver a éste?

–¿Por qué no? –respondió–. Cuando lleguemos a la mina.

Pasaron de largo por un costado de la carpa. Hércules ni se inmutó; Natanael la miró con una mezcla de nostalgia y ambición. La carpa debía costar una buena cantidad y no le parecía correcto dejarla a su suerte para que el viento terminara de agujerarla y se volviera guarida de cualquier bicho. Vio desplomado el letrero de tijera que él mismo colocó junto a la entrada, y de la leyenda GRAN CIRCO MANTECÓN HERMANOS pensó que GRAN era un exceso, CIRCO una mentira, HERMANOS un recuerdo y, a como iban las cosas, MANTECÓN sería un cadáver.

–¿Sabes cuánto vive un caballo?

–No –respondió Hércules mientras jalaba aire–, pero sé que la edad se les mira en la dentadura.

–Son afortunados.

–¿Por qué?

–Podrías estar por siempre con una mujer si la edad sólo se le notara en los dientes.

–Quizás –dijo Hércules–, siempre y cuando mantuviera el hocico cerrado.

¿Y los enanos?, se preguntó Natanael. ¿Cómo se mide la edad en los enanos? Pasó los dedos sobre los dientes. Los sintió chuecos y sarrosos; observó sus piernas corvas y de pies desproporcionados; palpó la cabellera escasa y se dijo que sin duda ya llevaba recorrido un buen trecho cuestabajo.

–Santa María del Circo es un buen lugar para morir –dijo–. Fléxor no se puede quejar.

Se detuvieron al pie del cerro y Hércules se echó el féretro en la espalda. Recorrió la pendiente, maldiciendo su suerte, y lo depositó justo en la boca de la mina.

–¿Es cierto que tu pariente mató aquí a tantos mineros?

Natanael se acercó al cajón. Era pequeño. Una ocasión su madre le dijo que nada hay tan triste como un ataúd pequeño; él siempre quiso que lo enterraran en uno grande, aunque hubieran de rellenarlo con aserrín.

–Quiero ver al muerto –dijo.

A esas alturas Hércules ya no sabía de cuál lado estaban los pies y de cuál la cabeza.

–Está bien –dijo–. Yo te espero allá –señaló hacia la carreta–. No tengo ganas de oler eso.

No se atrevió a abrirlo con las manos. Comenzó a patear la tapa, primero tímidamente, después con coraje. Algo se desprendió y el féretro se abrió de par en par. Estuvo de acuerdo con Hércules: una gallina despescuezada tenía más dignidad que Fléxor. La posición le pareció grotesca; imaginó a Hércules y Barbarela metiéndolo al cajón mientras el muchacho, todavía vivo, forcejeaba rabiosamente. No vio nada semejante a una primera comunión.

–¿Estás seguro de que ya había muerto? –gritó.

Hércules levantó la vista hacia el enano, sin responder.

Natanael cerró la tapa de un golpe y se paró encima para asegurarla.

–Vamos a meterlo –dijo.

Aunque Hércules no dudó en explorar esa mina cuando la creyó llena de oro, ahora no tuvo ánimos para adentrarse en ella; ahora le parecía una gruta con más de cien cadáveres. Ya no se echó el féretro a cuestas, simplemente lo empujó un par de metros con los pies.

–No hay que meterlo mucho –dijo–, nomás donde quede guarecido de la lluvia.

Y en esas andaban, empujando con fuerza para franquear unas piedras que obstaculizaban el suave desliz del ataúd, cuando les llegó el retumbo de la explosión y decidieron volver de inmediato al pueblo. A Natanael le pareció de lo más oportuno, pues por más que hurgaba en su cabeza no se le ocurría ninguna frase para despedir al muerto.

El fogonazo sacó a don Alejo de su letargo. No entendió qué estaba haciendo ahí, abrazado a un marrano yerto, en medio de un charco de sangre, sin noción del tiempo y con grandes dificultades para ir acomodando poco a poco los recuerdos más recientes, los que podían responderle las preguntas ¿Dónde estoy? ¿Por qué estoy aquí? ¿Qué le pasó a este animal?

–Ernesto –llamó a su hermano–. Ernesto.

Las ideas fueron cayendo en su lugar. Primero tuvo la sensación de odiar a Narcisa, y entonces recordó el porqué del marrano acuchillado, sanguinolento y muerto, cosa que lo condujo a pensar en sí mismo dentro de la carpa, tendido en el centro de la pista, ante la lengua cínica y glotona del animal, imagen que finalmente lo llevó a sentir una ansiosa punzada en el pezón derecho. Los demás recuerdos fueron instantáneos, ni siquiera tuvo que ordenarlos para explicarse cabalmente su situación y padecer de nuevo una profunda tristeza por el marrano clavadista muerto.

Lo tomó de las patas delanteras y lo estiró para sacarlo del charco. Le costó un gran esfuerzo porque la sangre, seca ya, hacía las veces de pegamento. El animal tenía el cuero acartonado y don Alejo se preguntó cuánto tiempo habría pasado desde que murió.

–Ernesto –dijo otra vez, y recostó la cabeza en el lomo del marrano, quedándose así por largo tiempo en un estado intermedio entre el sueño y la conciencia. No mencionó el nombre a manera de llamado, como las primeras dos veces, sino como una invocación a un ser etéreo, un alguien poderoso que viniera a sacarlo de ese desdichado pueblo.

Sonrió cuando remontó su memoria muchos años atrás. Sí, señor, se dijo, no había como los hermanos Mantecón, los más grandes malabaristas del mundo, conocidos como los Manty Brothers cuando se presentaron en el circo Barnum & Bailey. Podían mantener en el aire hasta doce objetos, a veces tan sencillos como pelotas o pinos, a veces tan peligrosos como cuchillos o teas encendidas.

–Prometimos estar juntos toda la vida –comenzó a conversar con los restos del marrano mientras le acariciaba la mollera–. Pero no sabíamos que la vida fuera tan larga.

Estaba seguro de que el marrano asentía y sonreía.

–Confiábamos tanto el uno en el otro que en alguna ocasión hicimos malabares con botellas de ácido –se puso de pie y simuló torpemente aquel movimiento–. Yo se las arrojaba, él las atrapaba y me las regresaba, y en un momento dado había varias botellas volando sobre nuestras cabezas. Cualquiera que las aventara a diferente velocidad o altura provocaría una tragedia. Entonces el circo era un espectáculo de muchos huevos; ahora todo mundo quiere una red o tigres sin garras o cuchillos asépticos.

Volteó hacia la ventana para asegurarse de que nadie lo estuviera espiando. Le tranquilizó ver la tranca bien puesta.

–No estoy desvariando –dijo–. Nada hay de malo en que un hombre le hable a su pareja muerta. Tú y yo lo fuimos, aunque por poco tiempo; muy diferente a lo que fuimos Ernesto y yo; más parecido a lo que fuimos Narcisa y yo, pero pareja al fin.

Con la agitación de quien desviste a su amada en el lecho, don Alejo le quitó al marrano el traje de vellorín. Sus manos saltaban de la paciencia a la impaciencia, a veces jaloneando la vestidura, a veces removiéndola delicadamente para asegurarse de no rasgarla.

–Listo –dijo y se quedó largo rato admirando la desnudez del animal.

Se inclinó y lo besó con suavidad en la boca, muy angustiado, porque cada vez eran más las moscas revoloteando a su alrededor. Nunca había sido un sentimental y se reprochó serlo en ese momento. ¿A qué venía el beso? ¿A qué venía recordar los buenos tiempos con su hermano? Reflexionó un instante y optó por su estado emocional. Se obligó a pensar un poco más en Ernesto y en Narcisa y sintió ganas de otro beso, aunque no fuera correspondido sino con una frialdad inmóvil. De nuevo se inclinó, se humedeció los labios y apenas comenzaba a sentir la boca porcina cuando unos golpes en la puerta lo sacaron de su ilusión.

–Queremos el marrano –exigía el grito tras la puerta.

Balo cerró los ojos cuando la detonación fue inminente. Escuchó el trueno. La sacudida del cañón le golpeó el vientre y lo arrojó hacia atrás. No sintió dolor ni miedo y más tarde se preguntaría por qué en ese momento tan crucial de su existencia recordó el puñetazo que le dio a Mágala. Tardó unos segundos en abrir los ojos y distinguió una humareda, disipándose poco a poco con el viento. La estatua, con su jinete sin cabeza, se fue inclinando lentamente hacia adelante como si el caballo quisiera posarse en sus patas delanteras. Pese a su estado, el jinete mantenía la espada en alto con el mismo donaire de siempre. Balo volteó a su izquierda. Respiró profundo cuando distinguió a Barbarela, Mágala y Mandrake; lucían asustados, pero sin un rasguño. Al cabo de un instante, la inclinación del caballo fue suficiente para romper la resistencia de las patas posteriores. Un discreto crujido y el animal se fue de bruces con su jinete hacia la pileta, salpicando de agua a los que Balo pensó terminarían salpicados de esquirlas y sangre.

El cañón se mostraba un poco aglobado en el vértice, y con la sacudida quedó apuntando hacia el suelo. Aún echaba humo por la boca mientras dejaba escapar el cliqueo de los metales que se enfrían. Balo sonrió, orgulloso.

–Miserable –dijo Barbarela–, acabas de destruir lo único que nos ligaba al pasado; ahora somos un pueblo sin historia, sin honor.

–Es valiosa la historia pasada –refutó Mágala, saboreando su labor de cronista–, aunque es más valiosa la que se hace.

–Ésas son pendejadas –mascullo Mandrake–. Lo terrible es que no salió agua, ni una gota.

Del pedestal sólo surgían las dos patas del caballo hasta las cuartillas, la izquierda con una vara torcida, la derecha con un tubo roto.

Entre todos reconstruyeron lo ocurrido. Aunque ninguno de ellos mantuvo los ojos abiertos, no dudaron que una de las balas había descabezado al jinete, y supusieron que las otras dos habían atacado el trasero del animal, el cual yacía sin cola y presentaba una superficie llena de muescas.

–¿Eran tres o cuatro? –preguntó Mágala.

–Tres –respondió Balo, todavía con gesto de satisfacción.

–Entonces sólo una le atinó al caballo –continuó con el índice señalando hacia la iglesia–. Porque la otra dio en el mero campanario.

En el pórtico de la iglesia estaban diseminados pequeños trozos de laja, y en la torre, justo a la altura de la campana, se había abierto una grieta.

Balo se puso a dar saltos, entusiasmado como un niño, en parte por haber comprobado el gran alcance de su cañón y en parte porque se dijo que la manera más contundente de demostrar la osadía de un arma era utilizándola contra el clero. No le entristeció comprender que había sido su primera y última descarga. Esas paredes aglobadas no soportarían otra detonación y seguramente el mecanismo de resorte estaba hecho trizas. Era tiempo de arrinconar el armatoste con honores, del mismo modo que se hunde un galeón cuando no quedan más misiones por cumplir.

Abrazó el cañón y lo acarició, aguantando sin queja el calor del acero.

–Sí, señor –dijo con la cabeza erguida–, siempre fui un auténtico hombre bala, aunque sólo ahora lo venga a comprobar.

Bien pude utilizar las picas envenenadas, se reprochó, o volar mucho más de diez metros en cada disparo; pude ser la estrella y no un comparsa; pude, al menos, presentar mi acto después de los Cabriolé.

–Supongo que ya encuentras valor en la artillería y en las trincheras –dijo Mágala.

Él la miró fijamente, con una sonrisa sincera.

Mandrake comprendió la satisfacción de Balo. Me sentiría igual si tuviera modo de demostrar que soy un mago verdadero, si me bastara levantar la mano o tronar los dedos para sacar agua del pedestal o un conejo de la chistera o árboles de mi parcela.

–Créeme que te envidio –dijo y se acercó a estrecharle la mano. Mientras avanzaba, su envidia le fue provocando un intenso rencor. Cambió la mano extendida por un puño, y la felicitación por un reclamo–. Mira la atrocidad que hiciste. Yo me hubiera dado cuenta de que no había agua sin necesidad de tanta destrucción.

Una estrella. Balo continuaba pensando. Volteó a su alrededor y se preguntó quién de todos sería la estrella. Vio a los tres que tenía enfrente y los descartó uno por uno, juzgando que su talento no alcanzaba para entretener ancianos en un asilo. Lo mismo concluyó de los otros tres y en Fléxor ya ni pensó. ¿Cuál habría sido el plan de don Alejo para recorrer el país con este grupo de perdedores? Debí tomar mi cañón a tiempo y lanzarme detrás de don Ernesto.

–Ya tienes tu noticia –Barbarela se dirigió a Mágala.

Ella negó con la cabeza.

–Lo que tengo es hambre –dijo–, y ya me cansé de esa fruta podrida.

–Balo –Barbarela habló con aparente calma–, esta niña quiere saber si tu cañoncito sirve para cazar zopilotes.

Mágala ignoró por completo el comentario de la mujer barbuda y se dirigió a Mandrake.

–Vamos a comernos al marrano clavadista.

De sólo imaginar al animal ensartado de cabo a rabo dando vueltas sobre un montón de leña encendida, el estómago de Balo dio un vuelco.

–Vamos –dijo Mandrake y el agua ya no le fue tan importante como la carne.

Balo se ofreció a reunir leña y comenzar el fuego, mientras los demás se ocupaban del animal. Lo creían muerto, pues desde la noche anterior no lo oían gemir, y a decir de Barbarela, la última vez que lo vio tenía un pie en la tumba.

–Si acaso continuara vivo –agregó– bastará una patada.

–Para eso están las dagas de Dagoberto –dijo Mágala.

Se pararon frente a la puerta de don Alejo y Mandrake la golpeó con violencia.

–Queremos al marrano –gritó.

Pasaron unos segundos antes de que escucharan la voz ajada del anciano.

–Ni lo sueñen.

Mandrake arremetió contra la puerta con todas sus fuerzas. La tranca se dobló un poco, pero estuvo muy lejos de ceder.

–Abra la puerta o la derribamos de un cañonazo.

Balo alcanzó a escuchar esto y negó contrariado. A menos que utilicen mi cañón como ariete les resultará de muy poca ayuda.

–Tanto tiempo de conocer al viejo y aún no sabes tratarlo –dijo Barbarela en voz baja y se acercó a la ventana–. Ande, don Alejo, tenemos hambre y aunque el marrano sobreviva ya no servirá para echarse más clavados.

–El marrano está bien muerto –respondió el viejo con tono melancólico–. Y se está pudriendo.

Mandrake arremetió de nuevo contra la puerta.

–¿Qué espera entonces? Al rato ni de comida nos va a servir –y pateaba la madera sin mucha convicción.

–Esperen –dijo don Alejo–, espérenme un rato.

Balo ya había reunido la leña, tan seca que prendería en un instante. Su experiencia en preparar animales era nula y le preocupaba la manera como habrían de cocinar a éste, pues no tenían parrilla ni asador ni pozo ni fogón ni nada. Ni siquiera se le ocurrió la opción de destazarlo; sólo pensaba en el cuerpo entero, con todos sus adentros, y aunque no le pareció muy sensato, su mente insistía en pintarle una escena donde todos, al mismo tiempo, mordisqueaban el animal como hienas hambrientas. En eso divisó a Hércules y a Natanael aproximándose al pueblo. La carreta, se dijo, es la solución. Empalamos al animal con el eje y lo sostenemos a la altura de las ruedas. Lo hacemos girar para que se cocine parejo.

Frente a casa de don Alejo, Mandrake comenzó a impacientarse. Barbarela recordaba el afecto del viejo por el marrano e imaginó una despedida llena de memorias del primer clavado, del día que estrenó su traje de vellorín, de las ocasiones en que se resistía a saltar.

–O nos da ese marrano inmediatamente o le prendo lumbre a la casa –dijo Mandrake.

–Puras amenazas –dijo Mágala–. Nunca te atreverías.

Ellos también divisaron a Hércules y Natanael. Lucían desolados sin el féretro.

–Ya ni él puede derribar la puerta –dijo Barbarela.

No hizo falta utilizar la fuerza. La puerta se abrió silenciosamente y apareció don Alejo, cargando el marrano como un Atlas. Los brazos le temblaban por el esfuerzo y el rostro, normalmente de pellejos flácidos, se mostraba tenso, a punto de estallar. Arrojó el animal a la calle. El cuerpo yerto dejó escapar un silbido al desinflarse con el golpe. No rebotó ni giró; cayó como una plasta y escasamente levantó polvo.

–Hártense, cabrones –exclamó don Alejo–. Es todo suyo.

Balo procedió a encender el fuego y, como vio a los demás sin saber qué hacer, comentó su idea acerca del eje y las ruedas. De inmediato Hércules se puso a forcejear con la carreta, pero Barbarela lo detuvo en seco.

–¿Quieren asar un marrano o quemar una bruja?

Sugirió que derribaran la cancela de una de las casas para utilizarla como parrilla y que abrieran al animal en canal; así se cocería parejo; antes habrían de degollarlo, pues la cabeza la cocinarían aparte, en un pozo; y las vísceras las guardarían por mientras en los enseres de cocina que trajeron de la carpa.

Hércules y Mandrake se dedicaron a arrancar la cancela de la casa incendiada, aprovechando que sus paredes ya lucían bastante frágiles.

Ajeno al hambriento barullo, Natanael avanzó lentamente hacia la plaza, donde José María Bocanegra yacía sin rastro de su antigua arrogancia, tumbado sobre su flanco izquierdo, a medias bajo el agua como un soldado herido de muerte en la ciénaga. Nunca había puesto en duda los relatos familiares sobre ese hombre que su madre llamaba "el único presidente sin mancha" y su abuelo refería como "el Bocanegra que nos dio patria". La espada ya era media espada e incluso ésta amenazaba con sumergirse en la pileta, porque la muñeca del jinete se notaba agrietada, a punto de ceder. Frente a sí, Natanael vio las ruinas de la piedra sobre la que pensaba erigir su propia grandeza en Santa María del Circo; y a su espalda captó las risas de Hércules y Mandrake y volteó para darse cuenta de que la casa quemada estaba siendo de nuevo ultrajada, ya sin violencia ni exaltación, como pudo haber ocurrido si de veras ahí vivió el asesino de tanto minero, o un descendiente suyo; eso al menos le daba dignidad al saqueo, pero ahora Hércules y Mandrake actuaban como miserables vándalos y así, se dijo Natanael, hasta el pillaje pierde su decoro. Hércules se montó en la cancela y a base de balancearse comenzó a desprender las cuatro espigas que la unían a la fachada. Al fin cayó la armazón y ambos la tomaron para arrastrarla hacia el fuego. Natanael percibió la mueca de Hércules igualmente fría cuando acarreaba fierros que cuando acarreaba muertos. Ya comenzaba a oscurecer y la lumbre extendió su hechizo a quien estuviera cerca.

Narcisa se asomó por la ventana para averiguar a qué venía tanto alboroto. Había pensado mantenerse aislada del mundo durante al menos un par de días. Por eso cuando escuchó el cañonazo no se asomó a averiguar de qué se trataba; y en cambio el alboroto pudo más que ella. Se sintió feliz de ver al marrano muerto y listo para asarse. Ya nada se interponía entre ella y don Alejo. No buscaba saldar una cuenta amorosa, sino una de orgullo, pues no acababa de digerir que un vil puerco la hubiera vencido en su faena; y un salto de ella en trampolín no igualaría el tanteador.

Le molestó la manera tan despreocupada como sus compañeros se consagraban a preparar la comida sin que ninguno preguntara por ella o viniera a buscarla. Están felices, se dijo con rabia, como si hoy no hubiera muerto nadie y el caballo siguiera echando agua y toda esta tierra fuera un vergel. Como si en verdad la vida fuera maravillosa.

Luego de un rato notó que tampoco estaba Natanael en ese grupo. Le pareció normal porque los enanos no tienen mucho de qué reírse y la felicidad ajena no hace sino echarles más peso a su desdicha. Recorrió todo el campo visual de la ventana, una y otra vez, y entonces descubrió, iluminado por una mezcla abigarrada de la luz del fuego y de la luna, el contorno del enano sobre el pedestal, con la media espada en alto, apuntando hacia el campanario, enhiesto como una estatua.

Como las dagas de Dagoberto no tenían mucho filo y el serrucho con el que Mandrake cortaba a la chica en dos no era sino una pieza de utilería, resultó penosa la tarea de abrir al marrano en canal. Barbarela vino a ser la más avezada en cuestiones de cocina y recomendó que a falta de una herramienta de corte, aplicaran una serie de puñaladas a lo largo del vientre para formar algo así como una línea punteada que luego pudiera desgarrarse con facilidad.

–La idea de empalarlo era mejor –protestó Balo.

Hércules picoteó con fuerza y saña la carne sin importarle que la daga se clavara de más, desgarrara órganos internos y quebrara algunos huesos.

–¿Por qué no le sale sangre? –preguntó.

–Toda la dejó con don Alejo –respondió Barbarela.

Para facilitar el trabajo, Mandrake y Balo lo tomaron de las patas y cada quien estiró hacia un lado hasta rasgar la carne por completo y dejar a la vista sus entrañas. A Mágala le pareció raro que todas fueran blancuzcas y no de colores vivos como las había visto en un libro de anatomía.

Enseguida se consagraron a despellejar el animal. Otra vez, a falta de herramientas y técnica, no hicieron las cosas de manera efectiva y terminaron pelándolo en tramos pequeños como si fuera una mandarina.

–Ahora hay que cortarle la cabeza –sentenció Barbarela.

La lumbre bajó su intensidad y Balo aprovechó para largarse en busca de más leña.

–Así está bien –dijo Mágala–. Vamos a asarlo completo.

Barbarela lo prohibió e insistió en que la cabeza necesitaba cocerse a fuego muy lento en un pozo, durante tres días.

–Si hoy cocinamos todo, para la semana entrante va a estar echado a perder.

–¿Quién piensa en la semana entrante? –replicó Mandrake.

Un silencio que se prolongó por varios segundos otorgó la razón a Barbarela. Él se montó sobre la carne yerta y comenzó a darle cuchilladas en el pescuezo mientras Hércules lo retorcía. Primero crujieron las vértebras, luego se fue haciendo más fácil que la cabeza girara sobre su eje; una, dos, tres vueltas; cinco, diez, doce cuchilladas y se separaron ambas partes.

–Listo –dijo Hércules sosteniendo la cabeza con la altivez de un gladiador romano.

Echaron la carne a la parrilla y la colocaron sobre el fuego. Aunque no lucía muy apetecible el punto donde Narcisa le dio al marrano la cuchillada mortal, nadie dijo nada; sólo se hicieron el propósito mental de no comerse esa parte. El ambiente se impregnó de un aroma que llenó de nostalgia a Hércules.

–Cambiaría mi taza de porcelana por la dicha de este olor.

–¿Es cierto que el zopilote sabe a codorniz? –preguntó Mágala.

Nadie habló. Rodearon el fuego, embelesados, impacientes de ver la lentitud de la carne para tomar su nuevo color, y entusiasmados cada vez que volteaban el animal y de nuevo se escuchaba el siseo de la grasa contra el fuego, desprendiendo una humareda de intenso olor a paraíso. Barbarela pensó en el marrano, no como un animal de engorda y matadero, sino como un artista de la carpa; recordó a los niños que le aplaudían y después lo visitaban en su chiquero. Una propaganda del circo lo mostraba en un trampolín, parado en dos patas, con capa, calzón y gorra de baño: EL ÚNICO MARRANO CLAVADISTA DEL MUNDO. Quizás haya otros, se dijo, no sé. Pero sí era el único sin nombre en el circo. Bongo, Jumbo, Maya, repasó los nombres de algunos elefantes; Leónidas, Leonardo, Leodegario, los reyes de la selva, jamás del circo; y ya no tuvo ánimo de recordar el de los tigres, llamas y perros. Hasta las ratas amaestradas estaban bautizadas. Al carajo, pensó cuando de nuevo escuchó el siseo de la grasa, eso no importa. Sin embargo su mente tomó el control y dijo:

–El marrano no tenía nombre.

–Eso no importa –dijo Mandrake, y Barbarela se confundió entre lo que pensaba, decía y escuchaba.

Al fin la carne estuvo en su punto y a pellizcos y jirones la fueron arrancando para comérsela. Hércules extrañó la sal, Balo extrañó la salsa, Mágala, unas tortillas y nadie extrañó ni a Narcisa ni a Natanael, o si notaron su ausencia, prefirieron callar porque así la comida rendía más.

–Desde los tacos del León Rampante no probaba algo tan delicioso –dijo Balo, y Barbarela se entristeció porque era obvio que estaban comiendo una carne de lo más insulsa.

–Somos unos muertos de hambre –dijo sin que nadie quisiera escucharla.

Se saciaron y aún comieron un poco más. El marrano todavía era un bulto con abundante carne y grasa escurriendo sobre unas cenizas tibias; además quedaba la cabeza y el triperío en espera de un nuevo banquete. Hércules hubiera deseado pasarse toda la noche junto al fuego, picoteando carne cada vez que sintiera holgura en su estómago, mas otra vez la voz prudente de Barbarela los movió a guardar el alimento para los próximos días, y sugirió que, si estaban de acuerdo, no comieran más carne hasta la noche siguiente;

así les rendiría mucho más. Las expresiones desangeladas mostraron su desacuerdo, pero nadie dijo nada y la propuesta de Barbarela terminó por imponerse.

–En mi casa tengo un comedor –dijo Mágala–. Ahí podemos guardar las cosas.

Y como el estómago lleno le había dado un poco de dignidad a su espíritu, Mandrake reclamó:

–¿Si tienes comedor por qué nos dejaste aquí comiendo como perros?

Recogieron todo y se encaminaron a casa de Mágala. Limpiaron la mesa con sus ropas y ahí colocaron los sobrantes del animal. Hércules se puso a jugar con la cabeza del marrano, moviéndole la boca como muñeco de ventrílocuo y diciendo una sarta de estupideces que pretendían sin éxito hacer reír a los demás. Mágala se molestó porque con la manera como Hércules le distendía el pellejo para procurarle un rostro expresivo, los ojos del animal se abrían y se cerraban de manera macabra.

–Ya deja eso en paz –le ordenó.

Hércules continuó divertido y, cuando hurgaba en esa cabeza, para dar con el modo de introducir la mano por el cuello y hacer más natural el movimiento de la boca, vino a darse cuenta de que no tenía lengua.

–Anden hijitos míos, coman su marrano, sáciense. Tomen la grosura y la cola y la grosura que cubre los intestinos, y la grosura del hígado y los dos riñones, y la grosura que está sobre ellos, y la espaldilla derecha, porque es marrano de consagración. Y tomen su carne y cuézanla en su improvisada parrilla y coman aquellas cosas con las cuales se hizo expiación. Mas no olviden que está escrito: "Si sobrare hasta la mañana algo de la carne de las consagraciones, quemarán al fuego lo que hubiere sobrado; no se comerá, porque es cosa santa". ¿Qué le parece, señor Porcayo? ¿O prefiere que lo llame Penecorto? No soy un cero a la izquierda, como usted. Ahora sé predicar. Desde mi pedestal, empuñando la espada justiciera de don José María Bocanegra, experimento una sensación de altura que no conocía. Observo a mis discípulos devorando esa carne de cerdo con maneras de lo más paganas; y sin embargo yo, que en varios días no he conocido bocado diferente de nueces y nopales, mantengo mi temple y evito la endemoniada tentación de bajar de aquí y unirme a la comilona, porque mi jerarquía exige distancia entre ellos y yo. Ahora soy un monumento viviente; he tomado el lugar de piedra de José María Bocanegra, y si me fuera posible ocupar sólo dos dimensiones, tomaría también el lugar de don Fernando de Olaguíbel y Ruiz en la Academia de San Carlos en un cuadro que no sería atribuido al más grande pintor del barroco mexicano, sino al más grande del barroco mundial, y que alguien torpemente bautizaría como *El menino*. ¿Recuerda, señor Porcayo, las palabras con que se refirió a mi persona? Yo las tengo aquí, impresas en la sesera: "Debería asumir su papel de fenómeno, de bestia, de error en la fórmula, del que sin duda es y será el más desgraciado de los Porcayo". Qué disparate. Ni siquiera tomó en cuenta que no llevaría por siempre ese apellido. Las cosas han cambiado desde que me echó de la casa. ¿Vio alguna vez los carteles de Nano el Enano? Quizá para entonces no sentiría vergüenza de lo que hiciera un hijo tan ajeno, aunque lo admito: a mí mismo me causaba un poco de embarazo ese nombrecito. Desconozco si para estas fechas a usted ya lo mató el alcohol o un compañero de parranda o un ángel exterminador o si sigue vivito y chupando y ajustando sacos, camisas y pantalones y escuchando las frases de siempre: me queda flojo, súbale la bastilla, suéltelo un poco más de los hombros, este pantalón es de brincacharcos; mientras usted, señor, aprovecha el ritual de las mediciones para tentalear cuanto se le ponga enfrente, hombre, mujer o niño; y supongo que aún conserva la terquedad de medir en pulgadas, como todos los de su especie, retrógradas, mirando hacia atrás. No sé, ni me interesa. Cuánta pequeñez hay en su uno sesentaicinco... Basta de verborrea. Sólo quería presentarme ante usted como el Rey Natanael I, soberano de todas las carpas, amo de todas las bestias amaestradas, y ahora también obispo de Santa María del Circo. Alabado sea yo. Apenas hoy no pude bendecir un cementerio, apenas hoy enterré a un hombre sin siquiera un padrenuestro; pero ahora mismo me vuelvo obispo y le informo que mañana daré mi primera misa, de pan y vino y altar e indultos y arrodíllense y *Dominus vobiscum*, pese a recordar bien aquellos versículos del Levítico que usted tanto me recitaba: "Porque ningún varón en el cual haya defecto se acercará; varón ciego o cojo, o mutilado, o sobrado, o varón que tenga quebradura de pie o rotura de mano, o jorobado, o enano, o que tenga nube en el ojo, o que tenga sarna o empeine, o testículo machacado. Del pan de su Dios, de lo muy santo y de las cosas santificadas, podrá comer. Pero no se acercará tras el velo, ni se acercará al altar, por cuanto hay defecto en él". Ahora soy rey y obispo, y propongo el retorno de la realeza al dominio del mundo, pues fue ésa la época de oro de los míos. Fuimos favoritos de reyes y reinas, zares y zarinas, principales de las cortes, confidentes de pecados en palacio, amantes de infantas y duquesas, y hasta se nos permitía pasar la noche de bodas en el lecho real. Y como la naturaleza proveía menos enanos de los que se requerían, se practicaba en los niños de dos años la técnica ahora olvidada del atrofiamiento. Eso es; propongo que atrofiemos a todos, y todos seremos iguales. A cada época dorada le sigue la ruina, y cuando se intentó estrangular al último rey con las tripas del último obispo, fue a nosotros a quienes ahorcaron; en un abrir y cerrar de ojos nos devolvieron a la era levítica y oscura, a esperar, durante largo tiempo, el arribo de alguien que nos liberara. Ya no falta mucho, señor Porcayo, el redentor ha llegado, con la espada en alto y ojos de fuego. ¿Me escucha? ¿Me oyó bien?

–Claramente –se respondió a sí mismo.

Narcisa se arregló como pudo y salió a casa de don Alejo. Se mordió los labios. Los sintió secos, agrietados, y en toda la boca experimentó una sensación de densa viscosidad. Entonces se desvió hacia la pileta y tomó un poco de agua, diciéndose que era agua limpia. Levantó la vista al pedestal. Estaba vacío, ni rastro del enano. Aprovechó para enjuagarse la cara y remojar sus axilas.

A esa hora, el pueblo destilaba un silencio sombrío. Narcisa había esperado sin mucha paciencia a que se apagaran por completo las brasas y ya no se escucharan las voces de quienes estuvieron comiéndose al marrano. Luego esperó un poco más; tardarían en dormirse con tanta bazofia en el estómago. Aún se sentía en el aire el aroma de la carne asada y pese a su esfuerzo por no pensar, una voz interior le dijo a Narcisa que si tenía poco mérito vencer a un marrano, mucho menos meritorio resultaba cuando éste se hallaba muerto, asado, a medio comer.

Dio unos pasos rápidos hacia casa de don Alejo mientras se preguntaba si lo abordaría con un tono seductor o imperativo. Por primera vez lo buscaba ella; siempre había sido el grito de don Alejo saliendo de la carpa chica el que la solicitaba con premura: rápido, niña, que no voy a vivir toda la vida. Esta noche será diferente, sí, don Alejo, apenas una probada, sólo para atizar el deseo, encender la nostalgia. Y ya nunca más, don Alejo, púdrase, retuérzase, pero a ésta su marranita preciosa no la tendrá más. Se paró frente a la ventana y lo que vio la horrorizó. Ante la luz de unas veladoras, avistó el cuerpo tendido, tembloroso y bañado en sudor de don Alejo, desnudo del torso, clavándose con ímpetu un objeto en el pecho.

–No sirve –decía el viejo con honda amargura–. Esta chingadera no sirve.

La primera imagen que vino a Narcisa fue la de un hombre sacrificándose a sí mismo con un cuchillo de jade. La desechó de inmediato, porque el objeto entre las manos de don Alejo no tenía ni el color ni la consistencia ni la belleza del jade.

Natanael se propuso fastidiar a todos a campanazos, furioso por lo que le habían hecho a José María Bocanegra. No hay derecho, se dijo, cualquier otro presidente se lo merece; no él. Ahora mismo hago que levanten esa estatua y la coloquen de nuevo en su sitio, para algo soy el obispo de esta diócesis. Estiró la cuerda con todas sus fuerzas sin sacarle un sonido a la campana, sin siquiera lograr que el bronce se meciera un poco. Aguzó la vista y notó que el mecanismo estaba dañado; descubrió una grieta que antes no estaba ahí.

–Más vándalos –dijo con ánimo derrotado y se metió en el confesionario a esperar que ocurriera algo, cualquier cosa. Estaba decidido a ofrecer una misa, y no se sentía preparado para un nuevo desaire.

Cuando recién tomó posesión de la iglesia le costó trabajo aceptar tanta austeridad, tan poca fe. Se la pasó golpeando paredes y zapateando en el suelo en busca de una oquedad, un pasadizo secreto, una bóveda donde guardaran todas las joyas de credo que posee incluso el más pobre de los templos. Esa labor lo entretuvo por un tiempo, hasta convencerse de que Santa María del Circo, o comoquiera que se llamara antes, era un pueblo bastante descreído o avaro o ladrón, pues ni siquiera encontró en las paredes clavos oxidados de donde hubieran pendido retratos de santos y vírgenes; y ahora, aceptado su fracaso, no le quedaba otro entretenimiento sino sumirse en el confesionario a esperar sin esperanza a un penitente.

A pesar de esto se sentía a gusto en la iglesia. Había colocado dos bancas de manera encontrada para hacerse un lecho más cómodo que el catre de la carpa. Sólo le hacía falta una feligresía constante, dominical y dadivosa que poco a poco fuera llenando ese jacalón con cruces, ídolos, óleos y coros. Imaginó a todo Santa María del Circo en la iglesia y el resultado no fue muy halagador.

–Una iglesia con siete fieles es más triste que una iglesia vacía –dijo en voz alta, seguro de que alguien lo escucharía.

Pero nadie estuvo al alcance de sus palabras y pasó un largo rato antes de decidirse a hacer algo. Fue cuando cayó en la cuenta de su torpeza: debió organizar una misa de cuerpo presente para Fléxor, de seguro nadie se hubiera negado a asistir. Habría sido el punto de partida para meterles a todos en la conciencia los riesgos de no asistir con frecuencia al templo. Ahora el cadáver se encontraba demasiado lejos y nadie querría traerlo de vuelta. El coraje que sintió consigo mismo le fue engendrando de nuevo impulsos de indignación por lo de la estatua derribada y el campanario maltrecho.

Salió con la mayor prisa que le pudo dar a sus pies. Su cuerpo parecía desarticularse de tan defectuoso. En la plaza, Barbarela y Narcisa lo vieron venir hacia ellas.

–Mira cómo camina –dijo una.

–Me gustaría verlo bailar –comentó la otra.

Ambas estaban sentadas al borde de la pileta, con los pies descalzos dentro del agua, moviendo los dedos para limpiarlos entre sí, sin la menor preocupación por ensuciar el agua, ya turbia y amarillenta. Natanael vio la escena y la interpretó como un cuadro plácido y feliz, al menos lo más cercano a la felicidad desde que llegó a Santa María del Circo, y cambió su indignación por un deseo de compañía. La noche anterior había visto a sus compañeros muy alegres mientras devoraban el marrano, mas eso no le pareció felicidad sino una reunión de bestias en torno a su presa.

–¿Puedo sentarme? –preguntó.

Narcisa frunció la boca; Barbarela dijo:

–Por supuesto –y palmeó el suelo a su lado izquierdo.

Además estaba a tiempo de corregir su error; no hubo misa de cuerpo presente pero podía organizar un triduo para pedir por el alma del difunto. Natanael se descalzó y también introdujo sus pies en el agua. Se puso a patalear, divertido, salpicando a las dos mujeres. Ellas lo veían con ojos de fastidio.

–Deberíamos organizar un juego –dijo entusiasmado.

Narcisa otra vez frunció la boca y se puso de pie. Barbarela le pidió que no dijera sandeces y con sólo repasar la imagen del enano pataleando en el agua y queriendo jugar se sintió profundamente triste. Imaginó a todos tomados de la mano haciendo rondas en torno al pedestal, cantando mil veces un estribillo y meneando el cuerpo a un mismo ritmo, de noche y de día. "A Timoteo lo veo y no tiene cabeza", pensó.

–Jugar –dijo Narcisa con sorna–. Me enfermas.

Natanael asintió. Son celos, razonó. Alguna gracia tengo. ¿O de qué se ríe la gente cuando un enano se tropieza en medio del escenario y se levanta escupiendo aserrín o cuando recibe paletazos en el trasero, sonoros, con ganas de lastimar, o cuando le echan un cubetazo de agua o, simplemente, cuando entra a la pista con la cara pintada, expresión estúpida y pantalones bombachos de tirantes?

–Miren lo que hicieron con la estatua –dijo Natanael para cambiar el tema.

–Yo me voy –dijo Narcisa–. Debo continuar mi luto.

–Todo para nada –dijo Barbarela, inclinada hacia la pileta, en busca de su reflejo.

–Cayó don José María Bocanegra –Natanael engoló la voz–, el único presidente…

–Cayó Timoteo de Roncesvalles –interrumpió Barbarela con un tono altivo y doloroso–, mi última piedra de fe, la gota que derramó el vaso.

El enano ya no quiso hablar. Su pariente sería un recuerdo y no una masa de piedra derribada; bastaba que estuviera en su cabeza para tener consistencia de roca erguida, firme en su pedestal; su campanario sería una torre muda, pues al fin cuando tuvo voz nadie la apreció; y la casa quemada sería eso, una casa quemada donde vivió cualquier desconocido.

–Hoy a las siete hay una misa para rogar por el alma de Fléxor.

Otra vez, se dijo Natanael, como la noche en que montamos la carpa, les voy a hablar y me van a escuchar con interés, aunque no les hable de parientes presidentes ni del modo como me quedé tuerto ni de la mina donde murieron ciento veintitrés mineros.

–¿De verdad es posible descabezar un amante a machetazos? –preguntó Barbarela.

Él asintió sin voltear a verla.

–Tú siempre tan descreída –dijo él.

Ya se ponía de pie cuando ella lo tomó del brazo; fue un tirón enérgico y afectuoso a la vez.

–Hoy a las siete –le susurró al oído–. Sólo tú y yo –después levantó la voz para decir–: Y no me jodas con misas de muertos.

–Es hora de cerrar el teatro. El anunciador aguanta la tercera llamada, pero todo es inútil: las butacas están vacías, el boletero duerme la siesta y los actores son Carusos tuberculosos. Cierren las puertas, señores, y préndanle fuego a todo; nada que valga la pena se va a quemar. ¡Oh memoria del circo! Tú te vas adelgazando en el frecuente síncope del latón sin compás; en la apesadumbrada somnolencia del gas; en el talento necio del domador aquel que molestaba a los leones hartos, y en el viudo oscilar del trapecio... Ya son las doce y cuarto de mi vida; el mejor momento para generar ideas grandiosas que jamás podrán estar equivocadas; para eso haría falta ponerlas en uso. Hoy podría contratar a un dramaturgo que mueva a mis artistas en ese escenario redondo y sin cortina, con olor a estiércol y sudor; necesito argumentos más convincentes que una pirueta, menos gastados que una maroma, tan rotundos como un elefante. Hoy puedo aceptar lo evidente: llegó el tiempo en que el circo debe morir. Hoy no me importa nada; y mañana será igual. Muchos años ensalzando el valor de mis artistas, inventando un riesgo mortal y musicalizando cada lance temerario con notas que intimidan; cada gracia de payaso, con pueriles cornetazos; cada meneo de elefante, con el resoplar de una tuba soplada por un gordo; tantos planes, tantas intenciones de ser diferente, de ofrecer lo que nadie, y al final, nada importa, ni el circo ni el aplauso ni las pieles ni el amor ni los marranos ni pasear en calesita.

En realidad, los elefantes no tienen la importancia que nosotros les dimos antes. Quizá afuera las cosas sean diferentes, más allá de los cerros; eso ya nunca lo sabré, porque aquí vinimos a encallar, para bien o para mal y para siempre, y en Santa María del Circo todo vale un carajo, empezando por mis siete Mandarines. Los felicito; están montando un buen acto, bastante riesgoso, poco divertido, lástima que sin público. Por cierto, ¿sabes quién tiene el acto más riesgoso del circo? ¿El trapecista? Vamos, no seas ingenuo, todos operan con redes más seguras que una cuna de bebé; claro, de vez en cuando hay muertos, pero también los bebés se sofocan entre las sábanas. ¿El funámbulo? Te estás acercando, aunque sigues muy lejos. He visto un par de ellos caer de su cuerda; uno se mató y el otro apenas se rompió una pierna. ¿El domador? Todo el mundo cree que el domador es el más valeroso. Déjame decirte algo: yo no los tolero; son los más petulantes; gozan descamisándose para enseñar rasguños y mordidas, aunque la mayoría se las hacen ellos mismos con navajas calientes o garras disecadas. Piénsalo bien. ¿Has escuchado sobre un domador devorado por sus fieras en pleno espectáculo? Ciertamente no. Yo me he enterado de algunos peones que son desmenuzados por las bestias; jamás de un domador. Él las conoce a la perfección, les tiene bien enseñado quién es el amo, las zampa de carne antes de acercarse a ellas, y sabe evitarlas cuando están en celo. Una ocasión en un circo francés, el lanzadagas mató a su asistente de una puñalada en el pecho; después se descubrió como cosa deliberada, problemas de celos o algo así; y ni la muerte de la chica ni la posterior ejecución del lanzadagas podemos considerarlas riesgos del oficio. ¿Te das por vencido? Me han contado de tragaespadas que se desangran por toser en el momento más inoportuno; tragafuegos que mueren de combustión interna; equilibristas que se deshuevan o se desvirgan cuando bien les va, y se desnucan cuando les va mal; escapistas que se ahogan en una gran pecera por un cerrojo mal echado o por un nudo mal hecho; jóvenes aplastados en fallidas pirámides humanas y damas con el cuello roto porque resbalaron del caballo; he visto también a la mujer gorda morir por nada, simplemente porque el cuerpo se cansó de soportar tanta manteca. No quiero restarles mérito, son buenos muchachos y hacen su esfuerzo y algunos de veras se sienten artistas, y si se exagera el riesgo que corren no es culpa de ellos sino de los empresarios como yo, que escribimos guiones para los anunciadores con el tono de quien describe auténticos lances de muerte. Desde que el circo es una carpa itinerante, han muerto ochenta y ocho artistas durante sus representaciones. El primer lugar lo tienen los escapistas; quizás porque son los más tercos; quizás porque nunca se sabe en qué momento de veras falló el truco y el hombre necesita ayuda. A veces se ahogan, a veces la cuerda que sostenía el bloque de hierro se quema demasiado pronto; a veces entran en estado de histeria claustrofóbica y se descalabran contra las paredes de su encierro. Aun así, el acto del escapista lleva poco riesgo contra otro mucho más heroico: el de formarse en la taquilla, buscar un lugar y sentarse a observar despreocupado, dama, niño o caballero, el espectáculo del circo. Durante el tiempo en que murieron esos ochenta y ocho artistas, han muerto miles de espectadores, no exagero, miles. No es raro que las gradas se desplomen. Si es sólo una tabla rota, bendito sea Dios, no pasa de uno o dos muertos; en otras, todo el andamiaje se viene abajo y el rompedero de huesos es masivo. Aunque lo más común y mortal es la facilidad con que se prenden el aserrín y la paja y la lona de la carpa. La gente arde, se aplasta, se pisa, se asfixia; se han dado más de cien muertos en estas circunstancias; e incluso he sabido de manadas completas de tigres y leones que escapan en la confusión, como ocurrió en el llamado Domingo Feroz, en Klagenfurt, en 1889. Cuentan sobre más de doscientos muertos, unos pocos en el incendio, la mayoría devorados. Las fieras entraron en la iglesia a media misa; en las plazas había niños a medio comer; las señoras endomingadas aullaban sin decoro; algunos se refugiaron en árboles y sólo fue cuestión de tiempo para que un animal subiera a comérselos; muchos se metieron en la primera casa que les abriera la puerta y ahí permanecieron días enteros; porque nadie estuvo dispuesto a salir hasta que llegaron los militares y exterminaron al enemigo; ni en el África negra se vivió algo parecido. Gente cazada como antílopes. Y dicen que cuando un animal prueba la carne humana, ya no le halla sabor a otra cosa. Por eso, padre, debemos tomar en cuenta a los espectadores. Son unos pobres diablos, sí, unos imbéciles que no saben apreciar el buen circo de la eterna repetición, pero toman más riesgos que usted y yo y todos nosotros juntos; ellos son los verdaderos héroes del espectáculo; y además pagan. Quizás siempre lo supe, aunque para reconocerlo necesito mi circo perdido y mi marrano muerto. Nada de planes, sólo recuerdos. Lo que daría por ofrecer una función más, tan sólo una; entonces le pediría al público que pasara al centro de la pista, y nosotros, desparramados en las gradas, les daríamos el más agradecido de los aplausos; incluyendo a esos mocosos que tanto me fastidian. Sólo una función, padre, no pido más.

–*Ego te absolvo* –dijo Natanael tras la malla del confesionario.

El viento comenzó a soplar fuerte. A la distancia, surgiendo del sitio justo donde estaba montada la carpa, se levantó una nube de polvo; avanzó contoneándose por el camino y pasó de largo por Santa María del Circo como un tren desbocado.

Mágala cerró los ojos en lo que se iba la racha. Su cabello, ajado y sucio, no revoloteó como cuando lo lavaba casi a diario y lo cepillaba cada mañana. Pensó en su casa, sin cristales en las ventanas, igual que las demás, permitiendo la entrada del polvo, invitándolo a posarse sobre la mesa, sobre la carne del marrano que pedía a gritos ser comida antes de ponerse tan hedionda y agusanada como acaso ya se habría vuelto la de Fléxor. Le dolía la cabeza intensamente; se sentía mareada, ebria; le sorprendió ver el sol tan en lo alto. Seguro es pasado mediodía, se reclamó, y yo apenas amaneciendo.

Estaba arrepentida de asilar el animal en su casa. En un principio pensó tomar ventaja de eso; podría comer más, esconder un poco, atrancar la puerta y hacer que todos le suplicaran "por favor, danos de comer". Pensó muchas cosas durante la noche; y luego de escaparse varias veces del sueño para embutirse un bocado más, sintió la casa atestada de un olor profundo a marrano, un olor que comenzó simplemente por incomodarla y con el paso de las horas la sumió en un mareo intenso al punto de causarle náuseas. Primero le fastidió el recuerdo de Hércules jugando con la cabeza, después se le tornó más que un recuerdo; miraba de soslayo hacia la mesa y le daba la impresión de que los ojos del marrano se abrían y cerraban, reflejando vivamente la luna para convertirse a su vez en dos lunas; por momentos, la carroña abría la boca y decía algo indescifrable, lastimero, con la voz de Fléxor. Pensó en un reclamo por dejarlo morir, en una advertencia para que abandonaran Santa María del Circo antes de que fuera demasiado tarde, en una revelación del más allá digna de publicarse a ocho columnas. La visión le horrorizaba y quería correr; sin embargo, su cuerpo era una resina pegada al catre. Varias veces se propuso salir de ahí; las mismas veces volvió a sumirse en la inconsciencia.

Era mediodía cuando volvió a despertar. El ambiente se había llenado de moscas y de un zumbido cada vez más intenso y enloquecedor. Se mostraban expertas para entrar por la ventana y, una vez dentro, se volvían torpes y golpeaban una ocasión tras otra las paredes sin encontrar la salida. La luz intensa mostró la cabeza del animal con los ojos bien cerrados y le dio a Mágala la seguridad de que jamás los había abierto y, por supuesto, que jamás había hablado. Aun así, prefirió huir de su casa; el olor y el zumbido de las moscas eran algo muy real, insoportable. Se puso a dar vueltas a la plaza en un intento por deshacerse de ellos y aunque intentaba abstraerse con cualquier cosa, su mente le seguía presentando ideas de cadáveres hediondos, mosqueados y agusanados, porque a fin de cuentas dejó de parecerle que en la mesa tenía unos trozos de alimento o tantos kilos de carne, ni mucho menos pensaba en esos vocablos de carnicería como lomo, buche, morcón, molleja, machito o lo que fuera; no, ella intuía que sobre la mesa se hallaba tendido un cadáver, decapitado, sí, tasajeado, también, y desollado y desgarrado, pero un cadáver.

Abrió los ojos. La nube de polvo se perdió en el fondo y no quedó más rastro de ella que algunas partículas flotando en el agua de la pileta. La calle, que todavía el día anterior era un gran charco, ahora se mostraba totalmente seca. Mágala divisó a Hércules atrás de la plaza, escarbando el pozo para cocer la cabeza, y masculló una frase de resentimiento que ni ella misma entendió. Abandonó su recorrido y se dirigió hacia Balo. Lo encontró lustrando el cañón y lamentándose por el polvo.

–¿Por qué no te quedas tú con el marrano?

Él sonrió con ironía. Fue su única señal de haberla escuchado. Continuó pasando un trapo por la superficie metálica y, en algunos puntos donde se notaba fisurado, aplicaba con el índice un poco de untura que tomó de la carreta. Ella lo miró con paciencia, en espera de que mostrara cualquier indicio de haber terminado su labor.

–El marrano –dijo Mágala–. Te lo doy –Balo había retrocedido unos pasos para mirar su cañón en perspectiva.

–¿Qué te parece? –preguntó, y él mismo se respondió–: Digno del ejército más poderoso.

Ella imaginó un disparo de ese cañón y unos cuantos cadáveres regados en el campo de batalla.

–Es tuyo –insistió–. Cómetelo, haz lo que quieras con él.

Balo dio otros pasos hacia atrás y observó largamente con ojos opacos el objeto que por tantos años le proporcionó su sustento y sus aplausos. Finalmente brilló en su mirada un dejo de satisfacción.

–¿Yo para qué lo quiero?

–Fue el estúpido de Hércules –se lamentó ella–. Toda la noche me quedé con la sensación de que el marrano abría los ojos.

–Entonces llévaselo a Hércules –respondió él en medio de una carcajada artificial– y déjame en paz.

Mágala se disgustó consigo misma por hablar de su temor. Ahora se había puesto en evidencia y le costaría más trabajo que alguien se hiciera cargo del animal. Pensó en tomar otra casa, al fin las había de sobra, y rápido se retractó; no se permitiría ese acto de flaqueza.

–Lo de Hércules no es cierto –se corrigió–. Ocurre que mi casa está llena de moscas y la carne se puede echar a perder.

Fue inútil; la expresión de sorna en el rostro de Balo permaneció inamovible. Mágala agarró un puñado de tierra y lo manoseó un rato, sin atreverse a arrojarlo al cañón. Dio media vuelta y con pisadas firmes se dirigió a su casa, decidida a tolerar cualquier hediondez antes que un segundo más la mirada de Balo. Sólo giró un poco la cabeza para decir:

–Alguien venga por ese marrano o lo echo a la calle.

Entró a su casa. Las moscas, la hediondez, la jaqueca se agudizaban. Pasó el tiempo sin que nadie fuera por los restos ni Mágala se resolviera a echarlos; le dio demasiada tristeza imaginar la carne malograda del animal, revolcada entre la tierra, sucia e incomible. ¿De qué le valdría entonces el sacrificio?, se preguntó. También le dio miedo enfrentar a sus compañeros iracundos; si tan sólo se tratara de recibir otro puñetazo de Balo, pero el pueblo era muy pequeño para echarse a la gente en contra. Se hizo un ovillo en cualquier rincón de la casa y se cubrió boca y nariz con las manos, en espera de que llegara la turba hambrienta por su comida. Hizo un esfuerzo por permanecer impávida ante las moscas, como una vaca que ni siquiera sacude su cola. En un principio el olor le rasgaba las fosas nasales y, con el transcurrir de las horas, ni siquiera percibió que se iba haciendo más intenso y aborrecible.

Don Alejo salió a la calle, descamisado y con unos calzones largos, hasta abajo de las rodillas. Echó un vistazo al entorno y le pareció diferente a lo que había observado el día del convite. En aquel entonces llegué a un pueblo abandonado, se dijo, y ahora me encuentro en un pueblo arruinado. Llevaba la bata de vellorín en su mano derecha y la lengua del marrano en la izquierda. Divisó a Hércules y fue hacia él.

–Toma –arrojó la lengua en el pozo a medio escarbar–. Hay que sepultarla.

Hércules no dijo nada. Esperó a que el viejo se retirara y lanzó la lengua tan lejos como pudo. Don Alejo fue a la pileta y remojó el traje de vellorín para removerle la sangre. Lo talló un poco, sin objetar los cuajarones que flotaron en el agua, lo exprimió y lo puso a secar al sol sobre una banca cortesía de los Bocanegra. Luego se echó a caminar a paso rápido, como lo hacía cuando daba cinco vueltas alrededor de la carpa, y dijo para nadie en voz alta:

–Hay que mantenerse joven.

Dio tres vueltas a la plaza, marchando con las piernas rectas, los brazos en un vaivén tenso y un contoneo de la cadera alarmantemente femenino. Pese a ser un hombre muy delgado, en los costados mostraba una protuberancia de grasa que brincoteaba con cada paso. Se notaba un gran contraste entre sus dos pezones: el izquierdo, rosado y lozano; y el derecho, hinchado y de tono purpúreo. Su espalda se tornó más pálida cuando comenzó a sudar y, ya con poco aliento, don Alejo volvió a la banca donde dejó el vellorín, e hizo un par de sentadillas, creyendo que el crujir de las coyunturas era un claro síntoma de su vitalidad. Respiró profundo, tomó la bata húmeda y se dirigió a la iglesia.

Aunque aún faltaba para el anochecer, Natanael permanecía en el confesionario, esperando el arribo de Barbarela. Al cabo de un rato se quedó dormido, con la puerta abierta, los pies descalzos y la cremallera de su atuendo corrida hasta la altura del ombligo. Abrió su ojo y esperó a que desapareciera la turbiedad de la vista. Reconoció a don Alejo y se puso de pie.

–Otra vez por aquí, señor.

–Hace tiempo te pedí un nombre –dijo el viejo–. ¿Ya lo tienes?

El primer pensamiento de Natanael fue agredir al viejo; se veía débil, tembloroso, seguramente sí podría con él: de un empujón lo tiraría al suelo y ahí le daría una golpiza. A su iglesia podía venir cuantas veces quisiera, pero no como patrón o cirquero, sino como fiel o penitente. Nada de nombres ni de actos ni de hombres que se negaron a nacer. Pese a su rabia, algo lo mantuvo inmóvil. Se preguntó si era la voz de mando de don Alejo o lo sorpresivo de la pregunta. Sí, debía ser eso. Si retomaba el tema del nombre era porque de seguro la noche anterior, cuando todos estaban felices por compartir el marrano, se había tramado un plan; de seguro volverían a la carpa, a errar de pueblo en pueblo, ya no querían ser doctores ni afiladores ni militares ni nada.

–Son una bola de traidores –dijo Natanael.

–Te pregunté si ya tenías un nombre.

El enano negó con la cabeza.

–Entonces te llamarás General Tomás Pulgar o si prefieres puedo respetar tu nueva investidura. Fray Tomás Pulgar.

Natanael corrigió sus ideas. No, no era posible que tan de repente ese viejo convenciera a todos de volver al circo.

–Mira –dijo don Alejo–. Te traje tu sotana. Pese a haberlo enjuagado en la pileta, el traje aún mostraba manchas de sangre y chamusquina.

–Nadie usa sotana celeste –dijo Natanael.

–Tú sí –decretó don Alejo–. Si quieres seguir jugando al cura.

Natanael accedió a probársela; después de todo no era tan mala idea vestirse como sacerdote. La bata le quedó ajustada a la altura del vientre y la sintió incómodamente fría por la humedad. Fuera de eso le agradó, parecía hecha a la medida.

–¿Que opina? –preguntó el enano.

Don Alejo lo miró largamente, le pidió que girara y luego él mismo caminó a su alrededor; asentía a cada instante a manera de aprobación.

–Ahora saca la lengua –ordenó.

El enano obedeció. Su lengua era rojiza y ancha, aunque un tanto corta. Comenzó a sentirse ridículo e inquieto y calmó un poco su ansiedad aleteando con los brazos.

–Perfecto –dijo don Alejo con la mirada torva–. Perfecto.

Mágala escuchó los golpes en la puerta como explosiones lejanas. Despertó aturdida, sin noción de dónde estaba, hasta que poco a poco la pestilencia le recordó su situación.

–¿Qué quieren?

Había oscurecido. Aún conservaba las manos cubriéndose el rostro. Se sentía enferma, envenenada.

–Hora de cenar –dijo Mandrake con un tono festivo que a Mágala le pareció irreverente.

–Adelante –dijo–, está abierto.

Apenas abrió la puerta, Mandrake sufrió el embate de la peste. Se echó hacia atrás y, de inmediato, como un héroe que entra en un incendio, corrió hacia adentro en busca de Mágala, le estiró el brazo para ponerla de pie y la sacó de la casa, conteniendo el aliento en todo el proceso.

–Huele a muerto –dijo como revelando una gran verdad.

–¿Y qué crees que tengo ahí dentro? –reclamó ella.

Aprovechando la puerta abierta, una nube de moscas salió de la casa como murciélagos que abandonan su caverna. Mandrake se apresuró a cerrarla.

–Tienen la ventana –dijo Mágala–. No sé por qué no la usan.

A un costado de la fuente, ensimismado en su labor, Balo acomodaba leña bajo la parrilla. Mandrake repasó un instante las palabras de Mágala. "¿Y qué crees que tengo ahí dentro?". Por supuesto, se dijo pensando en el marrano, pero no es tiempo de que huela tan mal.

–¿Te trajiste a Fléxor? –habló con timidez, con la sospecha de estar diciendo un disparate.

Mágala no necesitó responder: bastaron sus brazos cruzados y su sonrisa burlona tratando de emular la que Balo le dirigió esa tarde.

Barbarela se aproximó a ellos con la intención de hacerse cargo nuevamente de los detalles de la cocina. Saludó y preguntó por el marrano.

–Ahí está adentro –dijo Mandrake con ganas de cobrarse la sonrisa–. Ve por él.

Barbarela empujó la puerta, despreocupada, y entró. Pasaron algunos segundos, muchos más de los que Mandrake hubiera esperado, cuando se escuchó un grito.

–¿Qué pasó aquí? –la voz de Barbarela se descompuso y su figura salió a la calle en medio de una carrera torpe.

Mágala se echó a reír, aunque la situación le parecía poco graciosa. Mandrake terminó por aceptar que su broma no había sido agradable y se acercó arrepentido a Barbarela.

–Nos quedamos sin comida –dijo él.

–Y sin agua –agregó ella.

Y Mágala, aún con la rabieta de haberse pasado toda la tarde encerrada en medio de esa pestilencia, dijo:

–Miren al ingenuo de Balo, juntando leña.

–Aquí ocurren cosas extrañas –sentenció Barbarela. Otra andanada de moscas salió por la puerta y de nuevo Mandrake se aprestó a cerrarla–. No es normal que se eche a perder tan rápido, como no fue normal que Fléxor se arqueara y pudriera tan de repente.

–Ya está hablando la doctora –Mágala continuaba en plan pendenciero; ya no le dolía la cabeza, pero le irritaba el recuerdo del dolor.

–No me extraña que los anteriores habitantes hayan abandonado el lugar –dijo Barbarela.

Se aplacaron al descubrir a don Alejo. Iba tambaleándose, encorvado, con los brazos hechos nudo y pasos titubeantes. Se detuvo un momento a toser. Con cada acceso agachaba aún más el cuerpo y las piernas le temblaban como cuerdas de titiritero. Mandrake estuvo seguro de que se iba a desplomar y lo observó con morbo, anticipando la escena de ese hombre descamisado y en calzones, tendido en el suelo, pidiendo auxilio; y le defraudó la certeza de que Barbarela lo ayudaría. Tosió una vez más y esta vez dejó escapar un hilo de sangre.

–Vaya a hacer esas cochinadas a su casa –dijo Mágala.

Mandrake no se equivocó.

–Venga, don Alejo –masculló Barbarela, tomándole el brazo–. Permítame llevarlo a su casa.

Con la poca fuerza y dignidad que le quedaba, don Alejo se soltó de un tirón y aceleró su andar hasta perderse tras la puerta.

–Tampoco esto es normal –sentenció Barbarela–. Miren lo rápido que está envejeciendo.

–Debemos prenderle fuego al sitio donde escupió la sangre –dijo Mágala–. Tal vez sea cierto lo que dice Barbarela y este pueblo nos va a enfermar a todos.

Se echó a correr, tomó un leño encendido de la fogata de Balo y lo colocó justo donde cayó el esputo del viejo.

–Quizás habría que incendiar tu casa –dijo Mandrake–. ¿O quién se ofrece para sacar al marrano?

Hubo un largo silencio. Barbarela sintió un par de miradas, impertinentes, inquisitivas, como si fuera ella quien debiera decidir si quemaban o no la casa. No estaba dispuesta a aceptar esa responsabilidad. Cómo cambian las cosas, se dijo, cuando montaron la carpa nadie movía un dedo sin el aval de don Alejo; luego, en el pueblo, fue Hércules quien nos alborotó para quedarnos aquí; después fue Mandrake quien nos envolvió con lo de las papeletas. Ahora quieren que yo decida si quemamos la casa o si quemamos todo el pueblo.

–Hagan lo que quieran –dijo–. No cuenten conmigo –y se retiró con los brazos cruzados y la mente dividida entre don Alejo, Hércules y Natanael.

–Lástima que ya no esté Fléxor –dijo Mandrake–. Siempre hace falta un negro para este tipo de trabajos.

Mágala se encogió de hombros e hizo una mueca desencantada.

–Es obvio nuestro destino –dijo y se sentó sobre la tierra, a media calle.

Balo se aproximó. Sus manos estaban impregnadas de tizne y la ceja derecha lucía ensortijada por haberse acercado demasiado al fuego.

–Ya está lista la leña –dijo–, y tengo un hambre que me comería todo el marrano.

Entre ellos se hizo un mutismo tan categórico que los estertores de don Alejo se escucharon muy claros, como si el viejo estuviera ahí, tosiéndoles al oído.

Barbarela tardó mucho en decidirse; tanto, que ya en la lejanía se notaba el ribete del amanecer y Natanael, cansado de esperarla, dormía profundamente, con un gesto de decepción. Todavía antes de tomar el camino hacia la iglesia, se detuvo frente a la ventana de Hércules y aguzó la vista. El interior era una cueva oscura, insondable.

–¿Estás ahí? –preguntó muy quedamente, para sí misma, sólo para meterse en la conciencia que lo intentó hasta el final.

Arrancó hacia la iglesia, decidida y con los ojos a punto de reventar, jalándose las barbas con rabia, deseando, como nunca en su vida, arrancarlas y arrojárselas a ese ser que se las dio, que la marcó por pecados cometidos antes de su nacimiento; un ser que ya no supo cómo llamar, pero al que sin duda podría enfrentar dentro de esa iglesia.

–Enano –dijo tan pronto empujó el portón–. Ya estoy aquí.

Y mientras tanteaba entre una oscuridad que sus ojos poco a poco iban transformando en penumbra, se fue arrancando las ropas para mostrar, ya sin pudor, ese cuerpo velludo, grotesco y seboso, con algunos restos de figura femenina.

–Enano –insistió–, ¿dónde estás?

Natanael asomó la cabeza sobre las bancas que utilizaba de lecho.

–Ven –dijo–. Tú eres la elegida.

Barbarela miraba su entorno con horror. No encontraba cruces ni figuras ni ídolos ni ninguna señal de algo sagrado.

–Así no puede haber sacrilegio –dijo–. Esto no es una iglesia –y tomó sus ropas para cubrirse.

Natanael le aseguró que sí lo era; había un campanario, un altar, un confesionario y, sobre todo, un cura.

–Es tierra santa –concluyó.

Ella se conformó, señaló el altar, soltó sus ropas y se recostó ahí, dispuesta, golosa.

–Vamos –dijo a las alturas–, mi vida por tu deshonor, por el mío, por lo que sea, por nada; al fin la vida es una mierda.

Natanael, totalmente desnudo, se trepó con gran esfuerzo, y Barbarela recordó las carnes de Hércules y agradeció que no todo en el enano fuera pequeño. Abrió los brazos para saberse la única cruz de esa iglesia, y en el momento de sentirse penetrada se preguntó si eso era lo que había deseado por tanto tiempo, un simple escozor en la entrepierna, un dolor rasposo, pellizcante, de estirón de vellos, y un monstruo montado sobre ella, un monstruo jadeante, babeante, con el tamaño de un chimpancé y el comportamiento también de un chimpancé. No experimentó placer en ser poseída; sí en la sensación de hundirse en un infierno, crucificada en ese miserable altar como la debieron crucificar tiempo atrás. Por suerte ahora no había modo de arrepentirse ni nadie que la salvara. Era el momento de su triunfo, de corromperse a través de un cuerpo ya de por sí corrupto para ajustar cuentas con quien la había traicionado, con quien le había dado esas barbas y esa pelambre para desgraciarla de principio a fin, mientras se portaba tan bondadoso con Hércules y Narcisa. Y experimentaba la sensación de la venganza como un inmenso placer, un calor fundiéndole todo el cuerpo, liberándola de cada recuerdo ingrato. Si le iban a cobrar con esas barbas un pecado original, que fuera por algo y no por nada. Soy una de tus bestias y aquí me ayunto con otra y si me creaste para no ser deseada por ningún hombre, verás que sí puedo provocar el deseo de otro monstruo como yo, peor que yo; y justo aquí en tu territorio, porque en este altar donde te adoraban ahora me adoran a mí. Cayeron los ídolos, caíste tú, cayó don Alejo, cayó Timoteo de Roncesvalles, cayó Hércules, ahora cae el cura de este pueblo de mierda; porque tú habías sido todo, y cuando traté de venerarte, una turba me humilló; y don Alejo fue todo porque me salvó, pero no a la mujer sino al fenómeno que podía exhibir por unos pesos al mes; porque Hércules lo fue todo, mi única agarradera, y Mandrake lo sacrificó con su lascivia; porque Timoteo fue todo y se derrumbó de manera absurda, frágil como migajón, con sólo un disparo de juguete; porque ahora me quise engañar pensando que Natanael lo era todo y se me volvió un simio entre las piernas, torpe, ansioso, oloroso, asqueroso, un simio jadeante y babeante. Se dijo que no más; ahora no habría otro todo que ella misma, y se rio a la fuerza porque no se sentía feliz, aunque sí satisfecha. Esta partida la gano yo y no hay modo de evitarlo; apúntame este triunfo y asegúrate de recordar que alguien, un día, te derrotó. Sintió que sus imprecaciones surtían efecto, habían tocado una fibra sensible de quienquiera que las estuviera escuchando porque el mundo comenzó a gimotear con un chillido entrecortado, lastimero; luego el gimoteo se tornó más profundo, intenso, hasta que Barbarela lo reconoció: eran las trompetas del Apocalipsis; sí, se dijo furiosa: el final; apenas me indisciplino, te alzo la voz por primera vez luego de tantos años de cabeza gacha, aceptando la suerte como viene, como se te ocurre mandármela y resulta que me envías el final. ¿No sabes competir? ¿No sabes perder? Y las trompetas se fueron haciendo más intensas y se mezclaban con los jadeos del enano a punto del éxtasis, y cada vez más le parecía a Barbarela que tenía sobre sí un simio; no era posible que un humano gimiera de ese modo tan bestial, y sintió ahogarse entre gemidos y trompetas, del enano y del mundo, y atisbó unas puertas abriéndose de golpe para permitir la entrada de una luz intensa, dolorosa, y escuchó la voz de Hércules que gritaba: "Ahí viene el circo" con esa vocecilla tipluda con que lo gritaban los niños mocosos, desharrapados en las tardes de convite. Y Barbarela despertó de su arrebato y las trompetas apocalípticas se le fueron convirtiendo en algo venido de la memoria, en algo conocido, y le aterró identificar en ellas a la Orquesta Festival y se agudizó la deformación del feto viscoso y jadeante entre sus piernas, y llena de asco se puso a tirar patadas. Natanael se aferró como una sanguijuela con esas manos horribles, pequeñas, amujeradas; la tomó de los pelos, se defendió y se adhirió con fuerza, resistiendo hasta vaciarse entre espasmos horrorosos, hasta vaciarse por completo; entonces levantó la cabeza con una sonrisa turbia, relajada, babosa, y bastó un empujón para hacerlo caer al suelo, igual que un fardo inútil, porque a los ojos de Barbarela eso era: un fardo inútil. Lo observó por un instante, hastiada; y si vestido le parecía desagradable, mucho más aberrante le resultó desnudo; el hombre que se negó a nacer, pensó Barbarela, y ya en el suelo le dio otra patada y Natanael apenas se contrajo como un molusco, y Barbarela le dio una patada más y no oyó ni un quejido ni nada y aborreció ese cuerpo de nalgas chatas y vientre inflado y piernas cortas y cráneo mórbido y manos pequeñas de mujer gorda y quiso correr hacia Hércules para infamarlo por orillarla a hacer eso, pero ya

Hércules no estaba a la vista y ella se acuclilló en el suelo, derrotada, desamparada, rasguñándose la entrepierna, escuchando a la Orquesta Festival, trompeteando como silbato de locomotora a toda carrera, cada vez más cercana, cada vez más omnipresente, aplastante y vejatoria.

Con la fascinación de quien ve un circo por primera vez, Narcisa y Mágala se alinearon a un lado de la calle para observar la procesión y ondear un saludo a los artistas y animales. Adelante venía el elefante, el más admirado, como siempre, con sus movimientos torpes y el columpiar de su trompa, dueño y señor del espectáculo a pesar de contarse entre las bestias más estúpidas. En seguida, sorteando las heces que Jumbo soltaba sin mesura, la Orquesta Festival tocaba la *Marcha de Zacatecas*. Luego venía la jaula de los tigres, las hermanitas Mi Alegría, Fulano y Mengano, las llamas del Machu Picchu y el perro bailarín, caminando en dos patas y cabeceando nervioso en su intento por arrancarse el gorro de mago Merlín.

–Estamos salvadas –dijo Mágala.

Narcisa negó con la cabeza mientras le sonreía a Bengalo el Domador.

–No estés tan segura –respondió–. Depende de qué tanto estemos dispuestas a humillarnos.

Mágala echó la mirada al suelo.

–Lo necesario –dijo–, y hasta un poco más.

Ambas se distrajeron con un hombre alto y corpulento, joven y bien parecido que vestía una túnica blanca a la altura del medio muslo, huaraches de cintas y muñequeras de piel. Exhibía una cabellera larga y barba de tres días sin rasurar.

–¿Viste eso? –preguntó Mágala.

Narcisa no contestó, embebida con la catadura de ese hombre y pensando en que ella también estaría dispuesta a humillarse lo necesario. Ya no correspondió a los saludos de la niña Bell, de Balancín y Balanzón, de Timorato el Temerario, ni de Lagrimita, Copetino y Pescuecín.

Desde otro lado de la calle, Balo y Mandrake miraban el convite con gran nostalgia.

–Seríamos unos imbéciles si no aprovechamos el circo para largarnos de aquí –dijo Mandrake.

–Yo pensé que queríamos vivir en este lugar –dijo Balo–. Tener una casa, una familia, ser gente común y corriente.

–No digas babosadas –masculló Mandrake y se ajustó su chistera y su capa negra.

Balo asintió y se mordió el labio inferior con ganas de hacerse daño. Pensaba en su cañón inservible y maldijo el momento en que se le ocurrió dispararlo.

–No sirve mi cañón –dijo en un arranque de confianza, e inmediatamente, tras interpretar la expresión siniestra de Mandrake, apretó los puños y agregó–: Te mato.

–Estamos en las mismas –explicó Mandrake con aire solidario–. Yo perdí el cajón de partir a la chica en dos.

Balo se sobresaltó al notar que desde el otro extremo de la calle, Mágala le dedicaba una sonrisa turbia. No es posible, se dijo, no puede haber escuchado.

Pasaron los hermanos Cabriolé, tomados de la mano, con unos leotardos rojos de lentejuela y excesivamente entallados; Papillón el Escapista, anudado entre cadenas y vestido con una camisa de fuerza; y Computencio, llevando a manera de sarape un letrero de tijera que decía:

GRAN CIRCO

MANTECÓN HERMANOS

PALCOS $2

PLATEAS 50¢

TODOS LOS NIÑOS

PAGAN BOLETO

Al final aparecieron los peones y las carretas tiradas por mulas. En la última venía don Ernesto, dando órdenes a la gente y de vez en vez golpeando las mulas con el fuste sólo para dejar bien claro quién era el amo. Las mulas abrían los ojos de par en par y avanzaban con agobio porque la carpa les resultaba muy pesada. Entre todo el alboroto sólo los gritos del merolico competían con las trompetas.

–Señoras y señores, jóvenes y niños, llegó la alegría del Circo Mantecón Hermanos, sí que sí.

Desde su ventana, don Alejo se había mantenido a la expectativa, sin decidirse a salir, pero al ver su carpa se echó a correr detrás de la carreta que la conducía, aún tosiendo y echando sangre en cada esputo. La alcanzó, se montó en ella, se recostó sobre la carpa perfectamente doblada y dijo que estaba igual de bonita que cuando llegó de Italia, y la abrazó como si fuera un gran panqué de rayas rojas, blancas y azules, con la etiqueta de Confecciones Magnani mero arriba.

–¿Qué haces ahí? –preguntó don Ernesto, disgustado.

Don Alejo no respondió; le costaba recuperar el aliento, y el dolor en las costillas se le había agudizado. Tosió sin fuerzas y sintió el calor de la sangre que le brotaba por la boca como si fueran babas.

–Pinche enano –dijo entre dientes.

La tarde anterior se había saboreado cuando vio a Natanael en el traje de vellorín y la lengua de fuera; percibió con placer que además de su baja estatura, el pobre enano padecía una fealdad que le daba a su rostro facciones animales, casi porcinas. Se recostó en el piso de la iglesia junto al confesionario y señaló su pezón derecho.

–Gózame –dijo.

Y aunque no reaccionó como don Alejo hubiera deseado, Natanael no desobedeció, pues en verdad gozó al darle un puntapié en las costillas para luego saltar tan alto como pudo y aterrizar en el vientre del viejo.

–No se equivoque –dijo el enano–. Esta es la iglesia; el burdel lo maneja Hércules.

Pasaron horas antes de que don Alejo pudiera moverse. Le dolía respirar, le dolía vivir, le dolía la aridez de su pezón morado, le dolió la noche de absoluta soledad y negrura sin marranos ni lenguas ni enanos ni Narcisas; y ahora, abrazado a su carpa, le seguían doliendo las cuatro cosas, y aun mayor suplicio le causaba saber que tan pronto recuperara el aliento tendría que pedirle perdón a su hermano, suplicarle que lo llevara con él.

A una señal de don Ernesto, la procesión se detuvo y los animales se apresuraron a la pileta para saciar la sed.

–¿Qué es esto? –preguntó malhumorado.

La Orquesta Festival se silenció al mismo tiempo que el merolico; y Narcisa, dispuesta a comenzar su proceso de humillación, se acercó con una muy amable sonrisa.

–Sea usted bienvenido a Santa María del Circo.

–No seas cínica –dijo él–. Nadie puede ser bienvenido a este estercolero.

Narcisa volteó a su alrededor. El perro bailarín se metió entre las patas de una llama para beber agua y entonces meneó la cola, olvidándose un instante del gorro de Merlín.

–Los animales se ven contentos –dijo.

La atención de don Ernesto ya estaba puesta en otra cosa.

–¿Qué te pasó? –preguntó extrañado–. No luces como una mujer por la que pelean dos hermanos.

Ella se avergonzó y acomodó sus cabellos como pudo. Se miró el vestido rojo sucio, los muslos sin estrellas, y admitió que todo intento por arreglarse sería inútil.

–Soy la misma –explicó–, y hasta más agraciada, si sólo pudiera polvearme y darme un baño –se levantó los senos y dio un paso atrás al sospechar que luego de tantos días sin asearse la boca quizás estaría expeliendo un tufo de albañal.

–Está bien –dijo don Ernesto–. Ve con las hermanitas Mi Alegría; seguro te darán algo –y tan pronto la vio marcharse, alborozada, le habló al bulto humano que yacía a sus espaldas–. Eres un inútil, Alejo. Te dejo unos días y en vez de circo me encuentro con una bola de pordioseros.

Mágala, Balo y Mandrake se aproximaron con el mismo aspecto andrajoso y en la misma actitud pedigüeña de Narcisa. Ella fue la primera en abordarlo, con un saludo meloso, ojos sumisos y un discreto bambolear del trasero.

–Hola, don Ernesto –dijo acercándose cada vez más al rostro del viejo–. Estoy a sus órdenes.

El hermano Mantecón la revisó de arriba a abajo y Mágala le facilitó la labor dándose una vuelta. Distinguió una buena promesa; le hacía falta más color, otra capa de betún que le diera anchura y una consistencia más muelle y menos ósea; los trazos iban bien, todo era cuestión de tiempo.

–¿Y tú qué sabes hacer?

Mágala alzó los hombros. Balo quiso responder por ella, decir que sabía dar besos de camaleón; eso era todo y eso no servía para el circo.

–¿Ya distingues entre un trapecio y un columpio? –preguntó don Ernesto con ganas de ayudarla.

–No –respondió Mágala–, pero al menos tengo más huevos que esos maricones –y señaló hacia los hermanos Cabriolé.

–Está bien –dijo él satisfecho–, quedas contratada.

Balo esperó su turno y preguntó lleno de temor:

–¿Le hace falta un hombre bala?

Mágala se echó a reír y de inmediato Balo se dirigió hacia ella. Le apretó el brazo y la remolcó hasta donde pudiera susurrarle algunas amenazas sin que don Ernesto escuchara.

–Una palabra sobre mi cañón –dijo– y te mueres.

En esos ojos chispeantes, Mágala pudo leer que no exageraba; esta vez no hablaba de un puñetazo como la vez anterior, un puñetazo que a la larga acabó por agradarle, si no por el dolor en la quijada, sí porque la hizo adoptar un papel de sumisión. Ahora mismo sentía gozo por la presión en el brazo. Está bien, se dijo, le daría la oportunidad de regresar al circo. Se llevó el índice a la boca para pactar su silencio y Balo volvió con don Ernesto.

–¿Le hace falta un hombre bala? –repitió la pregunta.

–Sí –respondió don Ernesto–, pero necesito a alguien más temerario; alguien que se prenda fuego en las ropas y vuele sobre picas envenenadas.

–Con gusto lo haré –dijo Balo y aceptó de mala gana el breve discurso de bienvenida que le daba su otra vez patrón, incluyendo posibilidades de surcar los aires por al menos cincuenta metros, no utilizar red y dispararse hacia uno de los trapecios.

–O te aferras al trapecio –concluyó– o no respondo por tu vida.

–Está bien –dijo Balo pensando que o se aferraba al circo o él mismo ya no respondía por su vida–. Como usted diga; seré monsieur Zazel –y se retiró con la cabeza baja.

A Mandrake le incomodó ser el último de la fila; se preguntaba si don Ernesto iría perdiendo su paciencia, su capacidad de compadecerse por un grupo de artistas harapientos.

–Yo soy el Magno Mago Mandrake –dijo.

–Sí, hombre, te conozco desde hace rato.

–Quiero irme con ustedes.

–En Zacatecas contraté a un mago –dijo don Ernesto–. Lo corrí luego de la primera función. Sólo sabía hacer trucos de cartas y ésos no sirven a menos que estés sentado en la misma mesa con él; desde las plateas se ve igual un rey de corazones y un dos de tréboles –Mandrake asintió entusiasmado y el viejo continuó–. Yo necesito un mago que haga los trucos de siempre, que saque conejos de la chistera o cientos de pañuelos de su bolsillo y, sobre todo, que parta a la chica en dos.

Mandrake se mortificó con las palabras finales; pensó en echarse a correr a dondequiera que Hércules y Natanael hubieran enterrado a Fléxor.

–Ahora vuelvo –dijo.

Apenas se alejaba, don Ernesto le ordenó que se detuviera.

–Mira, imbécil –y señaló hacia una carreta donde se hallaba su cajón.

Mandrake lo miró, entre azorado y jubiloso, con una duda que le hostigaba la conciencia.

–¿Está vacío? –preguntó.

Don Ernesto torció la boca.

–Es una lástima –dijo–. También me hace falta un contorsionista.

Mandrake fue hacia su cajón y lo acarició por un rato, sin atreverse a abrirlo ni a hacer más preguntas sobre su contenido.

Don Ernesto dio la orden de continuar la marcha. Miró a un lado y a otro y la visión de ese pueblo ruinoso le causó un escalofrío.

–Yo venía con la intención de dar algunas funciones –dijo–. En mi mapa dice muy claro que este lugar se llama Sierra Vieja, y está marcado con una estrella. Sólo los lugares importantes tienen estrella.

–Lo mismo pensé yo –dijo don Alejo con la voz entrecortada–. Ahora se llama Santa María del Circo y sólo vivíamos nosotros.

–No lo pongas en pasado. Todavía no me decido a cargar contigo.

Don Alejo se hizo de fuerzas para sentarse como flor de loto sobre la carpa y contuvo sus impulsos de insultar a su hermano.

–Por favor –dijo–. Y te regalo mi carpa.

–Esta carpa la encontré abandonada y la tomé, tal como veo que ustedes tomaron el caserío.

–Por favor –insistió, ahora con un tono más angustioso–. Aquí la gente ya no me respeta; hasta el enano me pega.

Don Ernesto se echó a reír, complacido por no encontrar en su hermano ni el menor rastro de altivez.

–Está bien –dijo, y luego de un rato agregó–. Es increíble lo que cambiaste en apenas unos días.

Al pasar frente a la iglesia ordenó que detuvieran la marcha. Sentados en el atrio, en una actitud de total desamparo, se encontraban Barbarela, Hércules y Natanael.

–Ese imbécil trae el traje de vellorín –dijo don Ernesto con su índice apuntando hacia el enano–, no me digas que… –ya no continuó. Por la mirada de don Alejo le resultó obvia la suerte del marrano clavadista–. Menos mal que no te di el elefante –concluyó.

Los tres se acercaron a saludar. Daban por un hecho que se montarían en cualquier carreta para sumarse al circo.

–Espérenme –dijo Hércules–. Ahora vuelvo.

Don Ernesto se quedó mirando un rato a Natanael y a Barbarela. No le agradaba asumir el papel de misericordioso. Quizás con su hermano y los otros cuatro ya había cubierto su cuota; admitir a todos significaba debilidad de carácter, significaba abrir la puerta para que, como a su hermano, hasta el enano le faltara al respeto.

–Largo de aquí –dijo agitando el brazo–. Esto es un circo, no un asilo de fenómenos.

Barbarela y el enano se miraron sin saber qué decir. Fue ella quien dio primero con un argumento.

–Tenemos un acto fabuloso –dijo con ojos suplicantes–. El hombre que se negó a nacer –y como don Ernesto ni siquiera volteó a verla, ella se colocó frente a la carreta y se levantó un poco el vestido–. Mire –explicó–, Natanael se me mete aquí, bocabajo...

–Cállate –dijo el viejo horrorizado con esas piernas peludas–. No me interesan tus carnes.

A una señal suya las ruedas de la carreta comenzaron a girar. Natanael guardó su mejor carta para jugarla con don Alejo. Se plantó frente a él y sacó la lengua de manera intermitente, mientras se alisaba el vellorín.

–Imbécil –le dijo don Alejo y señaló hacia unas mulas que, de puro cansancio, mecían sus lenguas como badajos.

Natanael se inclinó a recoger una piedra y la arrojó sin la menor puntería. El proyectil rodó por el suelo a unos metros de ahí.

–Pinche tuerto –dijo don Alejo–, pinche Tomás Pulgar.

–Espérenme –se escuchó el grito de Hércules. Venía corriendo con su taza de porcelana entre los brazos.

Una vez más, don Ernesto ordenó que se detuvieran.

–¿Qué clase de acto haces con un excusado? –preguntó admirado.

La base estaba quebrada, con aristas filosas e irregulares, al punto que resultaba imposible que la taza pudiera mantenerse por sí sola en posición vertical. Hércules metió la mano bajo sus leonas para acomodar sus fotografías.

–Pues hago lo mismo que cualquier hombre –respondió molesto.

Don Ernesto negó con la cabeza, decepcionado. Se quedó un instante sin hablar cuando distinguió que al fondo de la procesión, la niña Bell cantaba: "Soy la paloma errante".

–Una buena respuesta y hubieras venido con nosotros. Por un momento me atrajo la idea de presentar un acto de evacuación. ¿Nunca oíste hablar de Le Pétomane? Era como si tuviera una boca en el trasero; tocaba el clarín…

–¿Es que no necesita un hombre fuerte? –interrumpió Hércules–. Usted sabe, no sólo son mis demostraciones de fuerza, mis malabares con balas de cañón; también está toda la taquilla femenina que le consigo.

–Por supuesto que necesito un hombre fuerte –dijo don Ernesto y, poniendo las manos como bocina, gritó–: Sansón, ven acá.

Se aproximó el hombre de la túnica blanca a medio muslo. Hércules se admiró de que pudieran existir esos brazos poderosos y esas piernas tan robustas en un cuerpo sin adiposidades, sin un vientre abotagado ni carnes llenas de pliegues y con un pecho firme, tenso, muy lejos de parecer tetas de mujer. Sandow, aulló por dentro, Sandow.

–Un día yo fui como tú –dijo Hércules con la seguridad de que jamás, ni por asomo, había sido como él.

–Si quieres –dijo don Ernesto– pueden competir en unas vencidas. Yo me quedo con el ganador.

Hércules negó con la cabeza; todo era inútil. Se sintió el hombre más miserable del mundo al notar lo absurdo de la escena: derrotado y abrazando la taza como una matrona con su nieto. Para engañar su ruina se dijo que no le importaba el rechazo de don Ernesto; su tristeza era porque ya no podría armar las piezas de su taza, porque de nuevo se convertiría en un animal obrando en descampado.

Natanael también admiró a Sansón y acabó por concluir que no había justicia en la tierra. Barbarela intercambió su mirada entre Sansón y el enano, y le nació un asco venéreo.

–Si no me quiere llevar como hombre fuerte –dijo Hércules con la voz quebrada–, puede llevarme como puta.

Don Ernesto se echó a reír por lo que consideró una broma, pero esa simpatía no alteró su decisión.

–Hasta pronto –dijo, aunque pensó hasta nunca, y dio la señal de continuar la marcha.

Don Alejo se incorporó para susurrarle a su hermano:

–Los vamos a arrojar por la borda, ¿verdad?

La procesión avanzó en silencio; sólo se oía el rechinido de las ruedas y las pisadas sordas de los animales. Más adelante, cuando el circo ya se perdía tras una loma, se escucharon las trompetas de la Orquesta Festival, otra vez con la *Marcha de Zacatecas*. A Natanael le pareció que una marcha era demasiado festiva para una despedida y pensó en un tango.

–Lentos, tristes, torpes, como de muy mala gana, ya se van los carretones de la caravana…

Y Hércules remató, desafinado:

–Nada más triste que la tristeza que deja el circo cuando se va.

Barbarela se hundió en sí misma; pasaba de la rabia a la desolación como el ir y venir de un péndulo. Apretó los puños, volteó hacia arriba y dijo casi sin aliento:

–Pensé que podría ganarte al menos una vez.

Se echó a caminar, muy lentamente, sobre la misma ruta por la que partió el Gran Circo Mantecón Hermanos.

–Al menos ya conoce toda la historia de mis antepasados.

Hércules y Natanael la observaron con un poco de lástima, a sabiendas de que el circo le llevaba demasiada ventaja, pero no trataron de alcanzarla ni de disuadirla. Les bastó con cruzarse de brazos.

–La puta y el cura –dijo Hércules–, bonito pueblo.

Sin tener idea de qué hacer o qué decir, Natanael lo abrazó, y de inmediato se dio cuenta de que la diferencia de estaturas le daba un algo perverso a esa muestra de hermandad.

Hércules señaló hacia el reloj de la iglesia; vio la manecilla huérfana, la carátula manchada de orín.

–Es la misma hora que cuando llegamos –dijo–. La misma hora de siempre.

Dejó caer su taza y la escuchó quebrarse. Ya no le importó.

Natanael sintió compasión por esa inmensa masa de carnes, tan poderosa y tan desamparada. Tomó la mano del hombre fuerte, de la puta, de la morsa.

–Ven conmigo.

Hércules se dejó conducir indiferente. Avanzaron hacia la iglesia, sin campana, sin cruces, sin fe, sin esperanza, sin nada; y subieron las escaleras del atrio. Antes de entrar, dieron media vuelta. Santa María del Circo lucía como escenario de una guerra perdida. Timoteo de Roncesvalles o José María Bocanegra era el símbolo de la devastación, a medio sumergir en un agua sucia y babeada de animales y sangrienta de marrano; la casa quemada del uno, dos, tres, destruida entonces y destruida ahora; el mosquerío rondando la casa de Mágala, haciéndose dueño del lugar; un pozo inútil de barbacoa, una lengua arrojada en cualquier parte, una parrilla con cenizas que ya no cocinaron nada; la taza de porcelana, rota, inservible, tumbada de lado, como fruto prohibido podrido mordido. Por la calle avanzaba un fino polvo, empujado por el viento, y poco a poco iba cubriendo las huellas del circo, de la vida que se fue por ese camino rumbo a quién sabe dónde con la solemnidad de un cortejo fúnebre. El enano apretó la mano porque sintió que Hércules se le soltaba, y lo estiró hacia el acceso de la iglesia, un hocico negro regurgitando la desolación de las bancas vacías, del confesionario sin pecados y de un altar como mesa de sacrificios.

–¿Adónde me llevas? –preguntó Hércules, temeroso del instante y más aún del porvenir.

Pero al fin se dejó llevar por esa mano pequeña de mujer gorda que lo conducía hacia adentro.

–Anda, putilla –ordenó el enano mientras cerraba el portón, mientras se cerraba ese gran hocico hambriento para tragárselos por siempre en su oscuridad de sepulcro–. Anda, putilla –repitió–, vámonos al diablo.

Este libro se terminó de imprimir
en el mes de noviembre de 2023
en los talleres de Estugraf Impresores SL
en Ciempozuelos (Madrid).